光村の国語
はじめて出会う古典作品集 2

監修：河添房江　高木まさき
編集：青山由紀　甲斐利恵子　邑上裕子

万葉集・古今和歌集・新古今和歌集・百人一首・短歌・俳句

光村教育図書

主《おも》な歌枕地図《うたまくらちず》

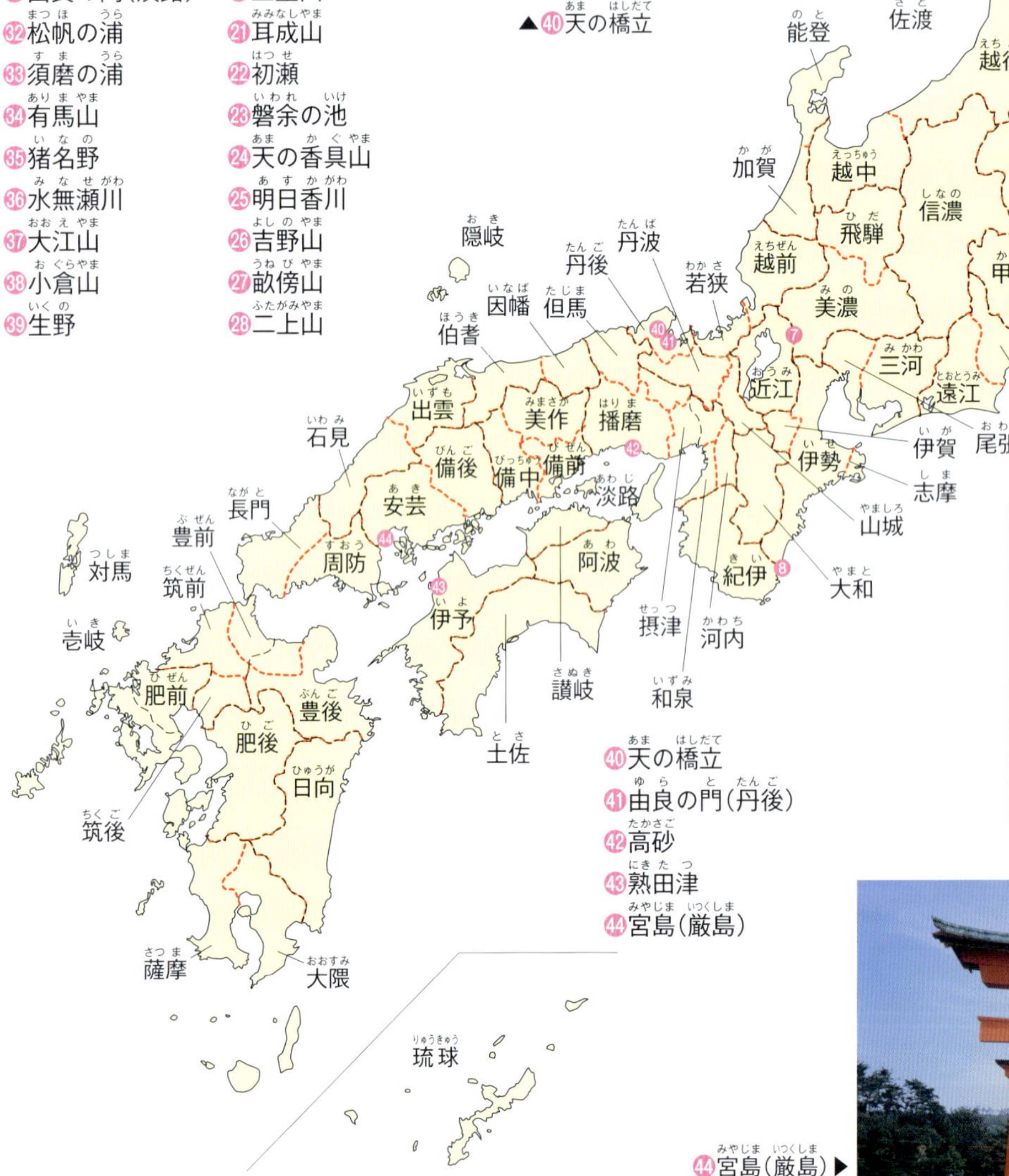

○一八六八（明治元《めいじがん》）年《ねん》に、陸奥《むつ》は磐城《いわき》・岩代《いわしろ》・陸前《りくぜん》・陸中《りくちゅう》・陸奥《むつ》に分《わ》けられ、出羽《でわ》は羽前《うぜん》と羽後《うご》に分《わ》けられました。

○北海道《ほっかいどう》の国名《こくめい》は一八六九（明治《めいじ》二）年以後《ねんいご》のものです。

1 松島《まつしま》・雄島《おしま》
2 末《すえ》の松山《まつやま》
3 信夫《しのぶ》
4 筑波山《つくばさん》
5 富士山《ふじさん》
6 田子《たご》の浦《うら》
7 伊吹山《いぶきやま》
8 佐野《さの》の渡《わたり》

9 比良《ひら》
10 比叡山《ひえいざん》
11 楢《なら》の小川《おがわ》
12 逢坂《おうさか》の関《せき》
13 音羽山《おとわやま》
14 宇治《うじ》
15 泉川《いずみがわ》
16 みかの原《はら》
17 手向山《たむけやま》

▲40 天《あま》の橋立《はしだて》

近畿地方歌枕地図《きんきちほううたまくらちず》

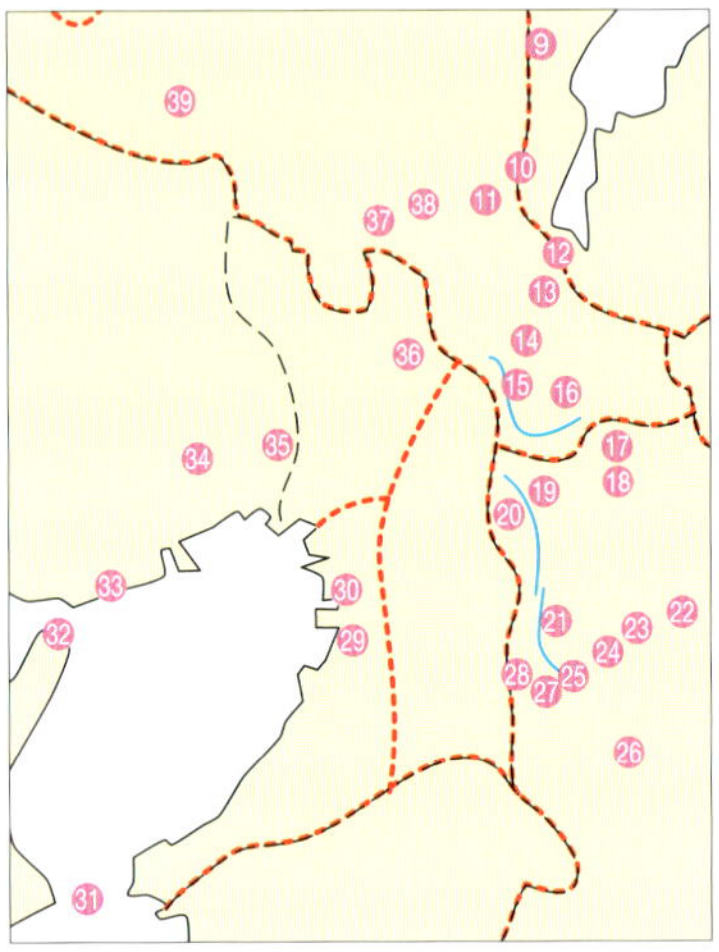

18 三笠山《みかさやま》（春日山《かすがやま》）
19 竜田川《たつたがわ》
20 三室山《みむろやま》
21 耳成山《みみなしやま》
22 初瀬《はつせ》
23 磐余《いわれ》の池《いけ》
24 天《あま》の香具山《かぐやま》
25 明日香川《あすかがわ》
26 吉野山《よしのやま》
27 畝傍山《うねびやま》
28 二上山《ふたがみやま》

29 高師《たかし》の浜《はま》
30 住吉《すみよし》
31 由良《ゆら》の門《と》（淡路《あわじ》）
32 松帆《まつほ》の浦《うら》
33 須磨《すま》の浦《うら》
34 有馬山《ありまやま》
35 猪名野《いなの》
36 水無瀬川《みなせがわ》
37 大江山《おおえやま》
38 小倉山《おぐらやま》
39 生野《いくの》

40 天《あま》の橋立《はしだて》
41 由良《ゆら》の門《と》（丹後《たんご》）
42 高砂《たかさご》
43 熟田津《にきたつ》
44 宮島《みやじま》（厳島《いつくしま》）

▲4 筑波山《つくばさん》

44 宮島《みやじま》（厳島《いつくしま》）▶

主《おも》な季語《きご》一覧《いちらん》

「春《はる》」は立春《りっしゅん》から立夏《りっか》の前日《ぜんじつ》まで、「夏《なつ》」は立夏《りっか》から立秋《りっしゅう》の前日《ぜんじつ》まで、「秋《あき》」は立秋《りっしゅう》から立冬《りっとう》の前日《ぜんじつ》まで、「冬《ふゆ》」は立冬《りっとう》から立春《りっしゅん》の前日《ぜんじつ》までを原則《げんそく》に分類《ぶんるい》しました。「新年《しんねん》」は正月《しょうがつ》に関係《かんけい》のある季語《きご》を掲載《けいさい》しました。季語《きご》は季題《きだい》ともいいます。

	天候《てんこう》・自然《しぜん》	生活《せいかつ》・行事《ぎょうじ》	動物《どうぶつ》	植物《しょくぶつ》
新年《しんねん》	正月《しょうがつ》・初春《はつはる》・元日《がんじつ》・元旦《がんたん》・三《さん》が日《にち》・松《まつ》の内《うち》・初日《はつひ》・初日《はつひ》の出《で》・初空《はつぞら》・初茜《はつあかね》・初晴《はつば》れ	門松《かどまつ》・鏡餅《かがみもち》・雑煮《ぞうに》・初詣《はつもうで》・年賀状《ねんがじょう》・年玉《としだま》・初夢《はつゆめ》・寝正月《ねしょうがつ》・歌留多《かるた》・双六《すごろく》・羽子板《はごいた》・独楽《こま》	初声《はつこえ》・初鶏《はつとり》・初雀《はつすずめ》・初鴉《はつがらす》	楪《ゆずりは》・薺《なずな》・歯朶《しだ》・福寿草《ふくじゅそう》・若菜《わかな》・七草《ななくさ》・野老《ところ》・穂俵《ほだわら》・仏《ほとけ》の座《ざ》
春《はる》	早春《そうしゅん》・余寒《よかん》・啓蟄《けいちつ》・彼岸《ひがん》・暖《あたた》か・麗《うら》か・長閑《のどか》・八十八夜《はちじゅうはちや》・夏近《なつちか》し・東風《こち》・霞《かすみ》・陽炎《かげろう》・風光《かぜひか》る・雪解《ゆきどけ》・春《はる》の雪《ゆき》・残雪《ざんせつ》・氷解《こおりと》く・忘《わす》れ霜《じも》・山笑《やまわら》う・水温《みずぬる》む・春一番《はるいちばん》	受験《じゅけん》・卒業《そつぎょう》・入学《にゅうがく》・花見《はなみ》・凧《たこ》・春祭《はるまつり》・春分《しゅんぶん》の日《ひ》・ぶらんこ・風車《かざぐるま》・風船《ふうせん》・石鹸玉《しゃぼんだま》・ボートレース・遠足《えんそく》・春眠《しゅんみん》・茶摘《ちゃつみ》・桃《もも》の節句《せっく》・雛《ひな》・白酒《しろざけ》・菱餅《ひしもち》・桜餅《さくらもち》・草餅《くさもち》	猫《ねこ》の恋《こい》・白魚《しらうお》・公魚《わかさぎ》・鶯《うぐいす》・蛇穴《へびあな》を出《い》ず・田螺《たにし》・雉《きじ》・雲雀《ひばり》・燕《つばめ》・鱒《ます》・桜鯛《さくらだい》・蛤《はまぐり》・桜貝《さくらがい》・いそぎんちゃく・蝶《ちょう》・虻《あぶ》・蜂《はち》・蚕《かいこ》・蛙《かえる》・お玉杓子《たまじゃくし》・海胆《うに》・蛍烏賊《ほたるいか》・浅蜊《あさり》・蜆《しじみ》・巣立鳥《すだちどり》・鳥帰《とりかえ》る・鳥《とり》の巣《す》・さえずり・雀《すずめ》の子《こ》	春菊《しゅんぎく》・梅《うめ》・紅梅《こうばい》・若布《わかめ》・木《こ》の芽《め》・椿《つばき》・野蒜《のびる》・蓬《よもぎ》・土筆《つくし》・蕨《わらび》・菫《すみれ》・蒲公英《たんぽぽ》・初桜《はつざくら》・山葵《わさび》・林檎《りんご》の花《はな》・花《はな》・桜《さくら》・チューリップ・ヒヤシンス・スイートピー・アネモネ・若草《わかくさ》・勿忘草《わすれなぐさ》・躑躅《つつじ》・パンジー・クロッカス・レタス
夏《なつ》	薄暑《はくしょ》・短夜《みじかよ》・入梅《にゅうばい》・暑《あつ》し・梅雨明《つゆあけ》・涼《すず》し・極暑《ごくしょ》・土用《どよう》・秋近《あきちか》し・梅雨《つゆ》・五月雨《さみだれ》・南風《みなみかぜ》・風薫《かぜかお》る・雹《ひょう》・雷《かみなり》・夕立《ゆうだち》・虹《にじ》・朝曇《あさぐもり》・日盛《ひざかり》・炎天《えんてん》・西日《にしび》・夕焼《ゆうやけ》・雲海《うんかい》・旱《ひでり》・お花畠《はなばたけ》・滝《たき》・泉《いずみ》・清水《しみず》・滴《したた》り・朝凪《あさなぎ》・夕凪《ゆうなぎ》	麦藁《むぎわら》・団扇《うちわ》・キャンプ・浴衣《ゆかた》・汗《あせ》・ハンカチ・噴水《ふんすい》・髪洗《かみあら》う・ラムネ・冷奴《ひややっこ》・扇風機《せんぷうき》・風鈴《ふうりん》・水鉄砲《みずでっぽう》・冷蔵庫《れいぞうこ》・昼寝《ひるね》・裸《はだか》・日焼《ひやけ》・ボート・ヨット・帰省《きせい》・林間学校《りんかんがっこう》・鯉《こい》のぼり・柏餅《かしわもち》・祭《まつり》・暑中見舞《しょちゅうみまい》	鯖《さば》・山女《やまめ》・蝸牛《かたつむり》・雨蛙《あまがえる》・蛍《ほたる》・あめんぼ・目高《めだか》・鮎《あゆ》・鯵《あじ》・金魚《きんぎょ》・蜘蛛《くも》・蟻《あり》・蚊《か》・蝙蝠《こうもり》・時鳥《ほととぎす》・蛇《へび》・天道虫《てんとうむし》・蟬《せみ》・毛虫《けむし》・水澄《みずすまし》・糸蜻蛉《いととんぼ》・源五郎《げんごろう》・兜虫《かぶとむし》・海月《くらげ》	牡丹《ぼたん》・葉桜《はざくら》・新緑《しんりょく》・若葉《わかば》・筍《たけのこ》・紫陽花《あじさい》・鈴蘭《すずらん》・さくらんぼ・玉葱《たまねぎ》・青葉《あおば》・苺《いちご》・百合《ゆり》・月見草《つきみそう》・メロン・瓜《うり》・胡瓜《きゅうり》・トマト・茄子《なす》・仙人掌《さぼてん》・向日葵《ひまわり》
秋《あき》	残暑《ざんしょ》・夜長《よなが》・秋彼岸《あきひがん》・やや寒《さむ》・夜寒《よさむ》・冬近《ふゆちか》し・星月夜《ほしづきよ》・天《あま》の川《がわ》・初嵐《はつあらし》・稲妻《いなづま》・流星《りゅうせい》・台風《たいふう》・野分《のわき》・三日月《みかづき》・露《つゆ》・月《つき》・望月《もちづき》・十六夜《いざよい》・宵闇《よいやみ》・霧《きり》・水澄《みずす》む	相撲《すもう》・夜《よ》なべ・夜食《やしょく》・月見《つきみ》・菊人形《きくにんぎょう》・栗飯《くりめし》・稲刈《いねかり》・冬支度《ふゆじたく》・案山子《かかし》・新米《しんまい》・障子洗《しょうじあら》う・障子貼《しょうじは》る・紅葉狩《もみじがり》・七夕《たなばた》・中元《ちゅうげん》・墓参《はかまいり》・燈籠《とうろう》・大文字《だいもんじ》	蜩《ひぐらし》・法師蟬《ほうしぜみ》・秋《あき》の蟬《せみ》・虫《むし》・松虫《まつむし》・鈴虫《すずむし》・蟋蟀《こおろぎ》・きりぎりす・蓑虫《みのむし》・蟷螂《かまきり》・芋虫《いもむし》・蜉蝣《かげろう》・蜻蛉《とんぼ》・雁《かり》・秋刀魚《さんま》・鰯《いわし》・鮭《さけ》・蝗《いなご》・ばった・渡《わた》り鳥《どり》・小鳥《ことり》・鶉《うずら》・鴫《しぎ》・目白《めじろ》・鶺鴒《せきれい》・啄木鳥《きつつき》・鹿《しか》・猪《いのしし》・蛇穴《へびあな》に入《い》る	鳳仙花《ほうせんか》・朝顔《あさがお》・南瓜《かぼちゃ》・芒《すすき》・コスモス・露草《つゆくさ》・糸瓜《へちま》・鬼灯《ほおずき》・唐辛《とうがらし》・胡麻《ごま》・玉蜀黍《とうもろこし》・栗《くり》・松茸《まつたけ》・椎茸《しいたけ》・稲《いね》・桃《もも》(の実《み》)・林檎《りんご》・柘榴《ざくろ》・柿《かき》・無花果《いちじく》・葡萄《ぶどう》・菊《きく》・落花生《らっかせい》・胡桃《くるみ》・銀杏《ぎんなん》・青蜜柑《あおみかん》・柚子《ゆず》・木《こ》の実《み》・烏瓜《からすうり》・生姜《しょうが》
冬《ふゆ》	小春《こはる》・短日《たんじつ》・寒《さむ》し・冷《つめ》たし・行《ゆ》く年《とし》・大晦日《おおみそか》・除夜《じょや》・凍《こお》る・三寒四温《さんかんしおん》・日脚伸《ひあしの》ぶ・春待《はるま》つ・春隣《はるとなり》・凩《こがらし》・時雨《しぐれ》・北風《きたかぜ》・隙間風《すきまかぜ》・霜《しも》・霜柱《しもばしら》・霙《みぞれ》・氷雨《ひさめ》・霰《あられ》・雪《ゆき》・山眠《やまねむ》る・枯野《かれの》・水涸《みずか》る・氷《こおり》・氷柱《つらら》・空風《からかぜ》・鎌鼬《かまいたち》	寄鍋《よせなべ》・おでん・焚火《たきび》・ストーブ・炬燵《こたつ》・風邪《かぜ》・咳《せき》・水洟《みずばな》・蒲団《ふとん》・マスク・手袋《てぶくろ》・餅《もち》・雪合戦《ゆきがっせん》・スキー・スケート・七五三《しちごさん》・クリスマス・除夜《じょや》の鐘《かね》・節分《せつぶん》・豆撒《まめまき》	鷲《わし》・鷹《たか》・隼《はやぶさ》・梟《ふくろう》・木兎《みみずく》・水鳥《みずとり》・鴨《かも》・鴛鴦《おしどり》・白鳥《はくちょう》・狼《おおかみ》・狐《きつね》・狸《たぬき》・兎《うさぎ》・千鳥《ちどり》・鯨《くじら》・河豚《ふぐ》・鮟鱇《あんこう》・鮪《まぐろ》・鱈《たら》・鰤《ぶり》・海鼠《なまこ》・牡蠣《かき》・冬《ふゆ》の蝶《ちょう》・冬《ふゆ》の蜂《はち》・冬《ふゆ》の蠅《はえ》・熊穴《くまあな》に入《い》る	茶《ちゃ》の花《はな》・山茶花《さざんか》・柊《ひいらぎ》の花《はな》・大根《だいこん》・冬紅葉《ふゆもみじ》・紅葉散《もみじち》る・落葉《らくよう》・枯葉《かれは》・冬木《ふゆぎ》・冬木立《ふゆこだち》・枯柳《かれやなぎ》・冬枯《ふゆがれ》・枯草《かれくさ》・枇杷《びわ》の花《はな》・葱《ねぎ》・白菜《はくさい》・人参《にんじん》・蕪《かぶ》・寒牡丹《かんぼたん》・葉牡丹《はぼたん》・寒菊《かんぎく》・冬薔薇《ふゆばら》・水仙《すいせん》・冬《ふゆ》の草《くさ》・冬苺《ふゆいちご》・早梅《そうばい》・寒梅《かんばい》・寒椿《かんつばき》

光村の国語

はじめて出会《であ》う古典作品集《こてんさくひんしゅう》 2

万葉集《まんようしゅう》・古今和歌集《こきんわかしゅう》・新古今和歌集《しんこきんわかしゅう》・百人一首《ひゃくにんいっしゅ》・短歌《たんか》・俳句《はいく》

もくじ

江戸《えど》俳句《はいく》・和歌《わか》……55

江戸《えど》俳句《はいく》……59

江戸《えど》和歌《わか》……65

川柳《せんりゅう》……66

狂歌《きょうか》……67

近代《きんだい》・現代短歌《げんだいたんか》……73

木下利玄 ……… 82
齋藤史　佐藤佐太郎　宮柊二　近藤芳美 ……… 83
中城ふみ子　岡井隆　馬場あき子　寺山修司　塚本邦雄 ……… 84
河野裕子　李正子　栗木京子　俵万智　佐佐木幸綱 ……… 85

近代・現代短歌について ……… 86
近代・現代短歌を楽しもう！ ……… 89

近代・現代俳句 ……… 91

正岡子規　夏目漱石　河東碧梧桐　高浜虚子 ……… 92
村上鬼城 ……… 93
種田山頭火　荻原井泉水 ……… 94
飯田蛇笏　尾崎放哉　芥川龍之介　水原秋櫻子 ……… 95
高野素十　川端茅舎　橋本多佳子　西東三鬼 ……… 96
中村汀女　秋元不死男　中村草田男 ……… 97
山口誓子　芝不器男　星野立子 ……… 98
大野林火　加藤楸邨　松本たかし　高屋窓秋 ……… 99
石田波郷　金子兜太　森澄雄　飯田龍太 ……… 100
野澤節子　坪内稔典　鎌倉佐弓　黛まどか ……… 101

近代・現代俳句について ……… 102
近代・現代俳句を楽しもう！ ……… 105

主な歌人の紹介・古典文学史 ……… 106
さくいん・出典・参考文献 ……… 108
初句さくいん ……… 111

この本について

○底本については、巻末の「出典」を参照してください。
○作品は、作者の生まれた年の順（一部推定をふくむ）にならべています。ただし、『古今和歌集』『新古今和歌集』は出典での掲載順、『百人一首』は歌番号順にならべています。
○ルビは、原則として現代の発音にならった形で示しています。
○作品の表記・送り仮名などは、小学生、中学生の読者に配慮して一部変更しています。
○作品ごとの意味・解釈では、内容を理解しやすくするために、ことばをおぎなっている部分があります。
○作品の中には人権上好ましくない表現がある場合がありますが、資料性などからやむを得ず原文にそくして訳している部分があります。

万葉集
まんようしゅう

大和《やまと》には　群山《むらやま》あれど　とりよろふ《う》　天《あめ》の❶香具山《かぐやま》　登《のぼ》り立《た》ち
国見《くにみ》をすれば　国原《くにはら》は　煙《けぶり》立《た》ち立《た》つ　❷海原《うなはら》は　かまめ立《た》ち立《た》つ
うまし国《くに》そ　❸あきづ島《しま》　大和《やまと》の国《くに》は

舒明天皇《じょめいてんのう》

大和《やまと》にはたくさんの山《やま》があるけれど、その中《なか》でも、もっともすばらしい天《あめ》の香具山《かぐやま》。香具山《かぐやま》に登《のぼ》って国全体《くにぜんたい》を見《み》わたすと、広《ひろ》い野《の》にはあちらこちらに（人々《ひとびと》が食事《しょくじ》をつくったりする火《ひ》の）けむりが立《た》っていて、広《ひろ》い水《すい》面《めん》にはあちらこちらにかもめが飛《と》んでいる。なんとすばらしい国《くに》であることか、大和《やまと》の国《くに》は。　〈巻一・二〉

家《いえ》にあれば❹笥《け》に盛《も》る飯《いい》を❺草枕《くさまくら》旅《たび》にしあれば椎《しい》の葉《は》に盛《も》る

有間皇子《ありまのみこ》

家《いえ》にいたら食器《しょっき》に盛《も》る飯《めし》を、今《いま》は（草《くさ》を枕《まくら》にして寝《ね》るような）旅《たび》のとちゅうなので、（食器《しょっき》のかわりに）椎《しい》の葉《は》に盛《も》ることだ。　〈巻二・一四二〉

❻熟田津《にきたつ》に船乗《ふなの》りせむと月待《つきま》てば❼潮《しお》もかなひぬ今《いま》は漕《こ》ぎ出《い》でな

額田王《ぬかたのおおきみ》

熟田津《にきたつ》で、船《ふね》に乗《の》ろうと月《つき》が出《で》るのを待《ま》っていると、（月《つき》も出《で》たし）潮《しお》もちょうどよく満《み》ちてきた。さあ、今《いま》こそ船《ふね》をこぎ出《だ》そう。　〈巻一・八〉

君待《きみま》つと我《あ》が恋《こ》ひ居《お》れば我《わ》が屋戸《やど》の簾動《すだれうご》かし秋《あき》の風吹《かぜふ》く

あなた（天智天皇《てんじてんのう》）がいらっしゃるのを待《ま》ってわたしが恋《こい》しく思《おも》っておりますと、わたしの家《いえ》のすだれを動《うご》かして（あなたではなく）秋《あき》の風《かぜ》がふいてきます。　〈巻四・四八八〉

---

❶**香具山《かぐやま》**
現在《げんざい》の奈良県《ならけん》にある山《やま》。耳成《みみなし》山《やま》・畝傍山《うねびやま》とともに大和三山《やまとさんざん》として有名《ゆうめい》。

❷**海原《うなはら》**
広《ひろ》い水面《すいめん》。当時《とうじ》、香具山《かぐやま》のふもとには、いくつもの池《いけ》が広《ひろ》がっていた。

❸**あきづ島《しま》**
「大和《やまと》」の枕詞《まくらことば》。

❹**笥《け》**
飯《めし》を盛《も》る食器《しょっき》のこと。

❺**草枕《くさまくら》**
「旅《たび》」の枕詞《まくらことば》。

❻**熟田津《にきたつ》**
現在《げんざい》の愛媛県《えひめけん》北部《ほくぶ》にあった船《ふな》着《つ》き場《ば》のこと。

❼**潮《しお》**
海水《かいすい》の満《み》ち引《ひ》きのこと。額田《ぬかたの》王《おおきみ》たちは海水《かいすい》が満《み》ちて、船《ふね》が出《しゅっ》発《ぱつ》できるのを待《ま》っていた。

⑧紫草《むらさき》のにほへ《おえ》る妹《いも》を憎《にく》くあらば人妻故《ひとづまゆえ》に我《あれ》恋《こ》ひ《い》めやも

天武天皇《てんむてんのう》

紫草《むらさき》のように美《うつく》しいあなたをにくいと思《おも》っているなら、（あなたは）人妻《ひとづま》であるのに、わたしは恋《こい》しく思《おも》ったりするでしょうか。〈巻一・二一〉

春過《はるす》ぎて夏来《なつきた》るらし白《しろ》たへ《え》の衣《ころも》干《ほ》したり天《あめ》の香具山《かぐやま》

持統天皇《じとうてんのう》

春《はる》が過《す》ぎて夏《なつ》が来《き》たらしい。白《しろ》い衣《ころも》が干《ほ》してあるよ、天《あめ》の香具山《かぐやま》に。〈巻一・二八〉

東《ひむかし》の野《の》に⑨かぎろひ《い》の立《た》つ見《み》えてかへ《え》り見《み》すれば月傾《つきかたぶ》きぬ

柿本人麻呂《かきのもとのひとまろ》

東《ひがし》の野《の》に朝《あさ》の光《ひかり》が差《さ》すのが見《み》えて、ふり返《かえ》ってみると、（西《にし》には）月《つき》がしずみかけている。〈巻一・四八〉

近江《おうみ》の海夕波千鳥《うみゆうなみちどり》汝《な》が鳴《な》けば心《こころ》もしのに古《いにしえ》思《おも》ほ《お》ゆ

近江《おうみ》の海《うみ》（＝琵琶湖《びわこ》）の、夕方《ゆうがた》に立《た》つ波《なみ》の上《うえ》を鳴《な》きながら飛《と》ぶ千鳥《ちどり》よ。おまえが鳴《な》くと、（わたしは）心《こころ》がしおれるほど昔《むかし》のことが思《おも》われるよ。〈巻三・二六六〉

⑩石走《いわばし》る垂水《たるみ》の上《うえ》の⑪さわらびの萌《も》え出《い》づ《ず》る春《はる》になりにけるかも

志貴皇子《しきのみこ》

岩《いわ》の上《うえ》を流《なが》れる滝《たき》のほとりの、わらびの芽《め》がもえ出《で》る春《はる》になったことだなあ。（なんとめでたく、うれしいことよ。）〈巻八・一四一八〉

※（＝）は、意味《いみ》や言《い》いかえを表《あらわ》す。

⑧紫草《むらさき》

ムラサキ科《か》の多年草《たねんそう》で紫《むらさき》のこと。白《しろ》い花《はな》の野草《やそう》で、根《ね》から赤《あか》紫色《むらさきいろ》の染料《せんりょう》が取《と》れたことからついた名前《なまえ》。

▲紫草《むらさき》

⑨かぎろひ《い》

明《あ》け方《がた》、太陽《たいよう》がのぼるあたりの空《そら》を、ほのかに赤《あか》く染《そ》める光《ひかり》のこと。

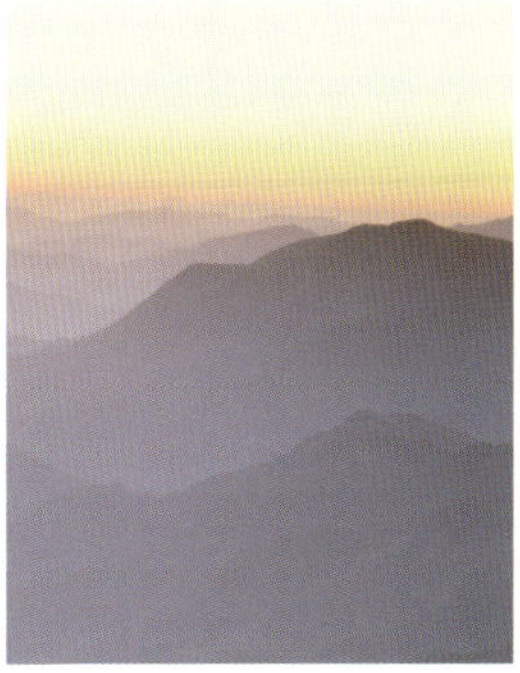

▲かぎろひ《い》

⑩石走《いわばし》る

「垂水《たるみ》」の枕詞《まくらことば》。

⑪さわらび

「さ」は「早《はや》い」という意味《いみ》で、芽《め》が出《で》たばかりのやわらかいわらびの葉《は》のこと。

憶良《おくら》らは今《いま》は罷《まか》らむ子《こ》泣《な》くらむそれその母《はは》も我《あ》を待《ま》つらむぞ

山上憶良《やまのうえのおくら》

わたくし憶良《おくら》は、今《いま》はもう失礼《しつれい》して帰《かえ》ろうと思《おも》います。（家《いえ》では）子《こ》どもが泣《な》いているでしょうし、その母親《ははおや》もわたくしが帰《かえ》るのを待《ま》っているでしょうから。〈巻三・三三七〉

瓜《うり》食《は》めば　子《こ》ども思《おも》ほゆ　栗《くり》食《は》めば　まして偲《しぬ》はゆ　いづ《ず》くより
来《きた》りしものそ　まなかひ《い》に　もとなかかりて　安眠《やすい》しなさぬ

うりを食《た》べると、子《こ》どものことを思《おも》い出《だ》す。くりを食《た》べると、ますますしのばれる。いったい（子どもは）どこから来《き》たのだろう。目《め》の前《まえ》にひどくちらついて（わたしを）ゆっくりねむらせないことだ。〈巻五・八〇二〉

❶反歌《はんか》

銀《しろかね》も金《くがね》も❷玉《たま》もなにせむに優《まさ》れる宝子《たからこ》に及《し》かめやも

（世《よ》の宝《たから》という）銀《ぎん》も、金《きん》も、宝石《ほうせき》も、いったいなにになるだろう。どんなすばらしい宝《たから》も、子《こ》どもにまさるものがあるだろうか。（子《こ》どもより大切《たいせつ》な宝《たから》などない。）〈巻五・八〇三〉

うつそみの人《ひと》なる我《あれ》や明日《あす》よりは❸二上山《ふたがみやま》を弟《いろせ》と我《あ》が見《み》む

大伯皇女《おおくのひめみこ》

この世《よ》に生《い》きる人《ひと》であるわたしは、（死《し》んだ弟《おとうと》が二上山《ふたかみやま》に埋葬《まいそう》されたので）明日《あす》からは二上山《ふたかみやま》をわたしの弟《おとうと》として見《み》るのだろうか。〈巻二・一六五〉

❹百伝《ももづた》ふ❺磐余《いわれ》の池《いけ》に鳴《な》く鴨《かも》を今日《きょう》のみ見《み》てや雲隠《くもがく》りなむ

大津皇子《おおつのみこ》

磐余《いわれ》の池《いけ》で鳴《な》いているかもを、今日《きょう》を最後《さいご》に見《み》て、（わたしは朝廷《ちょうてい》から死《し》を命令《めいれい》されて）このまま死《し》んでいくのだろうか。〈巻三・四一六〉

---

❶**反歌《はんか》**
長歌《ちょうか》にそえる、短《みじか》い歌《うた》のこと。歌全体《うたぜんたい》が言《い》い表《あらわ》したいことをまとめたり、補《おぎな》ったりする。この場合《ばあい》、長歌《ちょうか》「瓜食《うりは》めば……」にそえられている。

❷**玉《たま》**
美《うつく》しい石《いし》や宝石《ほうせき》のこと。

❸**二上山《ふたがみやま》**
現在《げんざい》の奈良県《ならけん》と大阪府《おおさかふ》との間《あいだ》にある山《やま》。

▲二上山《ふたがみやま》

❹**百伝《ももづた》ふ**
「磐余《いわれ》」の「い」に掛《か》かる枕詞《まくらことば》。

❺**磐余《いわれ》の池《いけ》**
現在《げんざい》の奈良県南部《ならけんなんぶ》にあったとされる池《いけ》のこと。

世《よ》の中《なか》は空《むな》しきものと知《し》る時《とき》しいよよますます悲《かな》しかりけり

大伴《おおともの》旅人《たびと》

（知《し》り合《あ》いがなくなって）この世《よ》の中《なか》がむなしいものだと思《おも》い知《し》った今《いま》こそ、いよいよますます悲《かな》しい思《おも》いがすることです。　〈巻五・七九三〉

❻あをによし《お》奈良《なら》の都《みやこ》は咲《さ》く花《はな》の薫《にお》ふがごとく今盛《いまさか》りなり

小野《おのの》老《おゆ》

奈良《なら》の都《みやこ》は、さく花《はな》が美《うつく》しくにおい立《た》つように、今《いま》まさに、豊《ゆた》かにさかえていることだ。　〈巻三・三二八〉

天地《あめつち》の　分《わか》れし時《とき》ゆ　神《かむ》さびて　高《たか》く貴《とうと》き　❼駿河《するが》なる　❽富士《ふじ》の高嶺《たかね》を
❾天《あま》の原《はら》　振《ふ》り放《さ》け見《み》れば　渡《わた》る日《ひ》の　❿影《かげ》も隠《かく》らひ《い》　照《て》る月《つき》の
光《ひかり》も見《み》えず　白雲《しらくも》も　い行《ゆ》きはばかり　時《とき》じくそ　雪《ゆき》は降《ふ》りける
語《かた》り継《つ》ぎ　言《い》ひ《い》継《つ》ぎ行《ゆ》かむ　富士《ふじ》の高嶺《たかね》は

山部《やまべ》赤人《のあかひと》

天《てん》と地《ち》が分《わ》かれた時《とき》から、神々《こうごう》しくて高《たか》く貴《とうと》い、駿河《するが》の国《くに》の富士山《ふじさん》を大空《おおぞら》に見上《みあ》げてみると、（山《やま》があまりに高《たか》いので）空《そら》をわたる太陽《たいよう》の姿《すがた》もかくれ、照《て》る月《つき》の光《ひかり》も見《み》えない。白《しろ》い雲《くも》も（山《やま》にさえぎられて）なかなか進《すす》めず、年《ねん》がら年《ねん》じゅう雪《ゆき》は降《ふ》っている。（いつまでも）語《かた》り伝《つた》え、言《い》いついでいこう、この富士《ふじ》の高《たか》い山《やま》のことを。　〈巻三・三一七〉

反歌《はんか》

⓫田子《たご》の浦《うら》ゆうち出《い》でて見《み》ればま白《しろ》にそ富士《ふじ》の高嶺《たかね》に雪《ゆき》は降《ふ》りける

田子《たご》の浦《うら》を通《とお》って視界《しかい》が開《ひら》けたところに出《で》て見《み》てみると、真《ま》っ白《しろ》に、富士山《ふじさん》の高《たか》い頂上《ちょうじょう》に雪《ゆき》が降《ふ》っていることだ。　〈巻三・三一八〉

---

❻あをに《お》よし　「奈良《なら》」の枕詞《まくらことば》。

❼駿河《するが》　現在《げんざい》の静岡県中央部《しずおかけんちゅうおうぶ》あたり。

❽富士《ふじ》の高嶺《たかね》　富士《ふじ》は富士山《ふじさん》のこと。高嶺《たかね》とはその頂上《ちょうじょう》のこと。

❾天《あま》の原《はら》　広々《ひろびろ》とした空《そら》のこと。

❿影《かげ》　太陽《たいよう》や月《つき》などの姿《すがた》のこと。

⓫田子《たご》の浦《うら》　現在《げんざい》の静岡県中央部《しずおかけんちゅうおうぶ》にある海《うみ》辺《べ》のこと。

▲田子《たご》の浦《うら》

春《はる》の苑紅《そのくれない》にほ《お》ふ《う》桃《もも》の花下照《はなしたで》る道《みち》に出《い》で立《た》つ娘子《おとめ》

春《はる》の庭園《ていえん》で紅色《べにいろ》に美《うつく》しくさいている桃《もも》の花《はな》。その木《き》の下《した》まで（赤《あか》く）かがやく道《みち》にたたずんでいる（美《うつく》しい）乙女《おとめ》よ。〈巻十九・四一三九〉

大伴家持《おおとものやかもち》

我《わ》がやどのいささ❶群竹《むらたけ》吹《ふ》く風《かぜ》の音《おと》のかそけきこの夕《ゆうへ》かも

わたしの家《いえ》の、少《すこ》しだけ群《む》がり生《は》えている竹《たけ》に（さわさわと）ふく風《かぜ》の音《おと》がかすかに聞《き》こえる、この夕暮《ゆうぐ》れよ。〈巻十九・四二九一〉

うらうらに照《て》れる春日《はるひ》に❷ひばり上《あ》がり心悲《こころがな》しもひとりし思《おも》へば

うららかに照《て》っている春《はる》の日《ひ》にひばりが空高《そらたか》くまい上《あ》がり、そのいっぽうで、わたしの心《こころ》は悲《かな》しいことよ、一人《ひとり》で物思《ものおも》いにしずんでいると。〈巻十九・四二九二〉

❸東歌《あずまうた》

❹信濃道《しなぬじ》は今《いま》の墾《は》り道《みち》刈《か》りばねに足踏《あしふ》ましむな沓《くつ》履《は》け我《わ》が背《せ》

信濃道《しなのじ》は、新《あたら》しくできた道《みち》です。切《き》り株《かぶ》をふんで（馬《うま》の）足《あし》にけがをさせないよう、くつをはかせてあげてください、あなた。〈巻十四・三三九九〉

❺防人歌《さきもりのうた》

父母《ちちはは》が頭《かしら》かき撫《な》で幸《さ》くあれて言《い》ひし言葉《けとば》ぜ忘《わす》れかねつる

（わたしが兵士《へいし》として遠《とお》い九州《きゅうしゅう》へ行《い》くときに、）父《ちち》と母《はは》がわたしの頭《あたま》をなでながら、無事《ぶじ》であるようにといのってくれたことばがわすれられない。〈巻二十・四三四六〉

---

❶**群竹**《むらたけ》 群《む》がるように生《は》えている竹《たけ》のこと。

❷**ひばり** すずめくらいの大《おお》きさの鳥《とり》。畑《はたけ》や川原《かわら》などにすみ、春《はる》になると、さえずりながらまい上《あ》がる。

▲ひばり

❸**東歌**《あずまうた》 東国《とうごく》（現在《げんざい》の関東地方《かんとうちほう》）の人《ひと》がよんだ歌《うた》のこと。

❹**信濃道**《しなぬじ》 信濃《しなの》（現在《げんざい》の長野県《ながのけん》）へ行《い》く道《みち》のこと。

❺**防人歌**《さきもりのうた》 防人《さきもり》（北九州《きたきゅうしゅう》の警備《けいび》に当《あ》たった兵士《へいし》）がよんだ歌《うた》のこと。

『万葉集《まんようしゅう》』について

◉ジャンル ── 歌集《かしゅう》

◉まとめた人《ひと》 ── 大伴家持《おおとものやかもち》ほか

◉できた時代《じだい》 ── 奈良時代後期《ならじだいこうき》（八世紀後半《はっせいきこうはん》）ごろ

和歌《わか》の成《な》り立《た》ち

和歌《わか》のできるずっと前《まえ》から「うた」とよばれるものはありました。儀式《ぎしき》のときに、なん人《にん》かで声《こえ》を出《だ》す歌謡《かよう》などです。やがてそれらとは別《べつ》に、自分《じぶん》の気持《きも》ちをだれかに伝《つた》える手段《しゅだん》としての和歌《わか》が生《う》まれてきました。和歌《わか》は奈良時代《ならじだい》には「倭歌」と書《か》き、「やまとうた」と読《よ》みました。「やまと」とは「日本《にほん》」という意味《いみ》です。また、「和《わ》」には、ある人《ひと》が言《い》ったことに対《たい》して「和《わ》する」（返事《へんじ》をし、応答《おうとう》する）という意味《いみ》もあるともいわれています。

和歌《わか》は、ふだんの生活《せいかつ》の中《なか》で親《した》しい人《ひと》たちと交流《こうりゅう》するために使《つか》われはじめ、貴族社会《きぞくしゃかい》に定着《ていちゃく》していきました。

はじめは音数《おんすう》の決《き》まりもとくにありませんでしたが、しだいに和歌《わか》は五音《ごおん》と七音《しちおん》の組《く》み合《あ》わせに統一《とういつ》されていきました。歌《うた》のルールが整《ととの》えられたことで、より多《おお》くの人《ひと》が親《した》しめるようになり、やがて歌集《かしゅう》としてもまとめられるようになったのです。

作品《さくひん》の特徴《とくちょう》

『万葉集《まんようしゅう》』は今《いま》からおよそ千三百年前《せんさんびゃくねんまえ》につくられた、現在《げんざい》まで残《のこ》っている中《なか》では最古《さいこ》の歌集《かしゅう》です。全二十巻《ぜんにじっかん》で四千五百首《よんせんごひゃくしゅ》あまりの歌《うた》がおさめられていますが、一人《ひとり》の人《ひと》が一度《いちど》にまとめたのではなく、約百年《やくひゃくねん》もの年月《ねんげつ》をかけて、何人《なんにん》もの人《ひと》が少《すこ》しずつまとめたものだといわれています。

『万葉集《まんようしゅう》』の大《おお》きな特徴《とくちょう》は、皇族《こうぞく》や貴族《きぞく》の歌《うた》だけでなく、庶民《しょみん》をふくむ、はば広《ひろ》い階層《かいそう》の人々《ひとびと》の暮《く》らしが題材《だいざい》となった歌《うた》も入《はい》っている点《てん》です。漢詩文《かんしぶん》にならった歌《うた》もありますが、心《こころ》にわき上《あ》がった感動《かんどう》を、かざらずにすなおによんだとされる歌《うた》が多《おお》くおさめられています。

歌《うた》のリズムは、五七《ごしち》・五七《ごしち》・七《しち》のように、五音《ごおん》と七音《しちおん》のくり返《かえ》しでよまれています。このようなリズムのことを「五七調《ごしちちょう》」とよびます。とくに、『万葉集《まんようしゅう》』でよまれている歌《うた》の調子《ちょうし》は「万葉調《まんようちょう》」、歌風《かふう》は「ますらを《お》ぶり」などとよばれ、力強《ちからづよ》く、率直《そっちょく》なうたいぶりが特徴《とくちょう》です。

主《おも》な歌人《かじん》

●大伴《おおとも》 家持《のやかもち》（七一八年《ねん》？～七八五年《ねん》）

▲大伴 家持像《おおとものやかもちぞう》（石川寒巖画「歌仙」個人蔵）

歌人《かじん》である大伴《おおとも》 旅人《のたびと》の長男《ちょうなん》として生《う》まれました。はば広《ひろ》い内容《ないよう》の歌《うた》をよんだ歌人《かじん》で、『万葉集《まんようしゅう》』の撰者《せんじゃ》だったといわれています。撰者《せんじゃ》とは、歌《うた》を選《えら》んで歌集《かしゅう》にまとめる人《ひと》のことです。『万葉集《まんようしゅう》』には家持《やかもち》の歌《うた》が最《もっと》も多《おお》くのせられています。

●額田《ぬかた》 王《のおおきみ》（六〇〇年代後半《ねんだいこうはん》）

近江地方《おうみちほう》（現在《げんざい》の滋賀県《しがけん》）の裕福《ゆうふく》な家《いえ》のむすめとして生《う》まれ、宮廷《きゅうてい》に仕《つか》えました。大海人 皇子《おおあまのおうじ》（のちの天武天皇《てんむてんのう》）のきさきとなり、その後《ご》、天智天皇《てんじてんのう》にも仕《つか》えたとされます。すぐれた歌《うた》をつくった女流歌人《じょりゅうかじん》です。

●柿本《かきのもとの》 人麻呂《ひとまろ》（七〇〇年前後《ねんぜんご》）

儀式《ぎしき》などで歌《うた》をよんだ宮廷歌人《きゅうていかじん》です。数多《かずおお》くのすぐれた歌《うた》をよみ、歌聖《かせい》（すぐれた歌人《かじん》）とよばれました。また、長《ちょう》歌《か》（五七音《ごしちおん》をくり返《かえ》し、最後《さいご》に七音《しちおん》を加《くわ》える形《かたち》の歌《うた》）に反歌《はんか》（↓10ページ）をそえる形式《けいしき》を整《ととの》えました。

●山上《やまのうえの》 憶良《おくら》（六六〇年《ねん》～七三三年《ねん》？）

四十一歳《よんじゅういっさい》のときに、唐《とう》（当時《とうじ》の中国《ちゅうごく》）へわたりました。晩《ばん》年《ねん》は筑前《ちくぜん》（現在《げんざい》の福岡県《ふくおかけん》のあたり）に役人《やくにん》として移《うつ》り、そこで多《おお》くの歌《うた》をつくりました。唐《とう》の詩文《しぶん》や仏教《ぶっきょう》の影響《えいきょう》を受《う》けた歌人《かじん》です。

このほか、東国《とうごく》（現在《げんざい》の関東地方《かんとうちほう》）の方言《ほうげん》で庶民《しょみん》がよんだ「東歌《あずまうた》」や、防人《さきもり》（北九州《きたきゅうしゅう》の警備《けいび》に当《あ》たった兵士《へいし》）がよんだ「防人 歌《さきもりのうた》」などがあり、無名《むめい》の人《ひと》も多《おお》くの歌《うた》をよんでいます。

作品《さくひん》の分類《ぶんるい》

『万葉集《まんようしゅう》』におさめられている歌《うた》は、内容《ないよう》から大《おお》きく三《みっ》つに分類《ぶんるい》できます。

●雑歌《ぞうか》（宮廷行事《きゅうていぎょうじ》や自然《しぜん》の変化《へんか》などをよんだ歌《うた》）

「石走《いわばし》る……（↓9ページ）」「あをによし……（↓11ページ）」のように、うたげの席《せき》や儀式《ぎしき》などをよんだり、自然《しぜん》の変化《へんか》をよんだりした歌《うた》です。

●相聞歌《そうもんか》（恋人《こいびと》や家族《かぞく》、友人《ゆうじん》を思《おも》う気持《きも》ちをよんだ歌《うた》）

「君待《きみま》つと……（↓8ページ）」のように、主《おも》に男女《だんじょ》の恋《こい》の歌《うた》が多《おお》くおさめられています。「相聞《そうもん》」とは手紙《てがみ》をやり取《と》りするという意味《いみ》で、家族《かぞく》や友人《ゆうじん》へおくった歌《うた》や、それに対《たい》する返事《へんじ》の歌《うた》などもふくまれます。『万葉集《まんようしゅう》』の中《なか》で最《もっと》も多《おお》い種類《しゅるい》の歌《うた》です。

●挽歌《ばんか》（人《ひと》の死《し》をいたみ、悲《かな》しみをよんだ歌《うた》）

「うつそみの……（↓10ページ）」「世《よ》の中《なか》は……（↓11ページ）」のように、大切《たいせつ》な人《ひと》を失《うしな》った悲《かな》しみをよんだ歌《うた》です。当時《とうじ》の人々《ひとびと》は、歌《うた》が死者《ししゃ》や残《のこ》された人《ひと》の心《こころ》をなぐさめると考《かんが》えていました。

君待登
吾恋居者
我屋戸之
簾動之

漢字《かんじ》で書《か》かれた『万葉集《まんようしゅう》』

『万葉集《まんようしゅう》』は，実《じつ》はすべて漢字《かんじ》で書《か》かれているのです。しかし漢詩文《かんしぶん》とはちがい，日本語《にほんご》として読《よ》むことができます。それはなぜでしょうか。

『万葉集《まんようしゅう》』の時代《じだい》には、仮名文字《かなもじ》はまだできておらず、文字《もじ》を書《か》くときはすべて、中国《ちゅうごく》の漢字《かんじ》を使《つか》っていました。ところが、話《はな》しことばや和歌《わか》は日本語《にほんご》ですから、そのままでは文字《もじ》で書《か》き表《あらわ》すことはできません。

そこで当時《とうじ》の人《ひと》は和歌《わか》をなんとか書《か》き記《しる》そうと、漢字《かんじ》の音《おん》と訓《くん》だけを借《か》りて、それらを日本語《にほんご》の音《おん》に当《あ》てはめる工夫《くふう》をしたのです。これが「万葉仮名《まんようがな》」です。『万葉集《まんようしゅう》』は、すべてこの万葉仮名《まんようがな》で書《か》かれています。

たとえば、額田《ぬかたの》王《おおきみ》の歌《うた》（→8ページ）は、万葉仮名《まんようがな》では次《つぎ》のように書《か》き表《あらわ》されます。

君待登《きみまつと》吾恋居者《あがこいおれば》我屋戸之《わがやどの》簾動之《すだれうごかし》秋《あきの》
風吹《かぜふく》

一見《いっけん》すると漢詩《かんし》のようですが、漢字《かんじ》の音《おん》や訓《くん》を拾《ひろ》うと日本語《にほんご》として読《よ》むことができます。

後《のち》の平安時代《へいあんじだい》に生《う》まれた仮名文字《かなもじ》（平仮名《ひらがな》・片仮名《かたかな》）は、万葉仮名《まんようがな》で使《つか》われていた漢字《かんじ》をもとにしています。たとえば、ひらがなの「あ」は万葉仮名《まんようがな》の「安」から、カタカナの「ア」は「阿」からできたといわれています。

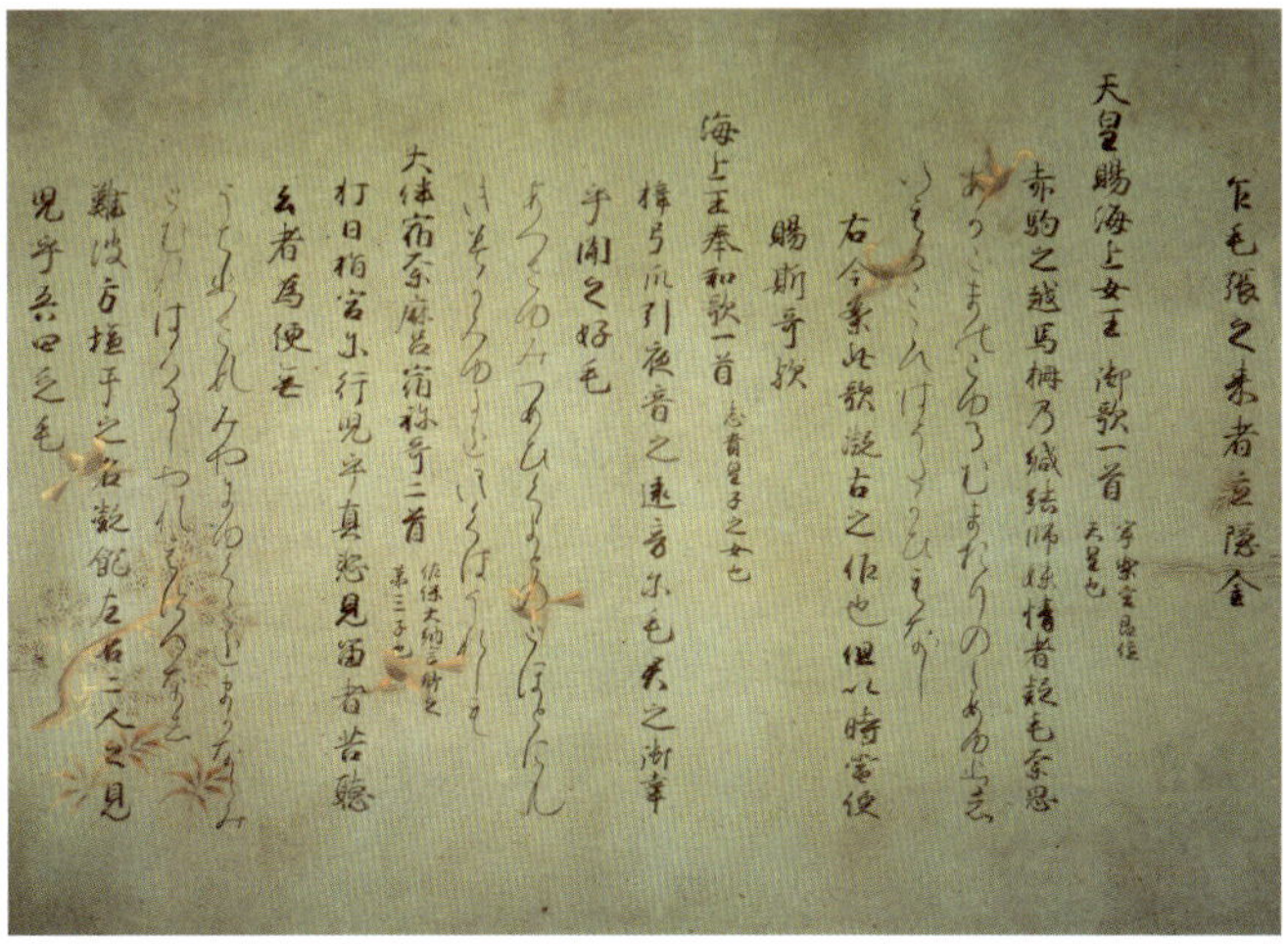

▲『万葉集《まんようしゅう》』の写本《しゃほん》（宮内庁侍従職所蔵）

『万葉集《まんようしゅう》』を楽《たの》しもう！

●『万葉集《まん よう しゅう》』の歌《うた》スケッチをかく

『万葉集《まんようしゅう》』には、恋《こい》や家族《かぞく》、自然《しぜん》などを題材《だいざい》にした、貴《き》族《ぞく》から庶民《しょみん》までさまざまな階層《かいそう》の人《ひと》の歌《うた》がおさめられています。それらの歌《うた》をよんで、どんな景色《けしき》や情景《じょうけい》が思《おも》いうかんだか、自分《じぶん》なりに絵《え》で表現《ひょうげん》してみましょう。

かき方《かた》

①好《す》きな歌《うた》を一《ひと》つ選《えら》び、現代語訳《げんだいごやく》を参考《さんこう》にして、その歌《うた》によまれた景色《けしき》や情景《じょうけい》を思《おも》いうかべます。

②その歌《うた》をイメージした絵《え》をかきます。

歌人《かじん》がどんな気持《きも》ちでよんだのか，考《かんが》えてみるといいね。

歌《うた》の中《なか》に出《で》てくる，季節《きせつ》を表《あらわ》すことばに注目《ちゅうもく》すると，絵《え》がかきやすいんじゃないかな。

例《れい》

田子《たご》の浦《うら》ゆうち出《い》でて見《み》ればま白《しろ》にそ富士《ふじ》の高嶺《たかね》に
雪《ゆき》は降《ふ》りける

山部《やまべ》 赤人《のあかひと》

発展《はってん》

同《おな》じ歌《うた》でも、注目《ちゅうもく》するところによって、できあがる絵《え》がちがってきます。グループで同《おな》じ歌《うた》を選《えら》び、おたがいにかいた絵《え》をくらべましょう。

古《こ》今《きん》和《わ》歌《か》集《しゅう》
新《しん》古《こ》今《きん》和《わ》歌《か》集《しゅう》

古今和歌集《こきんわかしゅう》

袖《そで》ひぢてむすびし水《みず》のこほれるを春立《はるた》つけふ《きょう》の風《かぜ》やとくらむ　紀《きの》　貫之《つらゆき》

（暑《あつ》い夏《なつ》の日《ひ》には）そでをぬらして両手《りょうて》にすくった水《みず》が、（昨日《きのう》までは冬《ふゆ》の寒《さむ》さで）こおっていたのを、立春《りっしゅん》の今日《きょう》の（あたたかい）風《かぜ》が、今《いま》ごろ解《と》かしているだろうか。〈巻一・春上・二〉

君《きみ》がため春《はる》の野《の》にいでて若菜摘《わかなつ》むわが衣手《ころもで》に雪《ゆき》は降《ふ》りつつ　光孝天皇《こうこうてんのう》

あなたにおくるために春《はる》の野《の》に出《で》かけて若菜《わかな》をつんでいると、そのわたしのそでには、雪《ゆき》がずっとちらちらと降《ふ》りかかってくることです。〈巻一・春上・二一〉

春霞《はるがすみ》立《た》つを見《み》すてて行《ゆ》く雁《かり》は花《はな》なき里《さと》に住《す》みやならへ《え》る　伊勢《いせ》

春《はる》がすみが立《た》つ（うれしい季節《きせつ》になる）のを見捨《みす》てて北《きた》の国《くに》に帰《かえ》って行《い》くかりは、花《はな》のない（さびしい）土地《とち》に住《す》みなれているのだろうか。〈巻一・春上・三一〉

人《ひと》はいさ心《こころ》も知《し》らずふるさとは花《はな》ぞ昔《むかし》の香《か》ににほひ《おい》ける　紀《きの》　貫之《つらゆき》

あなたのお心《こころ》は変《か》わってしまったかどうか、さあわかりません。でも、（以前《いぜん》、あなたが泊《と》めてくれた）なつかしいこの家《いえ》では、梅《うめ》の花《はな》だけは昔《むかし》のままのかおりで、変《か》わらずに美《うつく》しくさいていますよ。〈巻一・春上・四二〉

世《よ》の中《なか》に絶《た》えて桜《さくら》のなかりせば春《はる》の心《こころ》はのどけからまし　在原《ありわらの》　業平《なりひら》

この世《よ》の中《なか》にいっそ桜《さくら》というものがなかったら、（桜《さくら》がさくのを楽《たの》しみに待《ま》ったり、散《ち》るのを残念《ざんねん》に思《おも》ったり、そわそわすることもなく）春《はる》をのどかな気持《きも》ちで過《す》ごしていられるだろうになあ。〈巻一・春上・五三〉

---

❶**春立《はるた》つ**　春《はる》になること。立春《りっしゅん》。

❷**雁《かり》**　かもの仲間《なかま》の水鳥《みずとり》のこと。秋《あき》に北《きた》からわたってきて、春《はる》には北《きた》に帰《かえ》っていくわたり鳥《どり》で、群《む》れて飛《と》ぶ。「がん」ともよばれる。

▲雁《かり》

❸**久方《ひさかた》の**　「天《あめ・あま》」「空《そら》」「光《ひかり》」などの枕詞《まくらことば》。

❹**静心《しずごころ》**　落《お》ち着《つ》いた心《こころ》。静《しず》かな気持《きも》ち。

❺**花《はな》**　この時代《じだい》は、「花《はな》」といえば梅《うめ》か桜《さくら》を指《さ》していた。ここでは桜《さくら》のこと。

❻**いたづ《ず》らに**　むなしく。むだに。

見渡《みわた》せば柳桜《やなぎさくら》をこきまぜて都《みやこ》ぞ春《はる》の錦《にしき》なりける

見《み》わたすと、やなぎの緑《みどり》と桜《さくら》の花《はな》とがまざり合《あ》って見《み》えて（とても色美《いろうつく》しい。美《うつく》しく紅葉《こうよう》した山《やま》を「秋《あき》のにしき」というが）、京《きょう》の都《みやこ》は「春《はる》のにしき」（という美《うつく》しい織物《おりもの》）のようだなあ。〈巻一・春上・五六〉

素性法師《そせいほうし》

❸久方《ひさかた》の光《ひかり》のどけき春《はる》の日《ひ》に❹静心《しずごころ》なく❺花《はな》の散《ち》るらむ

空《そら》からそそぐ太陽《たいよう》の光《ひかり》がこんなにのんびりとしている春《はる》の日《ひ》なのに、どうして落《お》ち着《つ》いた心《こころ》もなく、桜《さくら》の花《はな》は（こんなに急《いそ》いで）散《ち》っているのだろう。〈巻二・春下・八四〉

紀友則《きのとものり》

花《はな》の色《いろ》は移《うつ》りにけりな❻いたづ《ず》らにわが身世《みよ》に❼ふる❽ながめせしまに

花《はな》の色《いろ》はきれいな時期《じき》を過《す》ぎて変《か》わってしまった、長雨《ながめ》（＝長《なが》く降《ふ》り続《つづ》く雨《あめ》）のうちに。わたしの容姿《ようし》も花《はな》のようにむなしく年《とし》をとっておとろえてしまったなあ、眺《なが》め（＝ぼんやりと物思《ものおも》いにふけっ）ているうちに。〈巻二・春下・一一三〉

小野小町《おののこまち》

❾音羽山《おとわやま》けさこえくれば❿郭公《ほととぎす》こずゑ《え》はるかに今《いま》ぞ鳴《な》くなる

音羽山《おとわやま》を今朝《けさ》こえて来《く》ると、ほととぎすが木《き》の枝先《えださき》のずっと向《む》こうで、ちょうど鳴《な》くのが聞《き》こえてくるなあ。〈巻三・夏・一四二〉

紀友則《きのとものり》

秋来《あきき》ぬと目《め》にはさやかに見《み》えねども風《かぜ》の音《おと》にぞ⓫おどろかれぬる

ああ、秋《あき》が来《き》たなと、目《め》ではっきりと見《み》えるわけではないが、（立秋《りっしゅう》の今日《きょう》、）ふく風《かぜ》の音《おと》には、はっとするほど秋《あき》のおとずれが感《かん》じられることよ。〈巻四・秋上・一六九〉

藤原敏行《ふじわらのとしゆき》

※（＝）は、意味《いみ》や言《い》いかえを表《あらわ》す。

---

❼ふる
「経《ふ》る」（年月《としつき》を暮《く》らす）と「降《ふ》る」との掛詞《かけことば》。

❽ながめ
「眺《なが》め」（物思《ものおも》いにふけって見《み》つめる）と「長雨《ながめ》」との掛詞《かけことば》。

❾音羽山《おとわやま》
現在《げんざい》の京都府《きょうとふ》と滋賀県《しがけん》の間《あいだ》にある山《やま》。名前《なまえ》に「音《おと》」とあることから、音《おと》や声《こえ》にかかわるもの（ここでは、ほととぎすの声《こえ》）と結《むす》びつけてよまれることが多《おお》い。

❿郭公《ほととぎす》
現在《げんざい》のかっこうのこと。現在《げんざい》の「ほととぎす」という鳥《とり》とは別《べつ》の鳥《とり》。

⓫おどろかれぬる
現在《げんざい》の「おどろく」とはちがい、「今《いま》まで感《かん》じなかったことにはじめて気《き》づいたり、思《おも》いついたりする心《こころ》の様子《ようす》」のことを指《さ》していた。

月見《つきみ》ればちぢに❶物《もの》こそ悲《かな》しけれわが身《み》ひとつの秋《あき》にはあらねど

大江千里《おおえのちさと》

月《つき》を見《み》ていると、いろいろなことが悲《かな》しく感《かん》じられる。わたし一人《ひとり》のための秋《あき》ではないけれども。〈巻四・秋上・一九三〉

山里《やまざと》は秋《あき》こそことにわびしけれ鹿《しか》の鳴《な》く音《ね》に目《め》をさましつつ

壬生忠岑《みぶのただみね》

山里《やまざと》というのは、四季《しき》の中《なか》でも秋《あき》がとくにさびしいものだなあ。しかの鳴《な》く声《こえ》に何度《なんど》も眠《ねむ》りを覚《さ》まされてなかなか寝《ね》つけないことだ。〈巻四・秋上・二一四〉

風吹《かぜふ》けば落《お》つるもみぢ葉《じば》水《みず》きよみ散《ち》らぬかげさへ底《えそこ》に見《み》えつつ

凡河内躬恒《おおしこうちのみつね》

風《かぜ》にふかれて池《いけ》に散《ち》り落《お》ちたもみじの葉《は》はもちろん、水《みず》がきれいにすんでいるので、まだ散《ち》っていないもみじの葉《は》の姿《すがた》までも、水底《みなそこ》に(うつって)見《み》えるよ。〈巻五・秋下・三〇四〉

❷天《あま》の原《はら》ふりさけ見《み》れば春日《かすが》なる❸三笠《みかさ》の山《やま》にいでし月《つき》かも

安倍仲麿《あべのなかまろ》

(この中国《ちゅうごく》の)広々《ひろびろ》とした大空《おおぞら》をずっと遠《とお》くまで見《み》わたすと、美《うつく》しい月《つき》がのぼっている。あれは、(昔日本《にほん》で見《み》た)春日《かすが》にある三笠山《みかさやま》に出《で》ていた月《つき》と同《おな》じ月《つき》なのだなあ。〈巻九・羇旅・四〇六〉

❹郭公《ほととぎす》鳴《な》くや五月《さつき》の❺あやめぐさあやめも知《し》らぬ恋《こい》もするかな

読人《よみひと》しらず

ほととぎすが鳴《な》く五月《ごがつ》にさくあやめ草《くさ》。その「あやめ」ではないが、わたしは文目《あやめ》(=すじ道《みち》)もわからない恋《こい》をすることだなあ。〈巻十一・恋一・四六九〉

---

❶ちぢに
いろいろ。さまざま。

❷天《あま》の原《はら》(↓11ページ)

❸三笠《みかさ》の山《やま》
現在《げんざい》の奈良県《ならけん》にある春日山《かすがやま》の別名《べつめい》。仲磨《なかまろ》は長《なが》く中国《ちゅうごく》にいて、日本《にほん》に帰《かえ》ることができなかった。「三笠《みかさ》の山《やま》」を日本《にほん》での思《おも》い出《で》とともになつかしんでいる。

❹郭公《ほととぎす》鳴《な》くや五月《さつき》のあやめぐさ
「あやめ」を導《みちび》く序詞《じょことば》。郭公《ほととぎす》は現在《げんざい》のかっこうのこと(↓19ページ)。

❺あやめ
現在《げんざい》の菖蒲《しょうぶ》のこと。「文目《あやめ》」(模様《もよう》や色《いろ》どり、すじ道《みち》のこと)との掛詞《かけことば》。

▲あやめ

思《おも》ひつつ寝《ぬ》ればや人《ひと》の見《み》えつらむ夢《ゆめ》と知《し》りせば覚《さ》めざらましを

小野小町《おののこまち》

あの人《ひと》のことを何度《なんど》も恋《こい》しく思《おも》いながら寝《ね》たから、あの人《ひと》が夢《ゆめ》に出《で》てきたのだろうか。夢《ゆめ》とわかっていたならば、わたしは目《め》を覚《さ》まさなかったのに。〈巻十二・恋二・五五二〉

明日香河淵《あすかがわふち》は瀬《せ》になる世《よ》なりとも思《おも》ひそめてむ人《ひと》は忘《わす》れじ

読人《よみひと》しらず

明日香川《あすかがわ》の深《ふか》い流《なが》れがいつの間《ま》にか浅《あさ》くなるように、変《か》わりやすい世《よ》の中《なか》だとしても、わたしは一度《いちど》好《す》きになった人《ひと》をわすれはしない。〈巻十四・恋四・六八七〉

陸奥《みちのく》のしのぶもぢずり誰《たれ》ゆゑに乱《みだ》れむと思《おも》ふ我《われ》ならなくに

河原左大臣《かわらのさだいじん》

陸奥《みちのく》でつくる「しのぶもじずり」（の乱《みだ》れた模様《もよう》）のように、あなた以外《いがい》のだれかのために心《こころ》が乱《みだ》れはじめたわたしではありませんのに。（あなただけを思《おも》っているのですよ。）〈巻十四・恋四・七二四〉

墨染《すみぞ》めの君《きみ》が袂《たもと》は雲《くも》なれや絶《た》えず涙《なみだ》の雨《あめ》とのみ降《ふ》る

壬生忠岑《みぶのただみね》

あなたの喪服《もふく》のそでは、黒《くろ》い雲《くも》なのだろうか。（あなたの流《なが》し続《つづ》ける）なみだが、まるでそでから雨《あめ》が降《ふ》っているように見《み》えることです。〈巻十六・哀傷・八四三〉

新古今和歌集《しんこきんわかしゅう》

ほのぼのと春《はる》こそ空《そら》に来《き》にけらし天《あま》の香具山霞《かぐやまかすみ》たなびく

後鳥羽院《ごとばいん》

ほんのりと春《はる》が空《そら》に来《き》たようだ。天《あま》の香具山《かぐやま》に（春《はる》のあかしである）かすみがたなびいている。〈巻一・春上・二〉

※（＝）は、意味《いみ》や言《い》いかえを表《あらわ》す。

6 明日香河《あすかがわ》
現在《げんざい》の奈良県北部《ならけんほくぶ》を流《なが》れる飛鳥川《あすかがわ》のこと。流《なが》れが急《きゅう》なため、浅《あさ》いところが絶《た》えず移《うつ》り変《か》わった。

7 陸奥《みちのく》のしのぶもぢずり
「乱《みだ》れ」を導《みちび》く序詞《じょことば》。陸奥《みちのく》は、現在《げんざい》の福島県《ふくしまけん》、宮城県《みやぎけん》、岩手県《いわてけん》、青森県《あおもりけん》と秋田県《あきたけん》の一部《いちぶ》をまとめた地域《ちいき》のこと。「しのぶもぢずり」は、現在《げんざい》の福島県信夫地方《ふくしまけんしのぶちほう》でつくられた、乱《みだ》れ模様《もよう》に染《そ》めた布《ぬの》のことを指《さ》すといわれている。

8 墨染《すみぞ》め
ここでは喪《も》に服《ふく》する（身近《みぢか》な人《ひと》がなくなったとき、それを悲《かな》しんで身《み》をつつしむこと）期間《きかん》に着《き》るねずみ色《いろ》の衣服《いふく》のこと。

▲墨染《すみぞ》めの衣《ころも》（『源氏物語絵巻　柏木（一）』徳川美術館所蔵）

9 香具山《かぐやま》（→8ページ）

山深《やまふか》み春《はる》とも知《し》らぬ松《まつ》の戸《と》にたえだえかかる雪《ゆき》の玉水《たまみず》

式子内親王《しょくしないしんのう》

山《やま》が深《ふか》いので、春《はる》が来《き》たとも知《し》りそうにない小屋《こや》の松《まつ》の戸《と》に、とぎれとぎれにかかっている、宝石《ほうせき》のような(美《うつく》しい)雪解《ゆきど》けのしずくよ。〈巻一・春上・三〉

見《み》わたせば山《やま》もとかすむ❶水無瀬川《みなせがわ》夕《ゆう》べは秋《あき》となに思《おも》ひけん

後鳥羽院《ごとばいん》

(春《はる》の夕方《ゆうがた》にあたりを)見《み》わたすと、かすみがかかった山《やま》のふもとに水無瀬川《みなせがわ》が流《なが》れている。夕方《ゆうがた》のすばらしさは秋《あき》が一番《いちばん》だなどと、どうして思《おも》っていたのだろうか。(この春《はる》の景色《けしき》こそ、すばらしいではないか。)〈巻一・春上・三六〉

花《はな》さそふ❷比良《ひら》の山風《やまかぜ》吹《ふ》きにけり漕《こ》ぎゆく舟《ふね》の跡見《あとみ》ゆるまで

宮内卿《くないきょう》

桜《さくら》の花《はな》を散《ち》らす、比良《ひら》の(強《つよ》い)山風《やまかぜ》がふいたのだなあ。(風《かぜ》で散《ち》った花《はな》びらが湖《みずうみ》の上《うえ》いっぱいにうかんで、その上《うえ》を)こいでゆく舟《ふね》の通《とお》ったあとがはっきりと見《み》えるまでに。〈巻二・春下・一二八〉

み❸吉野《よしの》の高嶺《たかね》の桜散《さくらち》りにけり嵐《あらし》も白《しろ》き春《はる》のあけぼの

後鳥羽院《ごとばいん》

美《うつく》しい吉野《よしの》の山《やま》の高《たか》いところにある桜《さくら》が散《ち》っている。(花《はな》びらが舞《ま》っているので、)あらしまで白《しろ》く見《み》える、春《はる》の夜明《よあ》け方《がた》よ。〈巻二・春下・一三三〉

道《みち》のべに清水《しみず》流《なが》るる柳陰《やなぎかげ》しばしとてこそ立《た》ちどまりつれ

西行法師《さいぎょうほうし》

道《みち》のほとりにきれいな水《みず》が流《なが》れている、その場所《ばしょ》に生《は》えているやなぎの木陰《こかげ》よ。少《すこ》しだけ、と思《おも》って立《た》ち止《ど》まったはずなのになあ。(あまりにすずしいので、つい長《なが》く休《やす》んでしまったよ。)〈巻三・夏・二六二〉

---

❶**水無瀬川《みなせがわ》**
現在《げんざい》の大阪府北部《おおさかふほくぶ》を流《なが》れる川《かわ》のこと。

▲水無瀬川《みなせがわ》

❷**比良《ひら》**
現在《げんざい》の滋賀県南部《しがけんなんぶ》のあたりの地名《ちめい》。琵琶湖《びわこ》に面《めん》している。

❸**吉野《よしの》の高嶺《たかね》**
現在《げんざい》の奈良県中央部《ならけんちゅうおうぶ》にある吉《よし》野山《のやま》のこと。平安時代以降《へいあんじだいいこう》、桜《さくら》の名所《めいしょ》として知《し》られる。

❹**槙《まき》**
すぎやひのきなどの常緑樹《じょうりょくじゅ》のこと。

寂《さび》しさはその色《いろ》としもなかりけり④槙立《まきた》つ山《やま》の秋《あき》の夕暮《ゆうぐ》れ

寂蓮法師《じゃくれんほうし》

秋《あき》のさびしさは、その（もみじの）色《いろ》からくるというわけでもないのだ。秋《あき》でも緑《みどり》の木々《きぎ》が立《た》っている山《やま》の秋《あき》の夕暮《ゆうぐ》れよ。（もみじの色《いろ》を見《み》なくても、秋《あき》はさびしい感《かん》じがするなあ。）〈巻四・秋上・三六一〉

心《こころ》なき身《み》にもあはれは知《し》られけり⑤鴫立《しぎた》つ沢《さわ》の秋《あき》の夕暮《ゆうぐ》れ

西行法師《さいぎょうほうし》

風流《ふうりゅう》な心《こころ》のない（わたしのような）者《もの》でも、（このおもむきのある情景《じょうけい》は）しみじみと感《かん》じられるなあ。鴫《しぎ》が飛《と》び立《た》つ沢《さわ》の秋《あき》の夕暮《ゆうぐ》れよ。〈巻四・秋上・三六二〉

見《み》わたせば花《はな》も紅葉《もみじ》もなかりけり浦《うら》の⑥苫屋《とまや》の秋《あき》の夕暮《ゆうぐ》れ

藤原定家《ふじわらのさだいえ》

見《み》わたすと、色美《いろうつく》しい春《はる》の花《はな》も、秋《あき》のもみじもない。海辺《うみべ》にある苫屋《とまや》のあたりの（しみじみとした）秋《あき》の夕暮《ゆうぐ》れよ。〈巻四・秋上・三六三〉

駒《こま》とめて袖《そで》うちはらふ陰《かげ》もなし⑦佐野《さの》のわたりの雪《ゆき》の夕暮《ゆうぐ》れ

藤原定家《ふじわらのさだいえ》

乗《の》っている馬《うま》を止《と》めて、そでに積《つ》もった雪《ゆき》をはらう物陰《ものかげ》もない。この佐野《さの》のわたし場《ば》の、一面《いちめん》の雪《ゆき》の夕暮《ゆうぐ》れよ。〈巻六・冬・六七一〉

玉《たま》の緒《お》よ絶《た》えなば絶《た》えねながらへ《え》ば忍《しの》ぶることの弱《よわ》りもぞする

式子内親王《しょくしないしんのう》

（わたしの）命《いのち》よ、絶《た》えるならいっそ絶《た》えてしまえ。このまま生《い》き続《つづ》けていたら（ますます恋心《こいごころ》がつのって、知《し》られないように）秘密《ひみつ》にしている心《こころ》が弱《よわ》って（知《し》られて）しまいそうだから。〈巻十一・恋一・一〇三四〉

---

⑤鴫《しぎ》
くちばしと足《あし》が長《なが》い、水辺《みずべ》にすむ鳥《とり》。

▲鴫《しぎ》

⑥苫屋《とまや》
屋根《やね》をすげやかやなどの野草《やそう》でつくった、そまつな小屋《こや》のこと。

⑦佐野《さの》のわたり
紀伊国《きいのくに》（現在《げんざい》の和歌山県《わかやまけん》のあたり）にあった船《ふね》で人《ひと》などを対岸《たいがん》にわたす所《ところ》のこと。

三夕《さんせき》の歌《うた》
このページで紹介《しょうかい》した寂蓮法師《じゃくれんほうし》、西行法師《さいぎょうほうし》、藤原定家《ふじわらのさだいえ》の歌《うた》は、「三夕《さんせき》の歌《うた》」とよばれます。いずれも三句目《さんくめ》に「けり」がつき、「秋《あき》の夕暮《ゆうぐ》れ」で終《お》わるのが特徴《とくちょう》です。

『古《こ》今《きん》和《わ》歌《か》集《しゅう》』・『新《しん》古《こ》今《きん》和《わ》歌《か》集《しゅう》』について

◉ジャンル ―― 歌集《かしゅう》

◉まとめた人《ひと》 ――『古今和歌集《こきんわかしゅう》』紀貫之《きのつらゆき》・紀友則《きのとものり》・凡河内躬恒《おおしこうちのみつね》・壬生忠岑《みぶのただみね》
『新古今和歌集《しんこきんわかしゅう》』藤原定家《ふじわらのさだいえ》・源通具《みなもとのみちとも》・藤原有家《ふじわらのありいえ》・
藤原家隆《ふじわらのいえたか》・藤原雅経《ふじわらのまさつね》・寂蓮《じゃくれん》

◉できた時代《じだい》 ――『古今和歌集《こきんわかしゅう》』九〇五年《ねん》ごろ　『新古今和歌集《しんこきんわかしゅう》』一二〇五年《ねん》ごろ

成《な》り立《た》ち

『古今和歌集《こきんわかしゅう》』『新古今和歌集《しんこきんわかしゅう》』は天皇《てんのう》や上皇《じょうこう》の命令《めいれい》で編《あ》まれた歌集《かしゅう》で、勅撰和歌集《ちょくせんわかしゅう》といいます。『古今和歌集《こきんわかしゅう》』が最初《さいしょ》の勅撰和歌集《ちょくせんわかしゅう》で、『後撰和歌集《ごせんわかしゅう》』、『拾遺和歌集《しゅういわかしゅう》』と続《つづ》き、八番目《はちばんめ》に『新古今和歌集《しんこきんわかしゅう》』が編《あ》まれました。このようにして、平安時代《へいあんじだい》から鎌倉時代《かまくらじだい》にかけて、およそ五百年間《ごひゃくねんかん》で二十一《にじゅういち》の勅撰和歌集《ちょくせんわかしゅう》が生《う》まれました。

作品《さくひん》の特徴《とくちょう》

● 『古今和歌集《こきんわかしゅう》』

醍醐天皇《だいごてんのう》の命令《めいれい》で編《あ》まれた歌集《かしゅう》で、宮廷《きゅうてい》にいた貴族《きぞく》や役人《やくにん》たちの歌《うた》が多《おお》くおさめられています。題名《だいめい》には「古今《ここん》（昔《むかし》と今《いま》）の歌《うた》を集《あつ》めた」という意味《いみ》がこめられています。内容《ないよう》ごとにきちんと整理《せいり》され、四季《しき》の歌《うた》を最初《さいしょ》に置《お》き、次《つぎ》にお祝《いわ》いの歌《うた》、別《わか》れの歌《うた》、旅《たび》の歌《うた》、恋《こい》の歌《うた》……と続《つづ》きます。この分類《ぶんるい》のしかたは、その後《ご》の勅撰和歌集《ちょくせんわかしゅう》にも受《う》けつがれ、歌《うた》の教科書《きょうかしょ》としてだけでなく、歌集《かしゅう》の編集《へんしゅう》の手本《てほん》ともされました。そぼくな『万葉集《まんようしゅう》』とちがい、優美《ゆうび》で知的《ちてき》な歌《うた》や、技巧《ぎこう》をこらした繊細《せんさい》な歌《うた》が多《おお》いのが特徴《とくちょう》です。

● 『新古今和歌集《しんこきんわかしゅう》』

後鳥羽上皇《ごとばじょうこう》の命令《めいれい》で編《あ》まれた歌集《かしゅう》です。『新古今和歌集《しんこきんわかしゅう》』の特徴《とくちょう》の一《ひと》つは、「本歌取《ほんかど》り」という技法《ぎほう》を用《もち》いた歌《うた》が多《おお》くおさめられていることです。これは、昔《むかし》の歌《うた》の一部《いちぶ》を自分《じぶん》の歌《うた》に取《と》り入《い》れるもので、昔《むかし》の歌《うた》の背景《はいけい》やイメージが加《くわ》わることによって、歌《うた》に深《ふか》みが出《で》ます。また、貴族《きぞく》よりも武士《ぶし》が力《ちから》を持《も》ってきた不安定《ふあんてい》な世《よ》の中《なか》の影響《えいきょう》もあり、現実《げんじつ》のことをよんだ歌《うた》よりも、非現実的《ひげんじつてき》で上品《じょうひん》な歌《うた》やしみじみとしたおもむきのある歌《うた》が多《おお》いのも特徴《とくちょう》です。

紀《き》貫《つら》之《ゆき》と「仮《か》名《な》序《じょ》」

紀貫之《きのつらゆき》（?～九四五年《ねん》?）は、『古今和歌集《こきんわかしゅう》』の撰者《せんじゃ》であるだけでなく、和歌《わか》の先生《せんせい》としてもかつやくしました。また、当時《とうじ》おおやけには認《みと》められていなかった仮名文字《かなもじ》に

▲紀 貫之《きのつらゆき》（『上畳本三十六歌仙絵』五島美術館所蔵）

注目《ちゅうもく》し、『土佐日記《とさにっき》』を書《か》くなど、仮名文字《かなもじ》による文《ぶん》学《がく》の発展《はってん》に大《おお》きな影響《えいきょう》をあたえました。

『古今和歌集《こきんわかしゅう》』では、紀《きの》貫之《つらゆき》が初《はじ》めのあいさつに当《あ》たる「序《じょ》」（序文《じょぶん》）を仮《か》名《な》で書《か》いています。これを「仮名序《かなじょ》」といい、和歌《わか》とはどのようなものであるかを植物《しょくぶつ》の種《たね》と葉《は》にたとえて述《の》べています。この「仮名《かな》序《じょ》」は、本格的《ほんかくてき》な文学論《ぶんがくろん》として知《し》られています。

『古今和歌集《こきんわかしゅう》』の「仮名序《かなじょ》」

（原文）

「やまとうたは、人《ひと》の心《こころ》を種《たね》として、万《よろず》の言《こと》の葉《は》とぞなれりける。世《よ》の中《なか》にある人《ひと》、ことわざ繁《しげ》きものなれば、心《こころ》に思《おも》ふことを、見《み》るもの聞《き》くものにつけて、言《い》ひ出《いだ》せるなり。花《はな》に鳴《な》く鶯《うぐいす》、水《みず》に住《す》む蛙《かわず》の声《こえ》を聞《き》けば、生《い》きとし生《い》けるもの、いづれか歌《うた》をよまざりける。力《ちから》をも入《い》れずして天地《あめつち》を動《うご》かし、目《め》に見《み》えぬ鬼神《おにがみ》をもあはれと思《おも》はせ、男女《おとこおんな》の中《なか》をも和《やわ》らげ、猛《たけ》き武士《もののふ》の心《こころ》をも慰《なぐさ》むるは歌《うた》なり。」

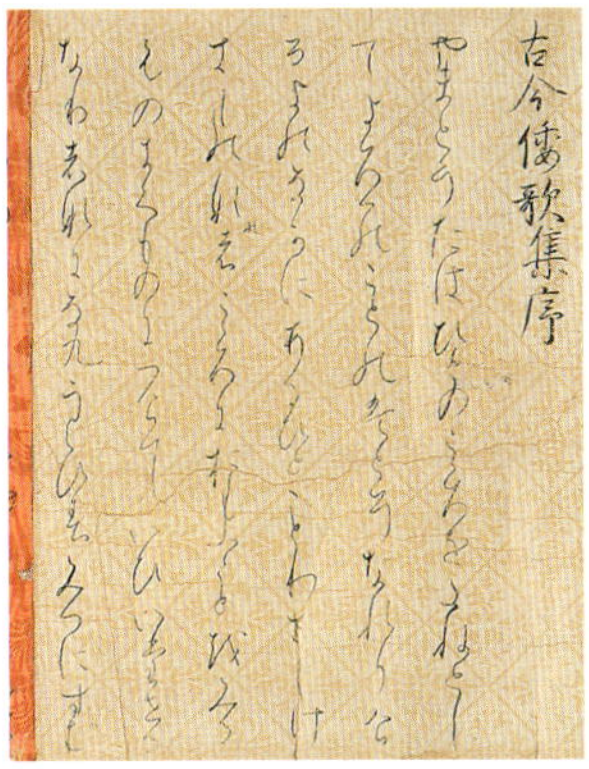
▲「仮名序《かなじょ》」（大倉集古館所蔵）

（現代語訳《げんだいごやく》）

「和歌は、人《ひと》の心《こころ》をもとに、数《かず》かぎりなくさまざまなことばとなって現《あらわ》れたものです。この世《よ》に暮《く》らす人々《ひとびと》は、いろいろなことに出会《であ》って日々《ひび》生活《せいかつ》しているのですから、心《こころ》に思《おも》うことが多《おお》く、その感動《かんどう》や気持《きも》ちを、見《み》るもの聞《き》くものにたくして言《い》い表《あらわ》したのが歌《うた》なのです。花《はな》の間《あいだ》で鳴《な》くうぐいすや、水《みず》にすむかえる（現在《げんざい》の河鹿蛙《かじかがえる》）の声《こえ》を聞《き》いてみれば、生《い》きているすべてのもののうち、どれが歌《うた》をよまないと申《もう》せましょうか。力《ちから》を入《い》れずに天地《てんち》を動《うご》かし、目《め》に見《み》えない霊魂《れいこん》をも感動《かんどう》させ、男女《だんじょ》の仲《なか》を親密《しんみつ》にし、勇《いさ》ましい武人《ぶじん》の心《こころ》をもなぐさめるのは歌《うた》なのです。」

和《わ》歌《か》の広《ひろ》がり

平安時代《へいあんじだい》の初《はじ》め、おおやけの場《ば》では漢詩文《かんしぶん》が主流《しゅりゅう》でした。しかし九世紀《きゅうせいき》の終《お》わりごろ後宮《こうきゅう》（天皇《てんのう》の妻《つま》たちが住《す》む宮殿《きゅうでん》）で、日常生活《にちじょうせいかつ》のことば遊《あそ》びだった和歌《わか》が注目《ちゅうもく》されるようになりました。それ以降《いこう》、和歌《わか》は歌会《うたかい》などおおやけの場《ば》にも取《と》り入《い》れられ、宮廷《きゅうてい》の新《あたら》しい芸術《げいじゅつ》として花開《はなひら》きました。

鎌倉時代《かまくらじだい》に入《はい》ると、貴族《きぞく》に代《か》わって武士《ぶし》が力《ちから》を持《も》ちはじめます。武士《ぶし》にとっても和歌《わか》は教養《きょうよう》の一《ひと》つとして残《のこ》りましたが、歌風《かふう》はみやびなものから、深《ふか》い味《あじ》わいのあるものへと移《うつ》っていきました。勅撰和歌集《ちょくせんわかしゅう》からは、当時《とうじ》の社会《しゃかい》の様《よう》子《す》や、その時代《じだい》にどんな歌《うた》がすぐれているとされたかなどをうかがい知《し》ることができます。

和歌《わか》の さまざまな技法《ぎほう》

昔《むかし》から人々《ひとびと》はさまざまな思《おも》いを表現《ひょうげん》するために，いろいろな技法《ぎほう》を考《かんが》えてきました。ここでは，『古今和歌集《こきんわかしゅう》』や『新《しん》古今和歌集《こきんわかしゅう》』に多《おお》く用《もち》いられている表現技法《ひょうげんぎほう》を紹介《しょうかい》します。

枕詞《まくらことば》

あることばを導《みちび》き出《だ》すために、そのことばの上《うえ》に置《お》く特定《とくてい》のことばです。歌《うた》の語感《ごかん》をよくし、調子《ちょうし》を整《ととの》える働《はたら》きがあります。多《おお》くは五音《ごおん》のことばです。

(例《れい》) 久方《ひさかた》の光《ひかり》のどけき春《はる》の日《ひ》に静心《しずごころ》なく花《はな》の散《ち》るらむ《ん》 (→19ページ)

序詞《じょことば》

枕詞《まくらことば》と同《おな》じく、あることばを引《ひ》き出《だ》すために、前置《まえお》きとして置《お》く七音以上《しちおんいじょう》のことばです。思《おも》いやイメージをより印象強《いんしょうづよ》く表現《ひょうげん》する技法《ぎほう》です。

(例《れい》) 陸奥《みちのく》のしのぶもぢ《じ》ずり誰《たれ》ゆゑ《え》に乱《みだ》れむ《ん》と思《おも》ふ《う》我《われ》ならなくに (→21ページ)

掛詞《かけことば》

歌《うた》の中《なか》で一《ひと》つのことばに二《ふた》つのちがう意味《いみ》をもたせることを、掛詞《かけことば》といいます。歌《うた》の中《なか》に二重《にじゅう》の思《おも》いをこめることができます。

(例《れい》) 花《はな》の色《いろ》は移《うつ》りにけりないたづら《ず》にわが身世《みよ》にふるながめせし間《ま》に (→19ページ)

ふる：「経《ふ》る」／「降《ふ》る」
ながめ：「眺《なが》め」／「長雨《ながめ》」

歌枕《うたまくら》

「田子《たご》の浦《うら》」や「吉野《よしの》」など、歌《うた》の中《なか》によまれる特定《とくてい》の地名《ちめい》のことです。場所《ばしょ》をしめすだけでなく、たとえば、「吉野《よしの》」は「桜《さくら》」をイメージさせるなど、その土地《とち》の有名《ゆうめい》なものと関連《かんれん》づけて使《つか》われることが多《おお》い技法《ぎほう》です。

■ 古今和歌集・新古今和歌集

『古今和歌集』・『新古今和歌集』を楽しもう！

●「本歌取り」ふうの和歌づくりをする

『古今和歌集』や『新古今和歌集』におさめられた歌には、さまざまな技法が用いられています。ここでは、本歌取り（→24ページ）の技法を用いた和歌づくりに挑戦しましょう。

やり方

① 好きな和歌を一つ選び、上の句（五・七・五）と下の句（七・七）に分けます。

② 上の句と下の句のどちらかを自分なりに変えて、和歌をつくります。

もとの歌に使われていることばに、自分の身近な出来事と関係のあるところがないか、さがしてみよう。

友達と同じ和歌で本歌取りをするのもおもしろいね。

例

（本歌）
久方の光のどけき春の日に静心なく花の散るらむ
　　　　紀 友則

←（本歌取りをした歌）
久方の光のどけき春の日に心ははやる新入部員
　　　　山村 健太

「オリジナル三夕《さんせき》の歌《うた》」をつくる

『新古今和歌集《しんこきんわかしゅう》』には、「三夕《さんせき》の歌《うた》」（→23ページ）として知《し》られる、有名《ゆうめい》な三首《さんしゅ》の歌《うた》がおさめられています。

寂《さび》しさはその色《いろ》としもなかりけり槇立《まきた》つ山《やま》の秋《あき》の夕暮《ゆうぐ》れ　寂蓮法師《じゃくれんほうし》

心《こころ》なき身《み》にもあはれは知《し》られけり鴫立《しぎた》つ沢《さわ》の秋《あき》の夕暮《ゆうぐ》れ　西行法師《さいぎょうほうし》

見《み》わたせば花《はな》も紅葉《もみじ》もなかりけり浦《うら》の苫屋《とまや》の秋《あき》の夕暮《ゆうぐ》れ　藤原《ふじわらの》定家《さだいえ》

この三首《さんしゅ》の歌《うた》を参考《さんこう》に、秋《あき》の夕暮《ゆうぐ》れの情景《じょうけい》を題材《だいざい》にした「オリジナル三夕《さんせき》の歌《うた》」をつくってみましょう。

最後《さいご》が「秋《あき》の夕暮《ゆうぐ》れ」で終《お》わるようにするのが決《き》まりだよ。
もとの「三夕《さんせき》の歌《うた》」はどれも，秋《あき》らしい，少《すこ》しさびしいふんいきがある歌《うた》だね。

つくり方《かた》

①グループをつくって、秋《あき》の夕暮《ゆうぐ》れにふさわしいのはどんな情景《じょうけい》かについて話《はな》し合《あ》う。

②①で話《はな》し合《あ》った内容《ないよう》をもとに、「秋《あき》の夕暮《ゆうぐ》れ」の前《まえ》につく五《ご》・七《しち》・五《ご》・七音《しちおん》を考《かんが》え、和歌《わか》をつくる。

例《れい》

校庭《こうてい》にサッカーをするぼくたちのかげがのびるよ秋《あき》の夕暮《ゆうぐ》れ　田中優貴《たなかゆうき》

発展《はってん》

「秋《あき》の夕暮《ゆうぐ》れ」以外《いがい》にも、「春《はる》の朝焼《あさや》け」「夏《なつ》の昼《ひる》どき」「冬《ふゆ》の早朝《そうちょう》」など、ほかの季節《きせつ》や時間帯《じかんたい》のことをよんだ歌《うた》もつくってみましょう。

百人一首
ひゃく にん いっ しゅ

秋《あき》の田《た》のかりほの庵《いお》のとま❶をあらみわがころもでは露《つゆ》にぬれつつ

天智天皇《てんじてんのう》

秋《あき》の田《た》の仮小屋《かりごや》の屋根《やね》をおおうとまのあみ目《め》があらいので、（そこで寝《ね》る）わたしの着物《きもの》のそでは、すきまからもれるつゆにぬれ続《つづ》けることだ。　1〈後撰集・巻六・秋中・三〇二〉

春《はる》すぎて夏来《なつき》にけらし❷白妙《しろたえ》のころもほすてふ《ちょう》あまのかぐ❸山《やま》

持統天皇《じとうてんのう》

春《はる》が過《す》ぎて夏《なつ》が来《き》たらしい。夏《なつ》になると白《しろ》い衣《ころも》を干《ほ》すという、天《あめ》の香具山《かぐやま》に。（衣《ころも》が干《ほ》してあるよ。）　2〈万葉集・巻一・二八〉〈新古今・巻三・夏・一七五〉

❹足引《あしびき》の山鳥《やまどり》の尾《お》のしだりおのながながし夜《よ》をひとりかもねむ《ん》

柿本人麿《かきのもとのひとまろ》

山鳥《やまどり》のたれ下《さ》がった長《なが》い尾《お》のような、長《なが》い長《なが》い夜《よる》を、わたしは（妻《つま》もなく）一人《ひとり》で寝《ね》るのだろうか。　3〈拾遺集・巻十三・恋三・七七八〉

❺田子《たご》の浦《うら》にうち出《い》でてみれば白妙《しろたえ》の❻ふじのたかねに雪《ゆき》はふりつつ

山辺赤人《やまべのあかひと》

田子《たご》の浦《うら》を通《とお》って視界《しかい》が開《ひら》けたところに出《で》て見《み》てみると、真《ま》っ白《しろ》な富士山《ふじさん》の高《たか》い頂上《ちょうじょう》に、雪《ゆき》が降《ふ》り続《つづ》いていることだ。　4〈万葉集・巻三・三一八〉〈新古今・巻六・冬歌・六七五〉

おくやまに紅葉《もみじ》踏《ふ》み分《わ》けなく鹿《しか》の声《こえ》きくときぞあきは悲《かな》しき

猿丸大夫《さるまるたいふ》

おく深《ふか》い山《やま》で、もみじをふみ分《わ》けながら（妻《つま》をしたって）鳴《な》いているしかの声《こえ》を聞《き》く時《とき》こそ、秋《あき》という季節《きせつ》の悲《かな》しさをいっそう感《かん》じるものだなあ。　5〈古今集・巻四・秋上・二一五〉

---

❶**とま**　すげやかやなどの野草《やそう》でつくった屋根《やね》。雨《あめ》をふせぐのに使《つか》った。

❷**白妙《しろたえ》**　真《ま》っ白《しろ》な布《ぬの》。

❸**かぐ山《やま》**（↓8ページ）

❹**足引《あしびき》の山鳥《やまどり》の尾《お》のしだりおの**　「足引《あしびき》の」は「山《やま》」の枕詞《まくらことば》。「ながながし」を導《みちび》く序詞《じょことば》。山鳥《やまどり》は、キジ科《か》の鳥《とり》。尾《お》が長《なが》く、あざやかな色《いろ》の羽《はね》をもつ。

▲山鳥《やまどり》

❺**田子《たご》の浦《うら》**（↓11ページ）

❻**ふじのたかね**（↓11ページ）

⑦かささぎのわたせる橋《はし》にをく《お》しものしろきをみれば夜《よ》ぞふけにける

中納言家持《ちゅうなごんやかもち》（大伴　家持《おおとものやかもち》）

かささぎがつばさをつなげて天《あま》の川《がわ》にかけたという橋《はし》（のように見《み》える宮中《きゅうちゅう》の階段《かいだん》）に、霜《しも》が真《ま》っ白《しろ》に降《お》りているのを見《み》ると、夜《よ》もふけたと感《かん》じることだなあ。　6〈新古今集・巻六・冬・六二〇〉

⑧天《あま》の原《はら》ふりさけみれば春日《かすが》なる⑨三笠《みかさ》の山《やま》にいでし月《つき》かも

安倍　仲麿《あべのなかまろ》

（この中国《ちゅうごく》の）広々《ひろびろ》とした大空《おおぞら》をずっと遠《とお》くまで見《み》わたすと、美《うつく》しい月《つき》がのぼっている。あれは、（昔日本《むかしにほん》で見《み》た）春日《かすが》にある三笠山《みかさやま》に出《で》ていた月《つき》と同《おな》じ月《つき》なのだなあ。　7〈古今集・巻九・羇旅・四〇六〉

我《わ》が庵《いお》は都《みやこ》のたつみしかぞすむ世《よ》を⑩うぢ《じ》山《やま》と人《ひと》はいふ《う》なり

喜撰法師《きせんほうし》

わたしの家《いえ》は都《みやこ》の東南《とうなん》にあって、このように（心静《こころしず》かに）暮《く》らしている。（それなのに）人々《ひとびと》は、（わたしが）この世《よ》を「うし（＝きらう）」と言《い》ってかくれていると思《おも》って、ここを宇治山《うじやま》とよぶそうだ。　8〈古今集・巻十八・雑下・九八三〉

花《はな》のいろはうつりにけりな⑪いたづ《ず》らに我《わ》が身《み》よに⑫ふる⑬ながめせしまに

小野　小町《おののこまち》

花《はな》の色《いろ》はきれいな時期《じき》を過《す》ぎて変《か》わってしまった、長雨《ながあめ》（＝長《なが》く降《ふ》り続《つづ》く雨《あめ》）のうちに。わたしの容姿《ようし》も花《はな》のようにむなしく年《とし》をとって古《ふる》くなってしまったなあ、ながめ（＝ぼんやりと考《かんが》えごとをし）ているうちに。　9〈古今集・巻二・春下・一一三〉

これやこの行《ゆ》くも帰《かえ》るも別《わか》れてはしるもしらぬも⑭相坂《おうさか》の関《せき》

蟬丸《せみまる》

これがまあ、あの、（東国《とうごく》へ）行《い》く人《ひと》も、（東国《とうごく》から）帰《かえ》る人《ひと》も、別《わか》れては、また、知《し》っている人《ひと》も知《し》らない人《ひと》も、ここで「あふ《おう》（＝出会《であ》う）」という、（その名《な》のとおりの）「あふ《おう》さかの関《せき》（＝相坂《おうさか》の関所《せきしょ》）」なのだなあ。　10〈後撰集・巻十五・雑一・一〇八九〉

※（＝）は、意味《いみ》や言《い》いかえを表《あらわ》す。

---

⑦かささぎ
カラス科《か》の鳥《とり》。七夕《たなばた》の日《ひ》、織《おり》姫《ひめ》と彦星《ひこぼし》が、かささぎがつくった橋《はし》で天《あま》の川《がわ》をわたったと言《い》い伝《つた》えられ、宮中《きゅうちゅう》の階段《かいだん》がその橋《はし》にたとえられるようになった。

⑧天《あま》の原《はら》（→11ページ）

⑨三笠《みかさ》の山《やま》（→20ページ）

⑩うぢ《じ》山《やま》
宇治山《うじやま》のこと。現在《げんざい》の京都府《きょうとふ》東部《とうぶ》にある山《やま》。「うぢ《じ》」は「憂《う》し（いやだと思《おも》う気《き》持《も》ち）」と「宇治山《うじやま》」の「宇治《うじ》」との掛詞《かけことば》。

⑪いたづ《ず》らに（→18ページ）

⑫ふる（→19ページ）

⑬ながめ（→19ページ）

⑭相坂《おうさか》の関《せき》
近江国《おうみのくに》（現在《げんざい》の滋賀県《しがけん》）と山城国《やましろのくに》（現在《げんざい》の京都府《きょうとふ》）との間《あいだ》にあった相坂山《おうさかやま》（逢坂山《おうさかやま》）にあった関所《せきしょ》。「相《おう》」は「逢《あ》ふ《う》」との掛詞《かけことば》。「逢坂《おうさか》の関《せき》」とも書《か》く。

わたのはら八十嶋《やそしま》かけて漕《こ》ぎ出《い》でぬと人《ひと》にはつげよあまのつりぶね

参議《さんぎ》篁《たかむら》（小野《おのの》篁《たかむら》）

広《ひろ》い海《うみ》にあるたくさんの島々《しまじま》に向《む》かって、（この場所《ばしょ》から）舟《ふね》をこぎ出《だ》していったよと、（京《きょう》にいる）あの人《ひと》に伝《つた》えておくれ、漁師《りょうし》のつり舟《ぶね》よ。　11〈古今集・巻九・羇旅・四〇七〉

あまつ風雲《かぜくも》❶のかよひ路《いじ》吹《ふ》きとぢよ乙女《おとめ》のすがたしばしとどめむ《ん》

僧正遍昭《そうじょうへんじょう》

天《てん》の風《かぜ》よ、雲《くも》の中《なか》にある天《てん》への通《とお》り道《みち》をふきとじてしまえ。天女《てんにょ》のように美《うつく》しい舞姫《まいひめ》の姿《すがた》を、もう少《すこ》しここにとどめておきたいのだ。（通《とお》り道《みち》をとじてしまえば、天女《てんにょ》は空《そら》に帰《かえ》れないだろうから。）　12〈古今集・巻十七・雑上・八七二〉

つくばね❷の峰《みね》より落《お》つるみなの川《がわ》❸こひぞつもりて淵《ふち》となりぬる

陽成院《ようぜいいん》

筑波山《つくばさん》の高《たか》いところから流《なが》れ落《お》ちる水《みず》がたまってみなの川《がわ》になるように、わたしのあなたへの恋《こい》も、積《つ》み重《かさ》なってふちのように深《ふか》い思《おも》いになってしまったよ。　13〈後撰集・巻十一・恋三・七七六〉

❹陸奥《みちのく》のしのぶもぢずり《じ》誰《たれ》ゆゑ《え》にみだれそめ❺にし我《われ》ならなくに

河原《かわらの》左大臣《さだいじん》（源《みなもとの》融《とおる》）

陸奥《みちのく》でつくる「しのぶもじずり」（の乱《みだ》れた模様《もよう》）のように、あなた以外《いがい》のだれかのために心《こころ》が乱《みだ》れはじめたわたしではありませんのに。（あなただけを思《おも》っているのですよ。）　14〈古今集・巻十四・恋四・七二四〉

君《きみ》がため春《はる》の野《の》に出《い》でて若菜《わかな》つむわが衣手《ころもで》に雪《ゆき》はふりつつ

光孝天皇《こうこうてんのう》

あなたに差《さ》し上《あ》げるために春《はる》の野《の》に出《で》かけて若菜《わかな》をつんでいると、わたしのそでには、雪《ゆき》がずっとちらちらと降《ふ》りかかってくることです。　15〈古今集・巻一・春上・二一〉

---

❶雲《くも》のかよひ路《いじ》
雲《くも》の中《なか》にある天《てん》への通《とお》り道《みち》のこと。当時《とうじ》、地上《ちじょう》へ来《き》た天女《てんにょ》（天《てん》にすむという女性《じょせい》）が、また天《てん》へ帰《かえ》るときの通路《つうろ》があると考《かんが》えられていた。

❷つくばね
筑波山《つくばさん》のこと。現在《げんざい》の茨城県《いばらきけん》中央部《ちゅうおうぶ》にある山《やま》。

❸みなの川《がわ》
「男女川」などと書《か》く。

❹陸奥《みちのく》のしのぶもぢずり《じ》
（→21ページ）

❺そめ
「（布《ぬの》を）染《そ》める」と「初《そ》める（はじめる）」との掛詞《かけことば》。

❻いなばの山《やま》の嶺《みね》におふる《う》
「まつ」を導《みちび》く序詞《じょことば》。いなばは、稲羽山《いなばやま》のこと。現在《げんざい》の鳥取県《とっとりけん》にある山《やま》。「往《い》なば」との掛詞《かけことば》。

❼まつ
「松《まつ》」と「待《ま》つ」との掛詞《かけことば》。

立《た》ち別《わか》れ⑥いなばの山《やま》の嶺《みね》におふ《う》る⑦まつとしきかば今《いま》かへ《え》りこむ《ん》

中納言行平《ちゅうなごんゆきひら》(在原《ありわらの》　行平《ゆきひら》)

お別《わか》れして、わたしはこれからいなばの国《くに》へ行《い》きますが、いなば山《やま》の頂上《ちょうじょう》に生《は》えている松《まつ》の「まつ」ではありませんが、あなたが待《ま》つ(＝待《ま》っている)と聞《き》いたら、わたしはすぐに帰《かえ》ってきます。　16〈古今集・巻八・離別・三六五〉

⑧ちはやぶる神代《かみよ》もきかず⑨竜田川《たつたがわ》⑩からくれなゐ《い》に水《みず》くくるとは

在原《ありわらの》　業平《なりひらの》　朝臣《あそん》

神《かみ》の時代《じだい》にも、こんな不思議《ふしぎ》なことがあったとは聞《き》いていない。(散《ち》ったもみじの葉《は》で)竜田川《たつたがわ》が、こんなにあざやかな赤《あか》い色《いろ》に水《みず》をしぼり染《そ》めるとは。　17〈古今集・巻五・秋下・二九四〉

⑪住《すみ》の江《え》の岸《きし》による波《なみ》よるさへ《え》やゆめの通《かよ》ひ《い》路《じ》人《ひと》めよくらむ《ん》

藤原《ふじわらの》　敏行《としゆきの》　朝臣《あそん》

住《すみ》の江《え》の岸《きし》に寄《よ》る波《なみ》の「よる」ではないが、どうして(あの人《ひと》は昼《ひる》だけでなく)夜《よる》までも、夢《ゆめ》の中《なか》の通《とお》り道《みち》で人目《ひとめ》をさけている(＝わたしの夢《ゆめ》に出《で》てきてくれない)のだろうか。　18〈古今集・巻十二・恋二・五五九〉

⑫難波《なにわ》がたみじかきあしのふしのまもあはで《わ》此《こ》のよを過《す》ぐしてよとや

伊勢《いせ》

難波潟《なにわがた》に生《は》えているあしの、とても短《みじか》い節《ふし》と節《ふし》の間《あいだ》ほどの時間《じかん》さえも、(大好《だいす》きなあなたに)会《あ》わないでこの世《よ》を過《す》ごせとおっしゃるのでしょうか。　19〈新古今集・巻十一・恋一・一〇四九〉

わびぬれば今《いま》はた同《おな》じ難波《なにわ》なる⑬身《み》をつくしてもあは《わ》む《ん》とぞ思《おも》ふ《う》

元良親王《もとよししんのう》

こんなにつらい思《おも》いをしているなら、今《いま》はもう、どうなろうと同《おな》じことです。難波《なにわ》にあるみおつくしではないが、わたしは身《み》をつくし(＝命《いのち》をすて)てもあなたに会《あ》いたいと思《おも》います。　20〈後撰集・巻十三・恋五・九六一〉

※(＝)は、意味《いみ》や言《い》いかえを表《あらわ》す。

---

⑧**ちはやぶる**
「神《かみ》」の枕詞《まくらことば》。

⑨**竜田川《たつたがわ》**
現在《げんざい》の奈良県北部《ならけんほくぶ》を流《なが》れる川《かわ》のこと。

⑩**からくれなゐ《い》**
あざやかな赤《あか》い色《いろ》のこと。

⑪**住《すみ》の江《え》の岸《きし》による波《なみ》**
「よる」を導《みちび》く序詞《じょことば》。住《すみ》の江《え》は、現在《げんざい》の大阪府《おおさかふ》あたりの海岸《かいがん》のこと。

⑫**難波《なにわ》がたみじかきあしの**
「ふしのま」を導《みちび》く序詞《じょことば》。難波《なにわ》がたは、現在《げんざい》の大阪湾《おおさかわん》の入江《いりえ》のこと。

⑬**身《み》をつくし**
「澪標《みおつくし》(海《うみ》や川《かわ》に立《た》て、行《い》き来《き》する船《ふね》に水路《すいろ》を案内《あんない》するためのくい)」との掛詞《かけことば》。

▲澪標《みおつくし》

今《いま》こむ《ん》といひしばかりに長月《ながつき》の有明《ありあけ》の月《つき》をまちいでつるかな

素性法師《そせいほうし》

すぐに来《こ》よう（＝行《い》くよ）とあなたが言《い》ったばかりに、（わたしはそのことばを信《しん》じて）九月《くがつ》の長《なが》い長《なが》い夜《よ》を待《ま》ち続《つづ》けて、夜明《よあ》けの月《つき》まで待《ま》ってしまったことです。（とうとうあなたは来《き》ませんでしたね。） 21〈古今集・巻十四・恋四・六九一〉

吹《ふ》くからに秋《あき》の草木《くさき》のしほ《お》るればむべ山風《やまかぜ》を❶あらしと云《い》ふ《う》らむ《ん》

文屋《ふんや》　康秀《のやすひで》

ふくとすぐに、秋《あき》の草木《くさき》がしおれて（まわりをあらして）しまうので、なるほど、それで山風《やまかぜ》を「あらし」とよんで、「嵐《あらし》」と書《か》くのだろう。 22〈古今集・巻五・秋下・二四九〉

月《つき》みればち❷千々《ぢ》に物《もの》こそ悲《かな》しけれ我《わ》が身《み》ひとつの秋《あき》にはあらねど

大江《おおえ》　千里《のちさと》

月《つき》を見《み》ていると、いろいろなことが悲《かな》しく感《かん》じられる。わたし一人《ひとり》のための秋《あき》ではないけれども。 23〈古今集・巻四・秋上・一九三〉

❸此《こ》のたびは❹ぬさもとりあへ《え》ず❺手向山紅葉《たむけやまもみじ》のにしきかみのまにまに

菅家《かんけ》（菅原　道真《すがわらのみちざね》）

今回《こんかい》の旅《たび》は、急《きゅう》なことで神《かみ》にお供《そな》えするぬさも用意《ようい》できませんでした。（そこで）この手向山《たむけやま》の美しい織物《おりもの》のようなもみじをお供《そな》えいたしますので、どうぞ神の御心《みこころ》のままにお受《う》け取《と》りください。 24〈古今集・巻九・羇旅・四二〇〉

❻名《な》にしおはば《わ》❼相坂山《おうさかやま》の❽さねかづ《ず》ら人《ひと》にしられでくる❾よしもがな

三条《さんじょうの》　右大臣《うだいじん》（藤原　定方《ふじわらのさだかた》）

（会《あ》って寝《ね》る、という名《な》をもつ）相坂山《おうさかやま》のさねかずらよ。その名《な》の通《とお》りならば、さねかずらをたぐりよせるように、人《ひと》に知《し》られないであなたのところに来《く》る（＝行《い》く）方法《ほうほう》がほしいなあ。 25〈後撰集・巻十一・恋三・七〇〇〉

---

❶あらし
「荒《あ》らし」と「嵐《あらし》」との掛詞《かけことば》。

❷千々《ちぢ》に
（→20ページ）

❸此《こ》のたび
「この度《たび》（今度《こんど》）」と「この旅《たび》」との掛詞《かけことば》。

❹ぬさ
神《かみ》にいのるときの、麻《あさ》や木綿《もめん》でつくられたお供《そな》えのこと。

▲ぬさ（現在《げんざい》のもの）

❺手向山《たむけやま》
現在《げんざい》の奈良県《ならけん》北部《ほくぶ》にある丘陵《きゅうりょう》にあった峠《とうげ》のこと。「手向《たむ》け（る）」との掛詞《かけことば》。

❻名《な》にしおはば《わ》相坂山《おうさかやま》のさねかづ《ず》ら
「来《く》る」を導《みちび》く序詞《じょことば》。

❼相坂山《おうさかやま》
（→31ページ）

⑩をぐら山峰《やまみね》の紅葉《もみじ》ば心《こころ》あらば今《いま》ひとたびの⑪みゆきまたなむ《ん》

貞信公《ていしんこう》（藤原《ふじわらの》 忠平《ただひら》）

小倉山《おぐらやま》のみね（=高《たか》いところ）にある（見事《みごと》な）もみじの葉《は》よ、おまえに心《こころ》があるなら、この次《つぎ》に天皇《てんのう》の行幸《みゆき》でここにいらっしゃるまで、散《ち》らずに待《ま》っていてほしいものだ。 26〈拾遺集・巻十七・雑秋・一一二八〉

⑫みかのはらわきてながるる泉河《いずみがわ》いつ見《み》きとてかこひ《い》しかるらむ《ん》

中納言兼輔《ちゅうなごんかねすけ》（藤原《ふじわらの》 兼輔《かねすけ》）

みかの原《はら》を分《わ》けるようにわき出《で》て流《なが》れる泉川《いずみがわ》、その「いづみ」ということばのように、わたしはあの人《ひと》を「いつ見《み》」たというので、こんなにも恋《こい》しいのだろうか。（まだ会《あ》ったこともないあの人《ひと》なのに。） 27〈新古今集・巻十一・恋一・九九六〉

山里《やまざと》は冬《ふゆ》ぞさびしさまさりける人《ひと》めもくさも⑬かれぬとおもへ《え》ば

源《みなもとの》 宗于《むねゆき》 朝臣《あそん》

山里《やまざと》は、冬《ふゆ》がとくにさびしく感《かん》じられるものだなあ。人《ひと》もたずねて来《こ》なくなり、草《くさ》もかれてしまうと思《おも》うと。 28〈古今集・巻六・冬・三一五〉

心《こころ》あてにおらばやおらむ《ん》初霜《はつしも》のをき《お》まどはせ《わ》るしらぎくの花《はな》

凡河内《おおしこうちの》 躬恒《みつね》

あてずっぽうに折《お》ったら折《お》りとることもできるだろうか。初霜《はつしも》が（白《しろ》く）降《お》りて（どれが花《はな》か霜《しも》か）まぎらわしくしている白菊《しらぎく》の花《はな》を。 29〈古今集・巻五・秋下・二七七〉

有明《ありあけ》のつれなくみえし別《わか》れより暁《あかつき》ばかりうきものはなし

壬生《みぶの》 忠岑《ただみね》

夜明《よあ》けの月《つき》がそっけなく見《み》えたように、あなたの態度《たいど》もそっけなく見《み》えた、あの明《あ》け方《がた》の別《わか》れの時《とき》から、明《あ》け方《がた》ほどつらいものはない。（あなたとの別《わか》れを思《おも》い出《だ》してしまうから。） 30〈古今集・巻十三・恋三・六二五〉

※（=）は、意味《いみ》や言《い》いかえを表《あらわ》す。

⑧さねかづら《ず》 つる状《じょう》の植物《しょくぶつ》、さねかずらのこと。「さね」は「さ寝《ね》（共《とも》に寝《ね》る）」との掛詞《かけことば》。

⑨くる 「来《く》る」と「繰《く》る」との掛詞《かけことば》。

⑩をぐら山《お やま》 現在《げんざい》の京都府京都市《きょうとふきょうとし》にある小《お》倉山《ぐらやま》のこと。

⑪みゆき 天皇《てんのう》などがお出《で》かけになること。

⑫みかのはらわきてながるる泉河《いずみがわ》 「いつ見《み》き」を導《みちび》く序詞《じょことば》。みかのはらは、現在《げんざい》の京都府南部《きょうとふなんぶ》のあたりの地名《ちめい》。「わきて」は、「分《わ》きて」と「湧《わ》きて」との掛詞《かけことば》。

⑬かれぬ 「離《か》れ（人《ひと》が離《はな》れる）」と「枯《か》れ」との掛詞《かけことば》。

朝朗有明《あさぼらけありあけ》の月《つき》と見《み》るまでに❶芳野《よしの》の里《さと》にふれるしら雪《ゆき》

坂上是則《さかのうえのこれのり》

夜《よ》が明《あ》けるころ、夜明《よあ》けの月《つき》が明《あか》るく光《ひか》っているのかと見《み》まちがえるほど、この芳野《よしの》の里《さと》に真《ま》っ白《しろ》に降《ふ》り積《つ》もっている雪《ゆき》であることよ。 31〈古今集・巻六・冬・三三二〉

山川《やまがわ》に風《かぜ》のかけたる❷しがらみはながれもあへ《え》ぬ紅葉《もみじ》なりけり

春道列樹《はるみちのつらき》

山《やま》の間《あいだ》を流《なが》れる川《かわ》に風《かぜ》がかけたしがらみは、うまく流《なが》れずにたまっているもみじだったのだなあ。 32〈古今集・巻五・秋下・三〇三〉

❸久堅《ひさかた》のひかりのどけき春《はる》の日《ひ》にしづ《ず》心《こころ》なく花《はな》のちるらむ《ん》

紀友則《きのとものり》

天《てん》からそそぐ太陽《たいよう》の光《ひかり》がこんなにのんびりとしている春《はる》の日《ひ》なのに、どうして落《お》ち着《つ》いた心《こころ》もなく、桜《さくら》の花《はな》は(こんなに急《いそ》いで)散《ち》っているのだろう。 33〈古今集・巻二・春下・八四〉

誰《たれ》をかもしる人《ひと》にせむ《ん》❹高砂《たかさご》の松《まつ》もむかしのともならなくに

藤原興風《ふじわらのおきかぜ》

親《した》しい友人《ゆうじん》もみな死《し》んでしまった。(年老《としお》いたわたしは)いったいだれを友人《ゆうじん》としたらよいのだろうか。高砂《たかさご》の松《まつ》も(長生《ながい》きしていることで有名《ゆうめい》だが)、昔《むかし》からの友人《ゆうじん》とはいえないのになあ。 34〈古今集・巻十七・雑上・九〇九〉

人《ひと》はいさこころも知《し》らず故郷《ふるさと》ははなぞむかしのかに匂ひ《におい》ける

紀貫之《きのつらゆき》

あなたのお心《こころ》は変《か》わってしまったかどうか、さあわかりません。でも、(以前《いぜん》、あなたが泊《と》めてくれた)なつかしいこの家《いえ》では、梅《うめ》の花《はな》だけは昔《むかし》のままのかおりで、変《か》わらずに美《うつく》しくさいていますよ。 35〈古今集・巻一・春上・四二〉

---

❶**芳野《よしの》**
現在《げんざい》の奈良県南部《ならけんなんぶ》のあたりの地名《ちめい》。吉野《よしの》とも書《か》く。

❷**しがらみ**
川《かわ》の流《なが》れをせきとめたり、川《かわ》岸《ぎし》がくずれたりするのを防《ふせ》ぐため、竹《たけ》などをからませたくいのこと。

▲しがらみ

❸**久堅《ひさかた》の**（→18ページ）

❹**高砂《たかさご》**
現在《げんざい》の兵庫県南部《ひょうごけんなんぶ》のあたりの地名《ちめい》。松《まつ》の名所《めいしょ》として知《し》られる。

夏《なつ》の夜《よ》はまだ⑤宵《よい》ながら明《あ》けぬるを雲《くも》のいづ《ず》くに月やどるらむ《ん》

清原深養父《きよはらのふかやぶ》

夏《なつ》の夜《よる》は短《みじか》いから、まだよいだと思《おも》っているうちに明《あ》けてしまったが、（これでは月《つき》は西《にし》にしずむ時間《じかん》もないだろうに）いったい雲《くも》のどこに月《つき》はとどまっているのだろうか。（月《つき》の姿《すがた》が見《み》えないことだ。） 36〈古今集・巻三・夏・一六六〉

⑥白露《しらつゆ》に風《かぜ》のふきしく秋《あき》ののはつらぬきとめぬ⑦玉《たま》ぞちりける

文屋朝康《ふんやのあさやす》

白露《しらつゆ》に風《かぜ》がふきつける秋《あき》の野《の》は、まるでつなぎとめていない真珠《しんじゅ》が（きらきらと光《ひか》りながら）散《ち》るかのようだ。 37〈後撰集・巻六・秋中・三〇八〉

忘《わす》らるる身《み》をば思《おも》はず《わ》ちかひ《い》てし人《ひと》のいのちのおしくもあるかな

右近《うこん》

あなたにわすれられるわたしの身《み》はどうなってもよいのです。（でも、わたしへの愛《あい》を）神《かみ》にちかったあなたの命《いのち》が、（ばつを受《う》けて、なくなってしまうのではないかと）おしく思《おも》われます。 38〈拾遺集・巻十四・恋四・八七〇〉

⑧浅茅生《あさじう》のを《お》ののしのはら忍《しの》ぶれどあまりてなどか人《ひと》のこひ《い》しき

参議等《さんぎひとし》（源等《みなもとのひとし》）

浅茅生《あさじう》の小野《おの》の篠原《しのはら》の「しの」ということばのように、わたしはしのんで（＝こらえて）いますが、思《おも》いをおさえることもできず、どうしてこんなにあなたが恋《こい》しいのでしょうか。 39〈後撰集・巻九・恋一・五七七〉

しのぶれど色《いろ》に出《い》でにけり我《わ》が恋《こい》は物《もの》や思《おも》ふ《う》と人《ひと》の問《と》ふ《う》迄《まで》

平兼盛《たいらのかねもり》

かくしていたが、とうとう顔《かお》やしぐさに出《で》てしまったことだ、わたしの恋《こい》は。なにか（恋《こい》でもして）なやんでいるのかと、人《ひと》が聞《き》くほどまでに。 40〈拾遺集・巻十一・恋一・六二二〉

※（＝）は、意味《いみ》や言《い》いかえを表《あらわ》す。

---

⑤宵《よい》
夜《よる》になってまだ間《ま》もないころ。

⑥白露《しらつゆ》
朝《あさ》、草《くさ》の葉《は》などにできる、白《しろ》く光《ひか》っている水滴《すいてき》のこと。

⑦玉《たま》
美《うつく》しい石《いし》や宝石《ほうせき》のこと（→10ページ）だが、ここではとくに真珠《しんじゅ》のことを指《さ》す。

⑧浅茅生《あさじう》のを《お》ののしのはら
「忍《しの》ぶれど」を導《みちび》く序詞《じょことば》。「浅《あさ》茅生《じう》のをの」は、背《せ》の低《ひく》い茅《ちがや》（イネ科《か》の野草《やそう》）がまばらに生《は》えている野原《のはら》のこと。「浅茅生《あさじう》の」は「を《お》の」の枕詞《まくらことば》。

▲ちがや

恋《こい》すてふ《ちょう》我《わ》が❶名《な》はまだき立《た》ちにけり人《ひと》しれずこそ思《おも》ひ初《そ》めしか

壬生《みぶの》　忠見《ただみ》

恋《こい》をしているというわたしのうわさが、もう立《た》ってしまった。だれにも知《し》られないように思《おも》いはじめたばかりだったのに。　41〈拾遺集・巻十一・恋一・六二一〉

❷契《ちぎ》りきなかたみに袖《そで》をしぼりつつ❸末《すえ》の松山《まつやま》なみこさじとは

清原《きよはらの》　元輔《もとすけ》

固《かた》く約束《やくそく》しましたよね。おたがいになみだでぬれたそでをしぼりながら、末《すえ》の松山《まつやま》を波《なみ》がこえることが永遠《えいえん》にないように、わたしたちの愛《あい》も永遠《えいえん》だと。（それなのに、なぜあなたは心変《こころが》わりしたのですか。）　42〈後拾遺集・巻十四・恋四・七七〇〉

あひ見《み》ての後《のち》の心《こころ》にくらぶればむかしは物《もの》をおもはざりけり

権中納言《ごんちゅうなごん》敦忠《あつただ》（藤原《ふじわらの》　敦忠《あつただ》）

あなたといっしょにすごした後《あと》の今《いま》の（切《せつ》ない）気持《きも》ちにくらべたら、前《まえ》の（会《あ》いたいと思《おも》っていた）気持《きも》ちなど、苦《くる》しんでいないのと同《おな》じようなものでした。　43〈拾遺集・巻十二・恋二・七一〇〉

逢《あ》ふ事《こと》のたえてしなくは中々《なかなか》に人《ひと》をも身《み》をもうらみざらまし

中納言《ちゅうなごん》朝忠《あさただ》（藤原《ふじわらの》　朝忠《あさただ》）

もし、（好《す》きな人《ひと》と）会《あ》うことがなかったら、かえってその人《ひと》（の冷《つめ》たさ）も、自分《じぶん》（のつらさ）もうらんだりすることがないだろうになあ。　44〈拾遺集・巻十一・恋一・六七八〉

哀《あわ》れともいふ《う》べき人《ひと》はおもほ《お》えでみの❹いたづ《ず》らになりぬべきかな

謙徳公《けんとくこう》（藤原《ふじわらの》　伊尹《これまさ》）

（わたしに同情《どうじょう》して）なんてかわいそうだと言《い》ってくれそうな人《ひと》はだれも思《おも》いうかばず、（冷《つめ》たくなったあなたに恋《こい》こがれながら）このままわたしはむなしく死《し》んでしまうのだろうか。　45〈拾遺集・巻十五・恋五・九五〇〉

---

❶名《な》
うわさや評判《ひょうばん》のこと。ここでは、男女間《だんじょかん》のうわさのことを指《さ》す。

❷契《ちぎ》り
約束《やくそく》のこと。ここでは、男女《だんじょ》の仲《なか》についての約束《やくそく》のことを指《さ》す。

❸末《すえ》の松山《まつやま》
現在《げんざい》の宮城県中央部《みやぎけんちゅうおうぶ》あたりの海岸《かいがん》にあった名所《めいしょ》。当時《とうじ》高《たか》い波《なみ》が来《き》ても決《けっ》して松山《まつやま》をこえることがないといわれた。

❹いたづ《ず》らになりぬ
むなしく死《し》んでしまう。

⑤由良《ゆら》のとを渡《わた》る舟人《ふなびと》かぢ《じ》をたえ行衛《ゆくえ》もしらぬ恋《こい》のみちかな

曾禰好忠《そねのよしただ》

由良《ゆら》の海峡《かいきょう》をわたる舟人《ふなびと》がかじをなくしてどの方向《ほうこう》に行《い》くかわからずただようように、この先《さき》どうなるかわからない(わたしの)恋《こい》の道《みち》だなあ。

46 〈新古今集・巻十一・恋一・一〇七一〉

⑥やへ《え》葎《むぐら》しげれる⑦宿《やど》のさびしきに人《ひと》こそ見《み》えねあきは来《き》にけり

恵慶法師《えぎょうほうし》

重《かさ》なり合《あ》うようにして雑草《ざっそう》がしげっているこのさびしい家《いえ》には、(今《いま》はもう)人《ひと》はたずねて来《こ》ないが、秋《あき》は(昔《むかし》と変《か》わらずに)やって来《き》たのだなあ。

47 〈拾遺集・巻三・秋・一四〇〉

⑧風《かぜ》をいたみ岩《いわ》うつ波《なみ》のを《お》のれのみくだけてものをおもふ《う》比《ころ》かな

源重之《みなもとのしげゆき》

風《かぜ》が激《はげ》しいので、波《なみ》が岩《いわ》に打《う》ちつけて、波《なみ》だけが自分《じぶん》だけくだけるように、わたしも自分《じぶん》だけ心《こころ》がくだけるほどつらい思《おも》いをするこのごろであるよ。

48 〈詞花集・巻七・恋上・二一一〉

⑨みかきもり衛士《えじ》の焼《た》く火《ひ》の夜《よる》はもえ昼《ひる》は消《き》えつつ物《もの》をこそおもへ《え》

大中臣能宣《おおなかとみのよしのぶ》

皇居《こうきょ》の門《もん》を守《まも》る兵士《へいし》のたくかがり火《び》が、夜《よる》は燃《も》えて昼《ひる》は消《き》えるように、(わたしの恋《こい》の火《ひ》も)夜《よる》は燃《も》え上《あ》がり、昼《ひる》は消《き》えるようになって、つらい(恋《こい》の)思《おも》いになやんでいることよ。

49 〈詞花集・巻七・恋上・二二五〉

君《きみ》がためおしからざりし命《いのち》さへ《え》ながくもがなとおもひ《い》ぬるかな

藤原義孝《ふじわらのよしたか》

あなたに会《あ》うためなら、失《うしな》ってもかまわないと思《おも》った命《いのち》だったけれど、(こうしてあなたにあえた今《いま》では)長《なが》く生《い》きたいと思《おも》うようになったことです。

50 〈後拾遺集・巻十二・恋二・六六九〉

⑤由良《ゆら》のとを渡《わた》る舟人《ふなびと》かぢ《じ》をたえ
「行衛《ゆくえ》もしらぬ」を導《みちび》く序詞《じょことば》。「由良《ゆら》のと」は、現在《げんざい》の京都府《きょうとふ》にある由良川《ゆらがわ》が若狭湾《わかさわん》に流《なが》れこむあたりの地名《ちめい》という説《せつ》と、現在《げんざい》の兵庫県《ひょうごけん》淡路島《あわじしま》の南東《なんとう》の海峡《かいきょう》だとする説《せつ》がある。

⑥やへ《え》葎《むぐら》
重《かさ》なり合《あ》うようにしげった雑草《ざっそう》のこと。

⑦宿《やど》
河原《かわらの》左大臣《さだいじん》(源《みなもとの》融《とおる》)の屋敷《やしき》のこと。この歌《うた》がよまれたころには落《お》ちぶれて、あれ果《は》てた家《いえ》になっていた。

⑧風《かぜ》をいたみ岩《いわ》うつ波《なみ》の
「くだけて」を導《みちび》く序詞《じょことば》。

⑨みかきもり衛士《えじ》の焼《た》く火《ひ》の
「夜《よる》はもえ昼《ひる》は消《き》えつつ」を導《みちび》く序詞《じょことば》。みかきもりと衛士《えじ》は、宮廷《きゅうてい》の門《もん》を守《まも》る兵士《へいし》のこと。

かくとだに❶えやは❷いぶきのさしも草《ぐさ》さしもしらじなもゆる❸思《おも》ひ《い》を

藤原《ふじわらの》実方朝臣《さねかたあそん》

こんなにあなたを愛《あい》しているとも言《い》えないのだから、伊吹山《いぶきやま》のさしも草《ぐさ》の「さしも」ではないが、さしも（＝そうとも）知《し》らないのでしょうね。さしも草《くさ》のように燃《も》えているわたしの思《おも》いの火《ひ》を。

51〈後拾遺集・巻十一・恋一・六一二〉

明《あ》けぬればくるるものとはしりながらなほ《お》うらめしきあさぼらけかな

藤原《ふじわらの》道信朝臣《みちのぶあそん》

夜《よ》が明《あ》けたら、また日《ひ》が暮《く》れて（あなたに会《あ》える）夜《よる》になるとわかってはいるけれど、それでもやはり（あなたと別《わか》れて帰《かえ》らなくてはいけないのが）うらめしい明《あ》け方《がた》だなあ。

52〈後拾遺集・巻十二・恋二・六七二〉

嘆《なげ》きつつひとりぬるよの明《あ》くるまはいかに久《ひさ》しきものとかはしる

右大将道綱母《うだいしょうみちつなのはは》

あなたが来《こ》ないのをなげきながら、一人《ひとり》で寝《ね》る夜《よる》の、夜《よ》が明《あ》けるまでの時間《じかん》をどんなに長《なが》く感《かん》じているか、あなたにわかるでしょうか、きっとわからないでしょうね。

53〈拾遺集・巻十四・恋四・九一二〉

わすれじの行末迄《ゆくすえまで》はかたければけふ《きょう》をかぎりの命《いのち》ともがな

儀同三司《ぎどうさんし》母《のはは》

いつまでもわすれないという（あなたの）約束《やくそく》が、このままずっと続《つづ》くことは難《むずか》しいでしょうから、（そのことばを聞《き》いて幸《しあわ》せでいられる）今日《きょう》を最後《さいご》として、死《し》んでしまいたいものです。

54〈新古今集・巻十三・恋三・一一四九〉

❹滝《たき》の糸《いと》は絶《た》えて久《ひさ》しくなりぬれど名《な》こそながれてなほ《お》きこえけれ

大納言公任《だいなごんきんとう》（藤原《ふじわらの》 公任《きんとう》）

（大覚寺《だいかくじ》の）滝《たき》の音《おと》は、水《みず》がかれてもうずっと前《まえ》に聞《き》こえなくなってしまったが、（すばらしい滝《たき》であったという）評判《ひょうばん》だけは、今《いま》も世《よ》の中《なか》に流《なが》れて聞《き》こえることであるよ。

55〈拾遺集・巻八・雑上・四四九〉

---

❶**えやはいぶきの**

言《い》うことができないでいるということ。「いぶ」は「言《い》ふ《う》」と「伊吹《いぶき》（山《やま》）」との掛詞《かけことば》。伊吹《いぶき》山《やま》は、現在《げんざい》の滋賀県《しがけん》と岐阜県《ぎふけん》の間《あいだ》にある山《やま》といわれている。

❷**いぶきのさしも草《ぐさ》**

「さしも」を導《みちび》く序詞《じょことば》。さしも草《ぐさ》は、よもぎの別名《べつめい》。させも草《ぐさ》ともいう。

❸**思《おも》ひ《い》**

「ひ《い》」は「火《ひ》」との掛詞《かけことば》。

❹**滝《たき》**

現在《げんざい》の京都市《きょうとし》にある大覚寺《だいかくじ》にあった滝《たき》のこと。当時《とうじ》は庭園《ていえん》のなかに滝《たき》がつくられていた。

▲大覚寺《だいかくじ》

あらざらむ此《こ》のよの外《ほか》の思《おも》ひ出《い》でに今《いま》ひとたびのあふ事《こと》もがな

和泉式部《いずみしきぶ》

（病気《びょうき》も重《おも》くなり、）わたしはもう生《い》きていられないでしょうが、せめてこの世《よ》の思《おも》い出《で》として、もう一度《いちど》あなたにお会《あ》いしたいものです。　56〈後拾遺集・巻十三・恋三・七六三〉

めぐり逢《あ》ひて見《み》しやそれ共《とも》わかぬまに雲《くも》がくれにし夜半《よわ》の月影《つきかげ》

紫式部《むらさきしきぶ》

久《ひさ》しぶりに出会《であ》って、そうともわからないうちに、雲《くも》にかくれてしまった真夜中《まよなか》の月《つき》のように、あわただしく帰《かえ》ってしまったあなたであることよ。（もっとお話《はなし》がしたかった。）　57〈新古今集・巻十六・雑上・一四九九〉

❺ありま山《やま》いなの篠原風《ささはらかぜ》吹《ふ》けばいでそよ人《ひと》をわすれやはする

大弐三位《だいにのさんみ》

有馬山《ありまやま》の近《ちか》くにある猪名《いな》の笹原《ささはら》に風《かぜ》がふくと（そよそよと音《おと》がしますが）、そよ（＝そのことですよ）、（あなたはわたしの心変《こころが》わりが心配《しんぱい》と言《い》いますが、わたしが）あなたをわすれることなどありません。　58〈後拾遺集・巻十二・恋二・七〇九〉

やすらは《わ》でねなまし物《もの》をさよ更《ふ》けてかたぶくまでの月《つき》を見《み》しかな

赤染衛門《あかぞめえもん》

初《はじ》めからわかっていれば、ためらうことなく寝《ね》てしまったでしょうに。（あなたが来《く》ると言《い》ってわたしに期《き》待《たい》をさせたから、寝《ね》ないで待《ま》っているうちに）夜《よ》が明《あ》けて（西《にし》に）しずんでいくまでの月《つき》を見《み》てしまいました。　59〈後拾遺集・巻十二・恋二・六八〇〉

❻大江山《おおえやま》❼いくのの道《みち》のとを《お》ければまだ❽ふみもみず❾天《あま》のはしだて

小式部内侍《こしきぶのないし》

大江山《おおえやま》をこえて行《い》き、生野《いくの》を通《とお》って行《い》く道《みち》は遠《とお》いですから、まだ（母《はは》のいる）天《あま》の橋立《はしだて》の地《ち》をふんでみたこともないし、母《はは》からの文《ふみ》（＝手紙《てがみ》）も見《み》ていません。（だから母《はは》に相談《そうだん》して歌《うた》をつくってもらったなどということはないのです。）　60〈金葉集・第九・雑上・五五〇〉

※（＝）は、意味《いみ》や言《い》いかえを表《あらわ》す。

❺ありま山《やま》いなの篠原風《ささはらかぜ》吹《ふ》けば　「そよ」を導《みちび》く序詞《じょことば》。ありま山《やま》は、現在《げんざい》の兵庫県《ひょうごけん》にある有馬《ありま》山《やま》。「いな」は、「猪名《いな》」とも書《か》き、現在《げんざい》の兵庫県尼崎市《ひょうごけんあまがさきし》にある地名《ちめい》。

❻大江山《おおえやま》　現在《げんざい》の京都市《きょうとし》にある山《やま》。

❼いくの　「生野《いくの》（現在《げんざい》の京都府北部《きょうとふほくぶ》のあたりの地名《ちめい》）」と「行《い》く野《の》」との掛詞《かけことば》。

❽ふみもみず　「踏《ふ》みも見《み》ず」と「文《ふみ》も見《み》ず」との掛詞《かけことば》。

❾天《あま》のはしだて　宮島《みやじま》（広島県《ひろしまけん》）、松島《まつしま》（宮城県《みやぎけん》）とならぶ日本三景《にほんさんけい》の一《ひと》つで、現《げん》在《ざい》の京都府北部《きょうとふほくぶ》にある名所《めいしょ》。丹《たん》後国《このくに》に小式部《こしきぶ》の母《はは》（和泉式部《いずみしきぶ》）はいた。当時《とうじ》小式部《こしきぶ》の歌《うた》は、母《はは》が代《か》わりにつくったものだといううわさがあった。

いにしへ《え》のならの都《みやこ》の❶八《や》重《え》桜《ざくら》けふ《きょう》❷九重《ここのえ》ににほひ《おい》ぬるかな

伊勢《いせ》 大輔《のたいふ》

昔の奈良の都でさいた八重桜が、今日は（今の都である）九重（＝この宮中）で、いちだんと美しくさいていることよ。 61〈詞花集・巻一・春・二九〉

よをこめて鳥《とり》の❸空音《そらね》ははかる共《とも》よに❹あふ《おう》さかの関《せき》はゆるさじ

清少納言《せいしょうなごん》

まだ夜の明けないうちに、にわとりの鳴きまねをして夜が明けたとだまそうとしても、あなたとわたしの間の逢坂の関は、けっしてだまされてあなたを通したりなどしませんよ。 62〈後拾遺集・巻十六・雑二・九三九〉

今《いま》はただおもひ絶《いた》えなむ《ん》とばかりを人《ひと》づてならでいふ《う》よしもがな

左京大夫道雅《さきょうのだいぶみちまさ》（藤原 道雅《ふじわらのみちまさ》）

今となってはもうあなたのことを思うのはあきらめようと、ただそれだけを、人づてでなく直接あなたに会って言う方法がほしいのです。 63〈後拾遺集・巻十三・恋三・七五〇〉

朝《あさ》ぼらけ❺宇治《うじ》のかは《わ》ぎりたえだえにあらは《わ》れわたる瀬々《せぜ》の❻網代木《あじろぎ》

権中納言定頼《ごんちゅうなごんさだより》（藤原 定頼《ふじわらのさだより》）

夜がほのぼのと明けるころ、宇治川に立ちこめていた霧がとぎれとぎれに晴れてきて、しだいにはっきりと現れる、あちこちの浅瀬にしかけられた網代木よ。 64〈千載集・巻六・冬・四一九〉

恨《うら》みわびほさぬ袖《そで》だにある物《もの》を恋《こい》にくちなむ《ん》名《な》こそをし《お》けれ

相模《さがみ》

うらみ悲しんで、なみだでかわくひまもなく、そでさえくちそう（＝ぼろぼろになりそう）なのに、恋のせいでくちて（＝評判が落ちて）しまうわたしの名が、本当におしいことです。 65〈後拾遺集・巻十四・恋四・八一五〉

---

❶**八重桜《やえざくら》**
桜《さくら》の品種《ひんしゅ》の一《ひと》つ。

▲八重桜《やえざくら》

❷**九重《ここのえ》**
天皇《てんのう》が住《す》む宮殿《きゅうでん》、宮中《きゅうちゅう》のこと。

❸**空音《そらね》**
鳴《な》きまねのこと。

❹**あふさかの関《おうさかのせき》**（→31ページ）
ここでは、自分《じぶん》と相手《あいて》との仲《なか》を関所《せきしょ》にたとえている。

❺**宇治《うじ》**
宇治川《うじがわ》のこと。現在《げんざい》の京都府《きょうとふ》南部《なんぶ》を流《なが》れる川《かわ》。

諸共《もろとも》に哀《あわ》れと思《おも》へ《え》山桜花《やまざくらはな》より外《ほか》に知《し》る人《ひと》もなし

大僧正行尊《だいそうじょうぎょうそん》

おまえもわたしのことをなつかしく思《おも》ってくれ、山桜《やまざくら》よ。(こんな山《やま》のおくでは)花《はな》であるおまえのほかには、(わたしの心《こころ》を)わかってくれる人《ひと》もいないのだ。 66〈金葉集・巻九・雑上・再奏本五二一、三奏本五一二〉

春《はる》のよの夢《ゆめ》ばかりなる手枕《たまくら》にかひ《い》なく❼たたむ《ん》名《な》こそ惜《お》しけれ

周防内侍《すおうのないし》

春《はる》の夜《よ》の夢《ゆめ》のように(はっきりしない気持《きも》ちで出《だ》した)あなたのうでを枕《まくら》にして寝《ね》ることで、(実際《じっさい》に恋《こい》をしたわけではないのに)つまらないうわさが立《た》つのはこまるのです。 67〈千載集・巻十六・雑上・九六四〉

心《こころ》にもあらで此《こ》の世《よ》にながらへ《え》ばこひ《い》しかるべきよは《わ》の月《つき》かな

三条院《さんじょうのいん》

心《こころ》から望《のぞ》んだわけでもなく、つらいことばかりのこの世《よ》に、じっとがまんして生《い》き続《つづ》けていたら、後《あと》できっと恋《こい》しく思《おも》い出《だ》すだろう、この(美《うつく》しい)夜中《よなか》の月《つき》よ。 68〈後拾遺集・巻十五・雑一・八六〇〉

あらし吹《ふ》く❽三室《みむろ》の山《やま》のもみぢ《じ》ばは❾竜田《たつた》の川《かわ》のにしきなりけり

能因法師《のういんほうし》

あらしがふき散《ち》らす三室山《みむろやま》のもみじの葉《は》は、竜田川《たつたがわ》の川面《かわも》に落《お》ちて、美《うつく》しい錦《にしき》の織物《おりもの》のようだなあ。 69〈後拾遺集・巻五・秋下・三六六〉

さびしさに宿《やど》を立《た》ち出《い》でて詠《なが》むればいづ《ず》くもおなじあきのゆふ《う》ぐれ

良暹法師《りょうぜんほうし》

さびしくて、家《いえ》を出《で》てまわりをながめてみたが、心《こころ》をなぐさめるものはなにもない。どこも同《おな》じような(さびしいばかりの)秋《あき》の夕暮《ゆうぐ》れである。 70〈後拾遺集・巻四・秋上・三三三〉

※(=)は、意味《いみ》や言《い》いかえを表《あらわ》す。

---

❻**網代木《あじろぎ》**
魚《さかな》をとるために、竹《たけ》や木《き》を編《あ》んでつくった「網代《あじろ》」というしかけを支《ささ》えるくいのこと。

❼**かひな《い》**
うでのこと。「腕《かいな》」と「かひなく」との掛詞《かけことば》。「かひ《い》」は、やったことの効果《こうか》。

❽**三室《みむろ》の山《やま》**
現在《げんざい》の奈良県北部《ならけんほくぶ》にある山《やま》。

❾**竜田《たつた》の川《かわ》**(→33ページ)

夕《ゆう》されば門田《かどた》の稲葉《いなば》を《お》とづ《ず》れてあしのまろやに秋風《あきかぜ》ぞ吹《ふ》く

大納言経信《だいなごんつねのぶ》（源《みなもとの》 経信《つねのぶ》）

夕方《ゆうがた》になると、家《いえ》の前《まえ》にある田《た》んぼのいねの葉《は》が（そよそよと）音《おと》を立《た》て、あしで屋根《やね》をふいた仮小屋《かりごや》には、秋風《あきかぜ》がふいてくる。　71〈金葉集・巻三・秋・一八三〉

音《おと》にきくたかし❶の浜《はま》のあだ波《なみ》はかけ❷じや袖《そで》のぬれもこそすれ

祐子内親王家《ゆうしないしんのうけ》 紀伊《きい》

有名《ゆうめい》な高師《たかし》の浜《はま》の、むなしく打《う》ち寄《よ》せる波《なみ》（のような浮気者《うわきもの》で有名《ゆうめい》なあなたのことば）は、（心《こころ》に）かけません。きっと（なみだで）そでをぬらすことになるでしょうから。　72〈金葉集・巻八・恋下・再奏本四六九、三奏本四六四〉

❸高砂《たかさご》の尾上《おのえ》の桜《さくら》さきにけりとやま❹の霞《かすみ》たたずもあらなむ《ん》

前中納言匡房《さきのちゅうなごんまさふさ》（大江《おおえの》 匡房《まさふさ》）

高《たか》い山《やま》の上《うえ》のほうにある桜《さくら》がさいたことだなあ。（花《はな》が見《み》えなくなってしまうから）里近《さとちか》い山《やま》のかすみよ、どうか立《た》ちこめないでおくれ。　73〈後拾遺集・巻一・春・一二〇〉

うかりける人《ひと》をはつせ❺の山下風《やまおろし》はげしかれとはいのらぬ物《もの》を

源《みなもとの》 俊頼朝臣《としよりあそん》

わたしに冷《つめ》たい人《ひと》を、（その人《ひと》がふりむいてくれますようにと初瀬《はつせ》の観音《かんのん》にいのりはしたが、）初瀬《はつせ》の山《やま》からふく風《かぜ》よ、（おまえのように、）冷《つめ》たさがますます激《はげ》しくなれとはいのらなかったのになあ。　74〈千載集・巻十二・恋・七〇八〉

契《ちぎ》りを《お》きしさせ❻もが露《つゆ》を命《いのち》にてあは《わ》れことしの秋《あき》もいぬめり

藤原《ふじわらの》 基俊《もととし》

約束《やくそく》してくださった、させも草《くさ》に置《お》くめぐみのつゆのようにありがたいあなたのおことばを命《いのち》のようにたよりにして生《い》きてきましたが、ああ、今年《ことし》の秋《あき》も過《す》ぎていくようです。（約束《やくそく》したのに、なぜわが子《こ》を出世《しゅっせ》させてくださらなかったのですか。）　75〈千載集・巻十六・雑上・一〇二六〉

---

❶**たかしの浜《はま》**
現在《げんざい》の大阪府中央部《おおさかふちゅうおうぶ》の海岸《かいがん》。「高《たか》し（評判《ひょうばん》が高《たか》い）」との掛詞《かけことば》。

▲高師《たかし》の浜《はま》（現在《げんざい》はうめ立《た》てられている。）

❷**かけ**
「波《なみ》をかけ」と「思《おも》いをかけ」との掛詞《かけことば》。

❸**高砂《たかさご》**
ここでは、高《たか》い山《やま》のこと。36ページの意味《いみ》とは異《こと》なる。

❹**とやま**
人里《ひとざと》に近《ちか》い山《やま》のこと。

和田《わた》の原《はら》こぎ出《い》でてみれば7久堅《ひさかた》のくもゐ《い》にまが《ご》ふ《う》奥津《おきつ》白波《しらなみ》

法性寺《ほっしょうじ》入道前《にゅうどうさきの》関白太政大臣《かんぱくだいじょうだいじん》（藤原《ふじわらの》忠通《ただみち》）

広々《ひろびろ》とした海《うみ》に舟《ふね》をこぎ出《だ》して見《み》てみると、大空《おおぞら》の白《しろ》い雲《くも》と見分《みわ》けがつかなくなるような、白《しろ》い波《なみ》がおきに立《た》っているよ。　76〈詞花集・巻十・雑下・三八二〉

8瀬《せ》をはやみ岩《いわ》にせかるる滝川《たきがわ》のわれてもすゑ《え》にあは《わ》む《ん》とぞおもふ《う》

崇徳院《すとくいん》

浅瀬《あさせ》の流《なが》れが速《はや》くて、岩《いわ》にぶつかって分《わ》かれた急流《きゅうりゅう》がまたどこかで合流《ごうりゅう》するように、わたしとあなたの仲《なか》も、たとえ別《わか》れることがあっても後《あと》にはかならずいっしょになろうと思《おも》うことだ。　77〈詞花集・巻七・恋上・二二九〉

淡路嶋《あわじしま》かよふ《う》千鳥《ちどり》のなく声《こえ》に幾夜《いくよ》ね覚《ざ》めぬ9すまの関守《せきもり》

源《みなもとの》兼昌《かねまさ》

淡路島《あわじしま》からわたってくる千鳥《ちどり》が鳴《な》く声《こえ》で、いったいどれだけの夜《よる》、目《め》を覚《さ》ましてしまったことだろうか、（静《しず》かでさびしいところにある）須磨《すま》の関所《せきしょ》の番人《ばんにん》は。　78〈金葉集・巻四・冬・再奏本二七〇、三奏本二七一〉

秋風《あきかぜ》にたなびく雲《くも》のたえまよりもれいづ《ず》る月《つき》のかげのさやけさ

左京《さきょうの》大夫《だいぶ》顕輔《あきすけ》（藤原《ふじわらの》顕輔《あきすけ》）

秋風《あきかぜ》がふいて、流《なが》れる雲《くも》の切《き》れ間《ま》からもれ出《で》る月《つき》の光《ひかり》の、なんと明《あか》るく清《きよ》らかなことか。　79〈新古今集・巻四・秋上・四一三〉

長《なが》からむ《ん》心《こころ》もしらずくろかみのみだれてけさは物《もの》をこそ思《おも》へ《え》

待賢門院《たいけんもんいん》堀河《ほりかわ》

ずっと変《か》わらない（で愛《あい》してくださる）というあなたのお心《こころ》も本当《ほんとう》かどうかわかりませんので、黒《くろ》い髪《かみ》が乱《みだ》れるようにわたしの心《こころ》も乱《みだ》れて、今朝《けさ》はあれこれと思《おも》いなやんでおります。　80〈千載集・巻十三・恋三・八〇二〉

---

5 はつせの山下風《やまおろし》

「はげしかれ」を導《みちび》く序詞《じょことば》。はつせは、現在《げんざい》の奈良県北部《ならけんほくぶ》あたりの地名《ちめい》。十一面観世音菩薩《じゅういちめんかんぜおんぼさつ》をまつった長谷寺《はせでら》がある。

6 させも（→40ページ）

7 久堅《ひさかた》の（→18ページ）

8 瀬《せ》をはやみ岩《いわ》にせかるる滝川《たきがわ》の

「われても」を導《みちび》く序詞《じょことば》。

9 すま

現在《げんざい》の兵庫県南部《ひょうごけんなんぶ》の海岸沿《かいがんぞ》いの地名《ちめい》。

▲須磨《すま》

❶郭公《ほととぎす》なきつるかたをながむればただありあけの月《つき》ぞのこれる
後徳大寺《ごとくだいじの》 左大臣《さだいじん》（藤原《ふじわらの》 実定《さねさだ》）

ほととぎすが鳴《な》いた方《ほう》をながめると、（ほととぎすの姿《すがた》はもうなくて）ただ夜明《よあ》けの月《つき》だけが空《そら》に残《のこ》っていることだ。 81〈千載集・巻三・夏・一六一〉

思《おも》ひわび扨《さて》もいのちはある物《もの》をうきにたへ《え》ぬはなみだなりけり
道因法師《どういんほうし》

思《おも》いなやんで、それでもなんとか命《いのち》はながらえているが、恋《こい》のつらさにたえられない（で落《お》ちてしまう）のは、命《いのち》ではなくなみだであったよ。 82〈千載集・巻十三・恋・八一八〉

世《よ》の中《なか》よみちこそなけれおもひ入《い》❷る《い》やまのおくにも鹿《しか》ぞなくなる
皇太后宮《こうたいごうぐうの》 大夫俊成《だいぶとしなり》（藤原《ふじわらの》 俊成《としなり》）

この世《よ》の中《なか》は、のがれる道《みち》はないのだなあ。（のがれようと）考《かんが》えこんで入《はい》ってきたこの山《やま》のおくにも、しかが（わたしと同《おな》じ気持《きも》ちなのか、悲《かな》しい声《こえ》で）鳴《な》いているようだ。 83〈千載集・巻十七・雑中・一一五一〉

ながらへ《え》ば又此《またこ》の比《ごろ》やしのばれむ《ん》うしと見《み》しよぞいまは恋《こい》しき
藤原《ふじわらの》 清輔朝臣《きよすけあそん》

生《い》き続《つづ》けていたら、（こんなにつらい）今《いま》のことも、またなつかしく思《おも》い出《だ》すときがくるのだろうか。昔《むかし》はあんなにつらいと思《おも》っていた世《よ》の中《なか》が、今《いま》では恋《こい》しく思《おも》えるから。 84〈新古今集・巻十八・雑下・一八四三〉

よもすがら物思《ものおも》ふ《う》比《ころ》は明《あ》けやらぬ❸閨《ねや》のひまさへ《え》つれなかりけり
俊恵法師《しゅんえほうし》

一晩《ひとばん》じゅう来《こ》てくれない恋人《こいびと》のことを思《おも》うこのごろでは、夜《よる》はなかなか明《あ》けてくれなくて、夜明《よあ》けの光《ひかり》をもらしてくれない寝室《しんしつ》の戸《と》のすきまさえも、思《おも》いやりのないと思《おも》われることだなあ。 85〈千載集・巻十二・恋二・七六六〉

---

❶**郭公《ほととぎす》**（→19ページ）

❷**入《い》る** 「おもひ入《い》る」と「山《やま》に入《い》る」との掛詞《かけことば》。

❸**閨《ねや》** 寝室《しんしつ》のこと。

❹**かこちがほ《お》** うらめしい顔《かお》のこと。

❺**まき**（→22ページ）

❻**難波江《なにわえ》のあしの** 「かりね」を導《みちび》く序詞《じょことば》。難波《なにわ》江《え》は、現在《げんざい》の大阪湾《おおさかわん》の入江《いりえ》のこと。

❼**かりね** 「刈《か》り根《ね》（草《くさ》などを刈《か》ったあとに残《のこ》る根《ね》）」と「仮寝《かりね》」との掛詞《かけことば》。

❽**一《ひと》よ** 「一節《ひとよ》（あしの節《ふし》一《ひと》つ分《ぶん》）」と「一夜《ひとよ》」との掛詞《かけことば》。

嘆《なげ》けとて月《つき》やは物《もの》をおもはする④かこちがほ《お》なるわがなみだかな
西行法師《さいぎょうほうし》

なげき悲《かな》しめといって、月《つき》がわたしに物思《ものおも》いをさせるのだろうか、いや、そうではない。(それなのに、月《つき》のせいにして)うらめしい顔《かお》で(恋《こい》のせつなさに)流《なが》れているわたしのなみだであるよ。　86〈千載集・巻十五・恋五・九二九〉

村雨《むらさめ》の露《つゆ》もまだひぬ⑤まきのはに霧《きり》たちのぼるあきのゆふ《う》ぐれ
寂蓮法師《じゃくれんほうし》

さっと通《とお》りすぎていったにわか雨《あめ》の、そのしずくもまだかわいていないすぎやひのきの木《き》の葉《は》に、(ふもとの方《ほう》から)きりが立《た》ちのぼってくる、(ああ、なんと静《しず》かでさびしい)秋《あき》の夕暮《ゆうぐ》れだ。　87〈新古今集・巻五・秋下・四九一〉

⑥難波江《なにわえ》のあしの⑦かりねの⑧一《ひと》よゆへ《え》⑨身《み》を《お》つくしてや恋《こい》わたるべき
皇嘉門院《こうかもんいん》別当《のべっとう》

難波江《なにわえ》に生《は》えるあしの刈《か》り根《ね》の一節《ひとよ》、(そのように短《みじか》い)仮寝《かりね》の一夜《ひとよ》をあなたと過《す》ごしたばかりに、(難波江《なにわえ》のみおつくしではないが)身《み》をつくしてあなたを恋《こい》い続《つづ》けなければならないのでしょうか。　88〈千載集・巻十三・恋三・八〇七〉

玉《たま》のを《お》よ絶《た》えなば絶《た》えねながらへ《え》ば忍《しの》ぶることのよは《わ》りもぞする
式子内親王《しょくしないしんのう》

わたしの命《いのち》よ、絶《た》えるならいっそ絶《た》えてしまえ。このまま生《い》き続《つづ》けていたら(ますます恋心《こいごころ》がつのって、知《し》られないように)がまんしている心《こころ》が弱《よわ》って知《し》られてしまいそうだから。　89〈新古今集・巻十一・恋一・一〇三四〉

見《み》せばやな⑩を《お》じまの⑪蜑《あま》の袖《そで》だにもぬれにぞぬれし色《いろ》はかはら《わ》ず
殷富門院《いんぷもんいん》大輔《のたいふ》

(なみだで色《いろ》が変《か》わってしまった)わたしのそでをお見《み》せしたいものです。雄島《おしま》の漁師《りょうし》のそでさえ、どんなに波《なみ》にぬれても色《いろ》は変《か》わらないというのに。　90〈千載集・巻十四・恋四・八八六〉

---

⑨身《み》を《お》つくし(→33ページ)

⑩をじま
現在《げんざい》の宮城県《みやぎけん》の松島湾《まつしまわん》にある雄島《おしま》のこと。

▲雄島《おしま》

⑪蜑《あま》
漁師《りょうし》のこと。

❶きりぎりす鳴《な》くや霜夜《しもよ》のさ❷莚《むしろ》に衣《ころも》かたしきひとりかもねむ《ん》

後京極摂政太政大臣《ごきょうごくせっしょうだいじょうだいじん》（藤原《ふじわらの》　良経《よしつね》）

こおろぎが鳴《な》く霜《しも》が降《お》りた寒《さむ》い夜《よる》、わたしは寒々《さむざむ》としたむしろの上《うえ》に、自分《じぶん》の着物《きもの》の片《かた》そでをしいて（いっしょに寝《ね》る恋人《こいびと》もなく）一人《ひとり》で寝《ね》ることだなあ。

91〈新古今集・巻五・秋下・五一八〉

我《わ》が袖《そで》は❸しほ《お》ひに見《み》えぬおきの石《いし》の人《ひと》こそしらねかは《わ》くまもなし

二条院《にじょういんの》　讃岐《さぬき》

わたしのそでは、潮《しお》が引《ひ》いても水《みず》にかくれて見《み》えない沖《おき》の石《いし》のように、だれも知《し》らないでしょうけれど、（あの人《ひと》を思《おも》うなみだで）かわくひまもありません。

92〈千載集・巻十二・恋二・七六〇〉

世《よ》の中《なか》はつねにもがもななぎさ漕《こ》ぐあまのを《お》ぶねの綱手《つなで》かなしも

鎌倉《かまくらの》　右大臣《うだいじん》（源《みなもとの》　実朝《さねとも》）

世《よ》の中《なか》はいつまでも変《か》わらずにいてほしいなあ。波打《なみう》ちぎわをこいでいく漁師《りょうし》の小舟《こぶね》が、陸《りく》からつないだ綱《つな》に引《ひ》かれていく景色《けしき》には、しみじみと心《こころ》が動《うご》かされる。

93〈新勅撰集・巻八・羇旅・五二五〉

❹みよしのの山《やま》の秋風《あきかぜ》さよふけて故郷《ふるさと》さむく❺ころもうつなり

参議《さんぎ》雅経《まさつね》（藤原《ふじわらの》　雅経《まさつね》）

吉野《よしの》の山《やま》から秋風《あきかぜ》がふき、夜《よ》がふけて、（昔都《むかしみやこ》だった）吉野《よしの》の里《さと》は寒々《さむざむ》として、きぬたで衣《ころも》を打《う》つ音《おと》が聞《き》こえてくるよ。

94〈新古今集・巻五・秋下・四八三〉

おほ《お》けなく浮《う》き世《よ》の民《たみ》におほふ《おう》かなわがたつ❻杣《そま》に❼すみぞめの袖《そで》

前大僧正《さきのだいそうじょう》　慈円《じえん》

身《み》のほど知《し》らずだが、つらいこの世《よ》の人々《ひとびと》におおいかけて救《すく》いたいのだ。わたしが住《す》み初《そ》めた（＝住《す》みはじめた）比叡山《ひえいざん》の、墨染《すみぞ》めの（＝黒《くろ》く染《そ》めた）衣《ころも》のそでを。

95〈千載集・巻十七・雑中・一一三七〉

---

❶**きりぎりす**
現在《げんざい》のこおろぎのこと。

❷**さ莚《むしろ》**
わらなどで編《あ》んだ粗末《そまつ》な敷物《しきもの》のこと。「寒《さむ》し」との掛詞《かけことば》。

❸**しほひに見《み》えぬおきの石《いし》の**
「かは《わ》くまもなし」を導《みちび》く序詞《じょことば》。

❹**みよしの**（→36ページ）

❺**ころもうつ**
布《ぬの》を打《う》って光沢《こうたく》を出《だ》したり、やわらかくしたりすることを指《さ》す。きぬた（つちで打《う》つときに使《つか》う木《き》や石《いし》の台《だい》）という道具《どうぐ》を使《つか》った。

❻**杣《そま》**
ここでは、比叡山《ひえいざん》のこと。京《きょう》都府《とふ》と滋賀県《しがけん》の間《あいだ》にある山《やま》。

❼**すみぞめ**
ここでは、僧《そう》の黒《くろ》い服《ふく》のこと。

❽**ふり行《ゆ》く**
「降《ふ》りゆく」と「古《ふ》りゆく」との掛詞《かけことば》。

花《はな》さそふ《う》あらしの庭《にわ》の雪《ゆき》ならで⑧ふり行《ゆ》くものは我《わ》が身《み》なりけり

入道前太政大臣《にゅうどうさきのだいじょうだいじん》（藤原公経《ふじわらのきんつね》）

花《はな》を散《ち》らすあらしがふく庭《にわ》で、雪《ゆき》（のような花《はな》）が降《ふ》りゆくのではなくて、古《ふ》りゆく（＝年《とし》をとってゆく）ものは、わたしの身《み》であるよ。　96〈新勅撰集・巻十六・雑一・一〇五二〉

こぬ人《ひと》を⑨まつほの浦《うら》の夕《ゆう》なぎにやくやもしほ《お》の身《み》も⑩こがれつつ

権中納言定家《ごんちゅうなごんさだいえ》（藤原定家《ふじわらのさだいえ》）

待《ま》っていても来《こ》ない人《ひと》を待《ま》つわたしは、松帆《まつほ》の浦《うら》で夕《ゆう》なぎのころに焼《や》く藻塩《もしお》のように、（あの人《ひと》を恋《こ》いしたって、わたしの）身《み》も焼《や》けるように恋《こ》いこがれていることです。　97〈新勅撰集・巻十三・恋三・八四九〉

風《かぜ》そよぐ⑪ならの小川《おがわ》の夕暮《ゆうぐ》れは⑫御祓《みそぎ》ぞ夏《なつ》のしるしなりける

従二位家隆《じゅにいいえたか》（藤原家隆《ふじわらのいえたか》）

風《かぜ》がそよそよとならの葉《は》にふいている、ならの小川《おがわ》の夕暮《ゆうぐ》れはすずしくて秋《あき》のようだが、みそぎの行事《ぎょうじ》があることが、まだ夏《なつ》であることの証拠《しょうこ》なのだなあ。　98〈新勅撰集・巻三・夏・一九二〉

人《ひと》もを《お》し人《ひと》も恨《うら》めしあぢ《じ》きなく世《よ》をおもふ《う》ゆゑ《え》に物思《ものおも》ふ《う》身《み》は

後鳥羽院《ごとばのいん》（後鳥羽上皇《ごとばじょうこう》）

ある時《とき》は人《ひと》がいとおしい。またある時《とき》は人《ひと》がうらめしい。この世《よ》をおもしろくないと思《おも》うために、あれこれと考《かんが》え事《ごと》をするわたしの身《み》には。　99〈続後撰集・巻十七・雑中・一二〇二〉

百敷《ももしき》やふるき軒端《のきば》の⑬しのぶにもなほ《お》あまりあるむかし成《な》りけり

順徳院《じゅんとくいん》

宮中《きゅうちゅう》の古《ふる》い建物《たてもの》ののきに生《は》えたしのぶ草《ぐさ》を見《み》るにつけてしのんで（＝なつかしく思《おも》って）も、まだなつかしく思《おも》われる、昔《むかし》（のすばらしかった時代《じだい》）であることよ。　100〈続後撰集・巻十八・雑下・一二〇二〉

※（＝）は、意味《いみ》や言《い》いかえを表《あらわ》す。

---

⑨まつほの浦《うら》の夕《ゆう》なぎにやくやもしほ《お》の
「こがれ」を導《みちび》く序詞《じょことば》。「まつほの浦《うら》」は、現在《げんざい》の兵庫県淡路島《ひょうごけんあわじしま》の北側《きたがわ》のあたり。「まつ」は「待《ま》つ」と「松帆《まつほ》」との掛詞《かけことば》。「もしほ《お》」は、海藻《かいそう》からとった塩《しお》のこと。

⑩こがれ
「身《み》もこがれ」と「（思《おも》い）こがれ」との掛詞《かけことば》。

⑪なら
ブナ科《か》の木《き》。「ならの小川《おがわ》（現在《げんざい》の京都府《きょうとふ》の上賀茂神社《かみがもじんじゃ》近《ちか》くを流《なが》れる川《かわ》）」との掛詞《かけことば》。

⑫御祓《みそぎ》
川《かわ》や海《うみ》の水《みず》で、身《み》を洗《あら》い清《きよ》めること。ここでは旧暦《きゅうれき》（昔《むかし》の暦《こよみ》）の六月末《ろくがつすえ》に行《おこな》われる、「六月祓《みなづきはらえ》」（年間《ねんかん》のけがれをはらう行事《ぎょうじ》）のことを指《さ》している。

⑬しのぶ
シダ科《か》の植物《しょくぶつ》のこと。「偲《しの》ぶ」との掛詞《かけことば》。

『百《ひゃく》人《にん》一《いっ》首《しゅ》』について

◉ジャンル——歌集《かしゅう》

◉まとめた人《ひと》——藤原《ふじわらの》定家《さだいえ》

◉できた時代《じだい》——鎌倉《かまくら》時代《じだい》（一二三五年《ねん》ごろ）

成《な》り立《た》ち

『百人一首《ひゃくにんいっしゅ》』は、藤原《ふじわらの》定家《さだいえ》が百人《ひゃくにん》の歌人《かじん》の歌《うた》を一首《いっしゅ》ずつ選《えら》んでまとめたといわれる、私撰和歌集《しせんわかしゅう》です。定家《さだいえ》が書《か》いた『明月記《めいげつき》』という日記《にっき》には、「宇都宮入道蓮生《うつのみやにゅうどうれんしょう》という親《しん》せきにたのまれて、京都《きょうと》にある小倉山《おぐらやま》近《ちか》くの山荘《さんそう》のふすまにはる色紙《しきし》のために、百首《ひゃくしゅ》を選《えら》んだ。」と記《しる》されています。この「小倉山《おぐらやま》」にちなみ『小倉百人一首《おぐらひゃくにんいっしゅ》』ともよばれます。

定家《さだいえ》は、勅撰和歌集《ちょくせんわかしゅう》（↓24ページ）である『新古今和歌《しんこきんわか》集《しゅう》』の編集《へんしゅう》にもかかわっていましたが、『百人一首《ひゃくにんいっしゅ》』には『新古今和歌集《しんこきんわかしゅう》』で選《えら》ばれなかった歌《うた》も入《はい》っています。それは、天皇《てんのう》や鎌倉幕府《かまくらばくふ》による政治的《せいじてき》な影響《えいきょう》を受《う》けず、自由《じゆう》に選《えら》ぶことができたからともいわれています。定家《さだいえ》がすぐれていると率直《そっちょく》に感《かん》じた歌《うた》が入《はい》っているため、定家《さだいえ》の歌《うた》の好《この》みがあらわれています。

また、『万葉集《まんようしゅう》』の時代《じだい》から『新古今和歌集《しんこきんわかしゅう》』の時代《じだい》までの、五百数十年《ごひゃくすうじゅうねん》という長《なが》い年月《ねんげつ》にかけての歌《うた》がおさめられているので、和歌《わか》の伝統《でんとう》がどのように受《う》けつがれ、また変化《へんか》してきたのかを知《し》ることもできます。

作品《さくひん》の特徴《とくちょう》

百首《ひゃくしゅ》のうちのほとんどが、恋《こい》や四季《しき》をよんだ歌《うた》です。多《おお》くの女流歌人《じょりゅうかじん》が恋《こい》の歌《うた》をよみ、実《じつ》に二十一人《にじゅういちにん》もの女流歌人《じょりゅうかじん》の歌《うた》が入《はい》っていることが特徴《とくちょう》です。平安時代《へいあんじだい》の初期《しょき》につくられた『古今和歌集《こきんわかしゅう》』から最《もっと》も多《おお》くの歌《うた》がとられ、直接自《ちょくせつじ》分《ぶん》の気持《きも》ちを伝《つた》える歌《うた》よりも、遠《とお》まわしな表現《ひょうげん》でさまざまな工夫《くふう》をこらした歌《うた》が多《おお》く選《えら》ばれています。鎌倉時代《かまくらじだい》に生《い》きた定家《さだいえ》は、平安時代《へいあんじだい》の宮廷文化《きゅうていぶんか》のみやびな世界《せかい》にあこがれていたのでしょう。

歌《うた》は歌人《かじん》の身分《みぶん》や歌《うた》の題材《だいざい》によって分類《ぶんるい》されてはおらず、ほぼ歌人《かじん》の生《う》まれた年代順《ねんだいじゅん》に並《なら》んでいます。しかし、最初《さいしょ》と最後《さいご》に天皇《てんのう》の歌《うた》を二首《にしゅ》ずつ並《なら》べていること、また藤原氏《ふじわらし》の歌《うた》が多《おお》いことから、定家《さだいえ》が朝廷《ちょうてい》や自分《じぶん》の一族《いちぞく》の繁栄《はんえい》を願《ねが》っていたことがうかがえます。

藤原《ふじわら》 定家《のさだいえ》はこんな人《ひと》

▲藤原 定家《ふじわらのさだいえ》（『新三十六歌仙画帖』 フェリス女学院大学附属図書館所蔵）

有名《ゆうめい》な歌人《かじん》だった藤原《ふじわら》 俊成《のとしなり》の息子《むすこ》として生《う》まれた定家《さだいえ》は、『新古今和歌集《しんこきんわかしゅう》』や『百人一首《ひゃくにんいっしゅ》』をまとめただけではなく、すぐれた歌人《かじん》でもありました。

若《わか》いときから和歌《わか》の才能《さいのう》をしめしていましたが、定家《さだいえ》のつくる歌《うた》はとても個性的《こせいてき》で、それまでにないものだったため、「昔《むかし》からの歌《うた》の伝統《でんとう》をばかにした、わけのわからない歌《うた》だ。」と批判《ひはん》されることもあったようです。

しかし定家《さだいえ》は、そうした批判《ひはん》にまどわされることなく熱心《ねっしん》に作品《さくひん》をつくり、自分《じぶん》の歌風《かふう》を確立《かくりつ》していきました。やがて、和歌《わか》の世界《せかい》を代表《だいひょう》する人物《じんぶつ》になりました。また、歌《うた》の評論《ひょうろん》や物語《ものがたり》の創作《そうさく》、古典《こてん》の研究《けんきゅう》などの分野《ぶんや》でも大《おお》きな業績《ぎょうせき》を残《のこ》しています。定家《さだいえ》の歌風《かふう》や考《かんが》え方《かた》は、連歌《れんが》（↓68ページ）や能《のう》、茶道《さどう》などにも深《ふか》い影響《えいきょう》をあたえました。書家《しょか》としても有名《ゆうめい》で、「定家流《ていかりゅう》」とよばれる独特《どくとく》の字《じ》は、書道《しょどう》の世界《せかい》でも尊重《そんちょう》されました。

『百人一首《ひゃくにんいっしゅ》』の影響《えいきょう》

定家《さだいえ》の死後《しご》、『百人一首《ひゃくにんいっしゅ》』の書《か》かれた百枚《ひゃくまい》の色紙《しきし》はむすこの為家《ためいえ》によって冊子《さっし》に写《うつ》し取《と》られました。この冊子《さっし》は、室町時代《むろまちじだい》から江戸時代《えどじだい》にかけて、和歌《わか》のお手本《てほん》として多《おお》くの歌人《かじん》に影響《えいきょう》をあたえました。

『百人一首《ひゃくにんいっしゅ》』が有名《ゆうめい》になったことで、さまざまな人《ひと》が自分好《じぶんごの》みの歌人《かじん》を百人《ひゃくにん》選《えら》んだ歌集《かしゅう》も現《あらわ》れました。それらは、『小倉百人一首《おぐらひゃくにんいっしゅ》』と区別《くべつ》して、『異種百人一首《いしゅひゃくにんいっしゅ》』とよばれます。

『百人一首《ひゃくにんいっしゅ》』は、歌《うた》がるたがつくられるようになってからいっそう庶民《しょみん》に親《した》しまれるようになり、俳句《はいく》や川柳《せんりゅう》、落語《らくご》などの中《なか》にも登場《とうじょう》しています。歌《うた》がるたは正月《しょうがつ》の遊《あそ》びとしても定着《ていちゃく》し、明治時代《めいじじだい》には競技《きょうぎ》としてのかるた会《かい》がさかんに行《おこな》われるようになりました。

現在見《げんざいみ》つかっている中《なか》で最《もっと》も古《ふる》いとされる『百人一首《ひゃくにんいっしゅ》』の歌《うた》がるたは、江戸時代《えどじだい》の初期《しょき》、一六〇〇年《ねん》ごろに道勝法親王《どうしょうほうしんのう》がつくった歌《うた》がるたです。『万葉集《まんようしゅう》』など、古《ふる》い時代《じだい》の和歌《わか》も入《はい》っているにもかかわらず、読《よ》み札《ふだ》にえがかれた歌人《かじん》の衣装《いしょう》はすべて平安時代《へいあんじだい》のものになっています。

▲日本最古《にほんさいこ》の百人一首歌《ひゃくにんいっしゅうた》がるた
（道勝法親王筆　滴翠美術館蔵）

ことば遊《あそ》び「もじり百人一首《ひゃくにんいっしゅ》」

『百人一首《ひゃくにんいっしゅ》』は，江戸時代《えどじだい》には庶民《しょみん》に親《した》しまれるようになりました。そんな中《なか》，歌《うた》の内容《ないよう》を日常《にちじょう》の生活《せいかつ》などに置《お》きかえて，おもしろおかしくつくり変《か》えることが流行《りゅうこう》しました。

「もじり百人一首《ひゃくにんいっしゅ》」は、『百人一首《ひゃくにんいっしゅ》』の歌《うた》を土台《どだい》にして生《う》まれました。「もじり」とは「もじる（ねじ曲《ま》げる）」からきたことばで、「だじゃれ、置《お》きかえ」を意味《いみ》します。歌《うた》の「もじり」では、つくる人《ひと》も読《よ》む人《ひと》も、もとの歌《うた》をきちんと知《し》っておかなければなりません。江戸時代《えどじだい》には、もじり百人一首《ひゃくにんいっしゅ》がいくつもつくられました。それだけ『百人一首《ひゃくにんいっしゅ》』が庶民《しょみん》に親《した》しまれていたといえるでしょう。

ここでは「秋《あき》の田《た》のかりほの庵《いお》のとまをあらみわがころもでは露《つゆ》にぬれつつ」（→30ページ）の「もじり百人一首《ひゃくにんいっしゅ》」を二《ふた》つ紹介《しょうかい》します。

秋《あき》の田《た》のかりほの庵《いお》の歌《うた》がるたとりそこなつて《なって》雪《ゆき》は降《ふ》りつつ
（『狂歌百人一首《きょうかひゃくにんいっしゅ》』）

これは、「秋《あき》の田《た》の……」の歌《うた》と、「君《きみ》がため春《はる》の野《の》に出《い》でて若菜《わかな》つむわが衣《ころも》手《て》に雪《ゆき》はふりつつ」（→32ページ）の下《しも》の句《く》が似《に》ているので、かるた取《と》りでよく取《と》りまちがえることからよまれた歌《うた》です。

あきれたのかれこれ囲碁《いご》の友《とも》をあつめ我《わ》がだまし手《て》は終《つい》にしれつつ
（鈍智《どんち》てんほう『犬百人一首《いぬひゃくにんいっしゅ》』）

こちらは、友達《ともだち》を集《あつ》めて囲碁《いご》をしたところ、自分《じぶん》の相手《あいて》をだます手《て》がばれてしまって「あきれたのお」とぼやいた歌《うた》です。

▲江戸時代《えどじだい》の代表的《だいひょうてき》なもじり百人一首《ひゃくにんいっしゅ》『犬百人一首《いぬひゃくにんいっしゅ》』（跡見学園女子大学図書館所蔵）

『百《ひゃく》人《にん》一首《いっしゅ》』を楽《たの》しもう！

「源平合戦《げんぺいがっせん》」で遊《あそ》ぶ

やり方《かた》

①参加者《さんかしゃ》は二《ふた》つのチーム（二人以上《ふたりいじょう》で、おたがいに同《おな》じ人《にん》数《ずう》）に分《わ》かれます。それとは別《べつ》に、読《よ》み手《て》を一人《ひとり》決《き》めておきます。

②それぞれのチームが取《と》り札《ふだ》（下《しも》の句《く》だけがすべて平仮名《ひらがな》で書《か》かれている札《ふだ》）を半分《はんぶん》ずつ取《と》り、自分《じぶん》たちの前《まえ》に表《おもて》向《む》きにして三列《さんれつ》に並《なら》べます。並《なら》べる順番《じゅんばん》は、チームで自《じ》由《ゆう》に決《き》めることができます。

③読《よ》み手《て》は、読《よ》み札《ふだ》（歌人《かじん》の名前《なまえ》と歌《うた》が書《か》かれている札《ふだ》）をよく切《き》ってから、順番《じゅんばん》に一枚《いちまい》ずつ読《よ》み上《あ》げます。

④参加者《さんかしゃ》は、読《よ》まれた歌《うた》の下《しも》の句《く》の取《と》り札《ふだ》をさがして取《と》ります。参加者《さんかしゃ》は、自分《じぶん》のチーム側《がわ》と相手《あいて》チーム側《がわ》、どちらの取《と》り札《ふだ》も取《と》ることができます。また、相手《あいて》チーム側《がわ》の取《と》り札《ふだ》を取《と》った場合《ばあい》は、自分《じぶん》のチームの残《のこ》っている取《と》り札《ふだ》から一枚《いちまい》を選《えら》んで相手《あいて》チームにわたし、相手《あいて》チームの残《のこ》っている取《と》り札《ふだ》を増《ふ》やすことができます。

⑤相手《あいて》チーム側《がわ》の取《と》り札《ふだ》にまちがってさわると、お手《て》つきになります。この場合《ばあい》、④とは反対《はんたい》に相手《あいて》チーム側《がわ》の残《のこ》っている取《と》り札《ふだ》から一枚《いちまい》もらい、自分《じぶん》のチーム側《がわ》の残《のこ》っている取《と》り札《ふだ》に加《くわ》えなければなりません。

⑥先《さき》に取《と》り札《ふだ》がなくなったチームの勝《か》ちです。

発展《はってん》

チーム戦《せん》ではなく、個人戦《こじんせん》で遊《あそ》ぶ場合《ばあい》には、取《と》り札《ふだ》をバラバラに並《なら》べる「ちらし取《ど》り」で遊《あそ》ぶのがいいでしょう。

オリジナルルールで遊《あそ》ぶ

源平合戦《げんぺいがっせん》やちらし取《ど》りの遊《あそ》び方《かた》をもとに、自分《じぶん》たちのオリジナルルールを加《くわ》えると、もっと楽《たの》しく遊《あそ》ぶことができます。ここでは、源平合戦《げんぺいがっせん》を工夫《くふう》したオリジナルルールの例《れい》を紹介《しょうかい》します。

やり方《かた》

①源平合戦《げんぺいがっせん》（→53ページ）の①～②と同《おな》じように準備《じゅんび》をします。
②始《はじ》める前《まえ》に、それぞれのチームが、自分《じぶん》たちが得意《とくい》な歌《うた》を五首《ごしゅ》ずつ選《えら》んで、相手《あいて》チームにはわからないように紙《かみ》に書《か》いて、読《よ》み手《て》にわたしておきます。
③源平合戦《げんぺいがっせん》の③～⑤と同《おな》じように遊《あそ》びます。
④先《さき》に取《と》り札《ふだ》のなくなったチームに50ポイントの得点《とくてん》をつけます。もういっぽうのチームには、取《と》った取《と》り札《ふだ》の枚《まい》数分《すうぶん》の得点《とくてん》をつけます（40枚《まい》取《と》っていたら40ポイント）。
⑤②でそれぞれのチームが紙《かみ》に書《か》いておいた、得意《とくい》な歌《うた》を読《よ》み手《て》が発表《はっぴょう》します。
⑥もし、あらかじめ自分《じぶん》たちが書《か》いた得意《とくい》な歌《うた》の取《と》り札《ふだ》を取《と》れていた場合《ばあい》は、一首《いっしゅ》につき10ポイントの得点《とくてん》を加算《かさん》します。また、両《りょう》チームとも得意《とくい》な歌《うた》としてあげた歌《うた》があった場合《ばあい》は、その歌《うた》の取《と》り札《ふだ》を取《と》った方《ほう》のチームに20ポイントの得点《とくてん》を加算《かさん》します。
⑦最終的《さいしゅうてき》に、ポイントが多《おお》かったチームの勝《か》ちです。

参考《さんこう》

かるた取《と》りに強《つよ》くなるには『百人一首《ひゃくにんいっしゅ》』の歌《うた》を覚《おぼ》えるのがいちばんです。そうすれば、読《よ》み手《て》が上《かみ》の句《く》を読《よ》んでいるうちに下《しも》の句《く》がわかり、先《さき》に取《と》り札《ふだ》を取《と》ることができるからです。『百人一首《ひゃくにんいっしゅ》』の歌《うた》を覚《おぼ》えるこつの一《ひと》つに、「決《き》まり字《じ》」があります。これは、上《かみ》の句《く》の最初《さいしょ》のなん文字《もじ》かを聞《き》けば、その時点《じてん》でどの歌《うた》かがわかるというもので、最初《さいしょ》の一文字《ひともじ》でわかる「一字決《いちじぎ》まり」から、六文字《ろくもじ》でわかる「六字決《ろくじぎ》まり」まであります。たとえば、一字決《いちじぎ》まりには次《つぎ》の七首《ななしゅ》があります。

む　村雨《むらさめ》の露《つゆ》もまだひぬまきのはに霧《きり》たちのぼるあきのゆふぐれ
す　住《すみ》の江《え》の岸《きし》による波《なみ》よるさへやゆめの通《かよ》ひ路《じ》人《ひと》めよくらむ
め　めぐり逢《あ》ひて見《み》しやそれ共《とも》わかぬまに雲《くも》がくれにし夜半《よわ》の月影《つきかげ》
ふ　吹《ふ》くからに秋《あき》の草木《くさき》のしほるればむべ山風《やまかぜ》をあらしと云《い》ふ《う》らむ
さ　さびしさに宿《やど》を立《た》ち出《い》でて詠《なが》むればいづくもおなじあきのゆふ《う》ぐれ
ほ　郭公《ほととぎす》なきつるかたをながむればただありあけの月《つき》ぞのこれる
せ　瀬《せ》をはやみ岩《いわ》にせかるる滝川《たきがわ》のわれてもすゑ《え》にあは《わ》むとぞおもふ《う》

百首《ひゃくしゅ》の中《なか》で、「む・す・め・ふ・さ・ほ・せ」で始《はじ》まる歌《うた》はそれぞれ一首《いっしゅ》ずつしかないので、最初《さいしょ》の一文字《ひともじ》を聞《き》いただけで、どの歌《うた》かがわかるのです。

江《え》戸《ど》俳《はい》句《く》・和《わ》歌《か》

おくのほそ道《みち》

❶松尾芭蕉《まつおばしょう》

草《くさ》の戸《と》も住《す》み替《かわ》はる代《よ》ぞ雛《ひな》の家《いえ》

（わたしのような世捨《よす》て人《びと》が住《す》んでいた）粗末《そまつ》でさびしい家《いえ》も住人《じゅうにん》が変《か》わるときが来《き》た。（新《あら》しくこの家《いえ》に住《す》む人《ひと》には、きっとわたしとちがって妻《つま》も子《こ》どももいて）この家《いえ》も三月《さんがつ》になればひな人形《にんぎょう》などをかざったりするにぎやかな家《いえ》になるだろう。　季語《きご》▼雛《ひな》　季節《きせつ》▼春《はる》　切《き》れ字《じ》▼ぞ　場所《ばしょ》▼深川《ふかがわ》（江戸《えど》）

行《ゆ》く春《はる》や鳥《とり》啼《な》き魚《うお》の目《め》は泪《なみだ》

春《はる》はもう過《す》ぎて行《い》ってしまうのだなあ。春《はる》をおしんで鳥《とり》は泣《な》き、魚《さかな》は目《め》になみだをうかべているようだ。（旅《たび》に出《で》るわたしと、わたしを見送《みおく》ってくれる人々《ひとびと》も別《わか》れの悲《かな》しみになみだにくれているよ。）　季語《きご》▼行《ゆ》く春《はる》　季節《きせつ》▼春《はる》　切《き》れ字《じ》▼や　場所《ばしょ》▼千住《せんじゅ》（江戸《えど》）

あらたう《と》と青葉《あおば》若葉《わかば》の❷日《ひ》の光《ひかり》

ああ、なんと尊《とうと》いことだろう。（霊山《れいざん》である日光《にっこう》の山《やま》には）さんさんと日《ひ》の光《ひかり》が降《ふ》りそそぎ、青葉《あおば》や若葉《わかば》があざやかにかがやいている。　季語《きご》▼若葉《わかば》　季節《きせつ》▼夏《なつ》　場所《ばしょ》▼日光《にっこう》

野《の》をよこに馬《うま》牽《ひ》きむけよ郭公《ほととぎす》

（馬《うま》に乗《の》って野《の》を行《ゆ》くと）ほととぎすが鳴《な》きながら飛《と》んでいった。馬《うま》を引《ひ》く人《ひと》よ、馬《うま》の首《くび》をほととぎすが鳴《な》いた方《ほう》へ向《む》けておくれ。（なかなか聞《き》けないほととぎすの鳴《な》き声《ごえ》を楽《たの》しもうではないか。）　季語《きご》▼郭公《ほととぎす》　季節《きせつ》▼夏《なつ》　切《き》れ字《じ》▼よ　場所《ばしょ》▼那須湯本《なすゆもと》

夏草《なつくさ》や兵《つわもの》どもが夢《ゆめ》の跡《あと》

この高館《たかだち》（義経《よしつね》の住居《じゅうきょ》があった場所《ばしょ》）は昔《むかし》、義経《よしつね》とその家臣《かしん》が栄光《えいこう》を夢見《ゆめみ》て戦《たたか》った場所《ばしょ》なのだ。しかし、今《いま》はそんなことは夢《ゆめ》であったかのように戦《たたか》いのあとは消《き》え、ただ夏草《なつくさ》が生《お》いしげっているばかりである。　季語《きご》▼夏草《なつくさ》　季節《きせつ》▼夏《なつ》　切《き》れ字《じ》▼や　場所《ばしょ》▼平泉《ひらいずみ》

---

❶松尾芭蕉《まつおばしょう》（↓69ページ）

❷日《ひ》の光《ひかり》
日《ひ》（太陽《たいよう》）の光《ひかり》と「日光《にっこう》」（現在《げんざい》の栃木県日光市《とちぎけんにっこうし》）の地名《ちめい》をかけている。この旅《たび》で芭蕉《ばしょう》は日光《にっこう》東照宮《とうしょうぐう》にお参《まい》りした。

▲日光東照宮《にっこうとうしょうぐう》　陽明門《ようめいもん》

❸光堂《ひかりどう》
平泉《ひらいずみ》（現在《げんざい》の岩手県南西部《いわてけんなんせいぶ》）の、中尊寺金色堂《ちゅうそんじこんじきどう》のこと。藤原氏《ふじわらし》三《さん》代《だい》（藤原《ふじわらの》清衡《きよひら》・基衡《もとひら》・秀衡《ひでひら》）のひつぎが納《おさ》められている。

▲中尊寺金色堂《ちゅうそんじこんじきどう》

五月雨《さみだれ》の降《ふ》り残《のこ》してや❸光堂《ひかりどう》

（長《なが》い年月《ねんげつ》の間降《あいだふ》り続《つづ》けてきた）五月雨《さみだれ》もこの光堂《ひかりどう》にだけは降《ふ》らなかったのだろうか。（あたりのほかのものがみな朽《く》ちてなくなってしまっている中《なか》で、）光堂《ひかりどう》だけは昔《むかし》の姿《すがた》のままかがやいている。　季語《きご》▼五月雨《さみだれ》　季節《せつ》▼夏《なつ》　切《き》れ字《じ》▼や　場所《ばしょ》▼平泉《ひらいずみ》

蚤虱馬《のみしらみうま》の尿《しと》する枕《まくら》もと

（尿前《しとまえ》の関《せき》をこえて、山中《さんちゅう》の家《いえ》に泊《と》まった。）寝床《ねどこ》の中《なか》ではのみやしらみにくわれ、家《いえ》の中《なか》に飼《か》っている馬《うま》が小便《しょうべん》をする音《おと》が枕《まくら》もとまで聞《き》こえてくる。（田舎《いなか》でのなんとも寝苦《ねぐる》しい旅《たび》の宿泊《しゅくはく》であったよ。）　季語《きご》▼蚤《のみ》　季節《きせつ》▼夏《なつ》　場所《ばしょ》▼尿前《しとまえ》の関《せき》

閑《しず》かさや岩《いわ》にしみ入《い》る蟬《せみ》の声《こえ》

なんという静《しず》けさだろう。ただせみの声《こえ》だけが、（あたりのこけむした）岩《いわ》の中《なか》へしみとおっていくように聞《き》こえる。　季語《きご》▼蟬《せみ》　季節《きせつ》▼夏《なつ》　切《き》れ字《じ》▼や　場所《ばしょ》▼立石寺《りゅうしゃくじ》

さみだれをあつめて早《はや》し❹最上川《もがみがわ》

（降《ふ》り注《そそ》いだ）五月雨《さみだれ》を集《あつ》めて水量《すいりょう》を増《ま》し、急流《きゅうりゅう》となって下《くだ》っていく最上川《もがみがわ》のなんと力強《ちからづよ》いことか。　季語《きご》▼さみだれ　季節《きせつ》▼夏《なつ》　切《き》れ字《じ》▼し　場所《ばしょ》▼大石田《おおいしだ》

❺象潟《きさがた》や雨《あめ》に❻西施《せいし》が❼ねぶの花《はな》

象潟《きさがた》の風景《ふうけい》はすばらしい。ねぶの花《はな》が雨《あめ》にぬれながらさいている。その（あやしげな）様子《ようす》は、西施《せいし》（が病気《びょうき》で苦《くる》しげに目《め》を閉《と》じている姿《すがた》）を思《おも》い起《お》こさせるよ。（なんとも心《こころ》がひかれることだなあ。）　季語《きご》▼ねぶの花《はな》　季節《きせつ》▼夏《なつ》　切《き》れ字《じ》▼や　場所《ばしょ》▼象潟《きさがた》

---

❹最上川《もがみがわ》
現在《げんざい》の山形県《やまがたけん》を流《なが》れる川《かわ》。

❺象潟《きさがた》
現在《げんざい》の秋田県南西端《あきたけんなんせいたん》にある地名《ちめい》、象潟《さきかた》のこと。当時《とうじ》は入《い》り江《え》で、たくさんの小島《こじま》があり景勝地《けいしょうち》だった。

❻西施《せいし》
古代中国《こだいちゅうごく》の越《えつ》という国《くに》にいた美女《びじょ》のこと。病気《びょうき》による胸《むね》の痛《いた》みのためにまゆをひそめる様子《ようす》さえ美《うつく》しいといわれた。

❼ねぶ
ねむの木《き》のこと。「ねぶり（眠《ねむ》り）」と「ねぶ（の花《はな》）」との掛詞《かけことば》。ねぶの葉《は》は夜《よる》になるととじる。雨《あめ》の夕暮《ゆうぐ》れどきに葉《は》をとざしたねぶの様子《ようす》を、まゆをひそめた西施《せいし》にたとえた。

荒海《あらうみ》や❶佐渡《さど》に横《よこ》たふ天《あま》の河《がわ》

（目《め》の前《まえ》に広《ひろ》がる、）暗《くら》い日本海《にほんかい》の荒海《あらうみ》よ。（その向《む》こうにある佐渡《さど》を思《おも》って空《そら》を見上《みあ》げれば、）天《あま》の川《かわ》が佐渡《さど》に向《む》かってかがやきながら横《よこ》たわっている。　季語《きご》▼天《あま》の河《がわ》　季節《きせつ》▼秋《あき》　切《き》れ字《じ》▼や　場所《ばしょ》▼出雲崎《いずもざき》

むざんやな甲《かぶと》の下《した》のきりぎりす

（実盛《さねもり》が白髪《しらが》を染《そ》めて）かぶとをかぶって戦《たたか》い、討《う》たれたことを思《おも》うとなんと痛《いた》ましいことだろう。今《いま》はもう（それは昔《むかし》のこととなって、実盛《さねもり》の）かぶとの下《した》ではこおろぎがさびしげに鳴《な》いているだけだ。　季語《きご》▼きりぎりす　季節《きせつ》▼秋《あき》　切《き》れ字《じ》▼やな　場所《ばしょ》▼小松《こまつ》

❷蛤《はまぐり》の❸ふたみに別《わか》れ行《ゆ》く秋《あき》ぞ

はまぐりのふたと身《み》がはなればなれになってしまうように、（なごりおしい思《おも》いで、わたしは見送《みおく》ってくれる人《ひと》と）別《わか》れて二見《ふたみ》が浦《うら》へ向《む》かうのだ。もう秋《あき》も終《お》わりなのだなあ。（別《わか》れのさびしさがいっそう身《み》にしみて感《かん》じられるよ。）　季語《きご》▼行《ゆ》く秋《あき》　季節《きせつ》▼秋《あき》　切《き》れ字《じ》▼ぞ　場所《ばしょ》▼大垣《おおがき》

❹曾良《そら》

❺松島《まつしま》や鶴《つる》に身《み》を借《か》れほととぎす

松島《まつしま》の景色《けしき》は、なんとすばらしいのだろう。（この松島《まつしま》には白《しろ》く美《うつく》しいつるの姿《すがた》がふさわしい。だから）ほととぎすよ、つるの体《からだ》を借《か》りて（鳴《な》きわたって）おくれ。　季語《きご》▼ほととぎす　季節《きせつ》▼夏《なつ》　切《き》れ字《じ》▼や　場所《ばしょ》▼松島《まつしま》

卯《う》の花《はな》に❻兼房《かねふさ》みゆる白毛《しらが》かな

あたりには真《ま》っ白《しろ》い卯《う》の花《はな》がさいている。（義経《よしつね》の家臣《かしん》であった）兼房《かねふさ》が、白髪《しらが》をふり乱《みだ》して義経《よしつね》を守《まも》ろうと必死《ひっし》に戦《たたか》った様子《ようす》を思《おも》い起《お》こさせることだ。　季語《きご》▼卯《う》の花《はな》　季節《きせつ》▼夏《なつ》　切《き》れ字《じ》▼かな　場所《ばしょ》▼平泉《ひらいずみ》

---

❶**佐渡《さど》**　現在《げんざい》の新潟県《にいがたけん》にある佐渡島《さどがしま》のこと。

❷**蛤《はまぐり》**　二枚貝《にまいがい》の一種《いっしゅ》。

❸**ふたみ**　伊勢《いせ》（現在《げんざい》の三重県東部《みえけんとうぶ》）にある海岸《かいがん》。はまぐりの「ふた」「身《み》」と「二見《ふたみ》」との掛詞《かけことば》。

❹**曾良《そら》**（一六四九年《ねん》～一七一〇年《ねん》）　信濃《しなの》（現在《げんざい》の長野県《ながのけん》）出身《しゅっしん》。松尾芭蕉《まつおばしょう》の弟子《でし》で、『おくのほそ道《みち》』の旅《たび》に随行《ずいこう》した。

❺**松島《まつしま》**　現在《げんざい》の宮城県《みやぎけん》にある地名《ちめい》。緑《みどり》の松《まつ》におおわれたいくつもの島《しま》が松島湾《まつしまわん》にうかぶ。天橋立《あまのはしだて》（京都府《きょうとふ》）、宮島《みやじま》（広島県《ひろしまけん》）とならぶ日本三景《にほんさんけい》の一《ひと》つ。

▲松島《まつしま》

江戸《え》俳句《はいく》

目《め》には青葉山《あおばやま》ほととぎすはつ⑧松魚《がつお》

⑦山口素堂《やまぐちそどう》

目《め》には(しみるようにあざやかな)青葉《あおば》、耳《みみ》には山《やま》ほととぎすの声《こえ》、口《くち》には初《はつ》がつお。(初夏《しょか》は、なんとすばらしい季節《きせつ》なのだろう。) 季語《きご》▼青葉《あおば》・山《やま》ほととぎす・はつ松魚《がつお》 季節《きせつ》▼夏《なつ》 『素堂家集』

松尾芭蕉《まつおばしょう》

⑨野《の》ざらしを心《こころ》に風《かぜ》のしむ身哉《みかな》

旅《たび》のとちゅうでたおれて骨《ほね》を野《の》にさらすことになるかもしれないが、それでもよいという覚悟《かくご》をして旅立《たびだ》とうとすると、秋風《あきかぜ》が(さらに冷《つめ》たく)感《かん》じられて、いっそう身《み》にしみるのだ。(なんとも心細《こころぼそ》い気持《きも》ちがすることだなあ。) 季語《きご》▼身《み》にしむ 季節《きせつ》▼秋《あき》 切《き》れ字《じ》▼哉《かな》 『野《の》ざらし紀行《きこう》』 場所《ばしょ》▼深川《ふかがわ》(江戸《えど》)

山路《やまじ》来《き》て何《なに》やらゆかし⑩すみれ草《ぐさ》

山路《やまじ》をたどって来《き》てふと道端《みちばた》を見《み》ると、すみれの花《はな》がさいている。(こんな山《やま》の中《なか》で小《ちい》さな花《はな》をさかせているのだと思《おも》うと、)なんとなく心《こころ》が引《ひ》かれることである。 季語《きご》▼すみれ 季節《きせつ》▼春《はる》 切《き》れ字《じ》▼し 『野《の》ざらし紀行《きこう》』 場所《ばしょ》▼熱田《あつた》

古池《ふるいけ》や蛙《かわず》飛《と》びこむ水《みず》のおと

古池《ふるいけ》の水《みず》は、ひっそりと静《しず》まり返《かえ》っている。一瞬《いっしゅん》、かえるが飛《と》びこむ水《みず》の音《おと》が静《しず》けさを破《やぶ》り、またもとの静《せい》寂《じゃく》にもどった。 季語《きご》▼蛙《かわず》 季節《きせつ》▼春《はる》 切《き》れ字《じ》▼や 『蛙合《かわずあわせ》』 場所《ばしょ》▼深川《ふかがわ》(江戸《えど》)

名月《めいげつ》や池《いけ》をめぐりて夜《よ》もすがら

今夜《こんや》は月《つき》が美《うつく》しいなあ。(水《みず》にうつった)月《つき》をながめたりしながら池《いけ》のまわりをめぐっていたら、いつの間《ま》にか夜《よ》を明《あ》かしてしまったよ。 季語《きご》▼名月《めいげつ》 季節《きせつ》▼秋《あき》 切《き》れ字《じ》▼や 『孤松』 場所《ばしょ》▼深川《ふかがわ》(江戸《えど》)

---

⑥**兼房《かねふさ》** 源《みなもとの》義経《よしつね》の家臣《かしん》。義経《よしつね》が高館《たかだち》で死《し》ぬときまで、いっしょに戦《たたか》った。

⑦**山口素堂《やまぐちそどう》**(一六四二年《ねん》〜一七一六年《ねん》) 甲斐《かい》(現在《げんざい》の山梨県《やまなしけん》)出身《しゅっしん》。俳諧師《はいかいし》。

⑧**はつ松魚《がつお》** 初夏《しょか》のころに、食用《しょくよう》として出《で》回《まわ》りはじめるかつおのこと。

⑨**野《の》ざらし** 野《の》に捨《す》てられ、雨《あめ》や風《かぜ》にさらされている頭《ず》がいこつ。

⑩**すみれ草《ぐさ》** すみれのこと。

▲すみれ

おもしろうてやがて悲《かな》しき❶鵜舟《うぶね》哉《かな》

(目《め》の前《まえ》で川面《かわも》にかがり火《び》を燃《も》え立《た》たせ、鵜飼《うか》いたちが声《こえ》をあげて)鵜《う》をあやつり鮎《あゆ》をとる鵜舟《うぶね》の光景《こうけい》は、本当《ほんとう》におもしろい。しかし、やがて舟《ふね》が遠《とお》ざかり火《ひ》が消《き》えると、あたりは暗《くら》やみに包《つつ》まれてしみじみと悲《かな》しい思《おも》いがこみ上《あ》げてくるよ。　季語《きご》▼鵜舟《うぶね》　季節《きせつ》▼夏《なつ》　切《き》れ字《じ》▼哉《かな》　『曠野』　場所《ばしょ》▼長良川《ながらがわ》

❷初《はつ》しぐれ猿《さる》も❸小蓑《こみの》をほしげ也《なり》

(山道《やまみち》を歩《ある》いていると、)今年《ことし》初《はじ》めてのしぐれが降《ふ》ってきた。ふと見《み》ると、さるがいる。さるも小《ちい》さなみのを欲《ほ》しがっているようだ。　季語《きご》▼初《はつ》しぐれ　季節《きせつ》▼冬《ふゆ》　切《き》れ字《じ》▼也《なり》　『猿蓑』　場所《ばしょ》▼伊賀《いが》へ帰《かえ》る山中《さんちゅう》

秋深《あきふか》き隣《となり》は何《なに》をする人《ひと》ぞ

秋《あき》が深《ふか》まり、(いっそうものさびしくなる今日《きょう》このごろ、旅《たび》のとちゅうで病気《びょうき》になりひっそりと家《いえ》にこもっていると、)となりの家《いえ》も静《しず》まり返《かえ》ってなんの物音《ものおと》も聞《き》こえてこない。となりの人《ひと》はどんな生活《せいかつ》をしているのだろうか。(知《し》りたい気持《きも》ちがつのることだ。)　季語《きご》▼秋深《あきふか》き　季節《きせつ》▼秋《あき》　切《き》れ字《じ》▼ぞ　『笈日記』　場所《ばしょ》▼大坂《おおさか》

旅《たび》に病《や》んで夢《ゆめ》は枯《か》れ野《の》をかけ廻《めぐ》る

旅《たび》のとちゅうで病気《びょうき》にたおれたが、(なおも旅《たび》を続《つづ》けたいという思《おも》いが強《つよ》く、)床《とこ》の中《なか》で見《み》る夢《ゆめ》は、枯《か》れ野《の》をかけめぐって旅《たび》を続《つづ》ける夢《ゆめ》である。　季語《きご》▼枯野《かれの》　季節《きせつ》▼冬《ふゆ》　『笈日記』　場所《ばしょ》▼大坂《おおさか》

❹向井去来《むかいきょらい》

応々《おうおう》といへど敲《たた》くや雪《ゆき》の門《かど》

雪《ゆき》の降《ふ》りしきる日《ひ》、(家《いえ》の中《なか》から)「おう、おう」と返事《へんじ》をしても、たずねてきた人《ひと》は、(それに気《き》がつかないのか、)なお門《もん》をたたき続《つづ》けるのだ。　季語《きご》▼雪《ゆき》　季節《きせつ》▼冬《ふゆ》　切《き》れ字《じ》▼や　『句兄弟』

---

❶**鵜舟《うぶね》**
鵜飼《うか》いが「鵜《う》」という鳥《とり》を使《つか》って、川《かわ》で魚《さかな》をとるときに使《つか》う舟《ふね》。

▲鵜飼《うか》い

❷**初《はつ》しぐれ**
その年初《としはじ》めて降《ふ》るしぐれのこと。しぐれとは、秋《あき》の終《お》わりから冬《ふゆ》の初《はじ》めごろに、降《ふ》ったりやんだりする雨《あめ》のことをいう。

❸**小蓑《こみの》**
蓑《みの》は、かややすげなどの野草《やそう》を編《あ》んでつくった雨具《あまぐ》のこと。小蓑《こみの》は、小《ちい》さな蓑《みの》。

▲蓑《みの》

❹**向井去来《むかいきょらい》**(一六五一年《ねん》〜一七〇四年《ねん》)
肥前《ひぜん》(現在《げんざい》の佐賀県《さがけん》・長崎県《ながさきけん》)出身《しゅっしん》。俳諧師《はいかいし》。芭蕉《ばしょう》に学《まな》ぶ。

梅一輪一輪《うめいちりんいちりん》ほどの暖《あたた》かさ

（まだ冬《ふゆ》の寒《さむ》い日《ひ》、）梅《うめ》の花《はな》が一輪《いちりん》さいた。そこにはたしかに、一輪分《いちりんぶん》のあたたかさが感《かん》じられるよ。　季語《きご》▼梅《うめ》（前書《まえが》きから、ここでは寒梅《かんばい》のこと。梅一輪《うめいちりん》を季語《きご》とする説《せつ》もある。）　季節《きせつ》▼冬《ふゆ》　『遠のく』

❺服部嵐雪《はっとりらんせつ》

鐘《かね》ひとつ売《う》れぬ日《ひ》はなし江戸《えど》の❼春《はる》

（お寺《てら》のかねなどなかなか売《う》れるものではないのに、）かねさえ売《う》れない日《ひ》はないほど江戸《えど》は栄《さか》えている。にぎわう江戸《えど》のめでたい新春《しんしゅん》であるよ。　季語《きご》▼春《はる》　季節《きせつ》▼新年《しんねん》　切《き》れ字《じ》▼し　『宝晋斎引付』

❻榎本其角《えのもときかく》

朝顔《あさがお》に❾釣瓶《つるべ》とられてもらひ水《いみず》

（夏《なつ》の朝《あさ》、井戸《いど》から水《みず》をくもうとすると、）朝顔《あさがお》がつるべにからまって美《うつく》しい花《はな》をさかせている。（切《き》ってしまうのがかわいそうなので、）となりの家《いえ》から水《みず》をもらったよ。　季語《きご》▼朝顔《あさがお》　季節《きせつ》▼秋《あき》　『千代尼句集』

❽加賀千代女《かがのちよじょ》

夏河《なつかわ》を越《こ》すうれしさよ手《て》に草履《ぞうり》

暑《あつ》い夏《なつ》の日《ひ》、手《て》にぞうりを持《も》ってはだしになって川《かわ》をわたる。（水《みず》は冷《つめ》たくて気持《きも》ちがいい。なんともうれしいなあ。）　季語《きご》▼夏河《なつかわ》　季節《きせつ》▼夏《なつ》　切《き》れ字《じ》▼よ　『蕪村句集』

春《はる》の海終日《うみひねもす》のたりのたり哉《かな》

あたたかな春《はる》の日《ひ》の海《うみ》は、一日中《いちにちじゅう》のたりのたりとゆるやかにうねっているよ。　季語《きご》▼春《はる》の海《うみ》　季節《きせつ》▼春《はる》　切《き》れ字《じ》▼哉《かな》　『蕪村句集』

❿与謝蕪村《よさぶそん》

※（＝）は、意味《いみ》や言《い》いかえを表《あらわ》す。

---

❺**服部嵐雪《はっとりらんせつ》**（一六五四年《ねん》～一七〇七年《ねん》）江戸《えど》（現在《げんざい》の東京都《とうきょうと》）出身《しゅっしん》。俳諧師《はいかいし》。芭蕉《ばしょう》に学《まな》ぶ。武家《ぶけ》出身《しゅっしん》。

❻**榎本其角《えのもときかく》**（一六六一年《ねん》～一七〇七年《ねん》）江戸《えど》（現在《げんざい》の東京都《とうきょうと》）出身《しゅっしん》。俳諧師《はいかいし》。芭蕉《ばしょう》に学《まな》ぶ。宝井其角《たからいきかく》ともよばれる。

❼**春《はる》**

ここでは、新年《しんねん》のこと。

❽**加賀千代女《かがのちよじょ》**（一七〇三年《ねん》～一七七五年《ねん》）加賀《かが》（現在《げんざい》の石川県《いしかわけん》）出身《しゅっしん》。晩年《ばんねん》には尼《あま》となった。

❾**釣瓶《つるべ》**

なわなどをつけて、井戸《いど》の水《みず》をくみ上《あ》げるおけのこと。

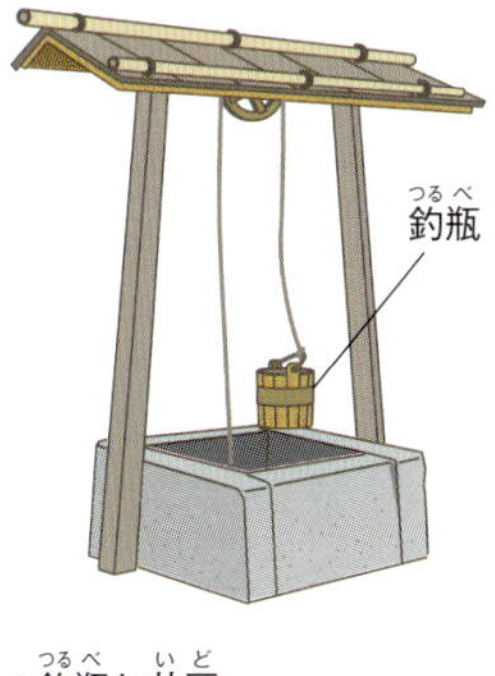

▲釣瓶《つるべ》と井戸《いど》

❿**与謝蕪村《よさぶそん》**（→69ページ）

四五人《しごにん》に月落《つきお》ちかかるを《お》どり哉《かな》

夕方《ゆうがた》からぼんおどりをしていた人々《ひとびと》も、(夜《よ》がふけるにつれて少《すく》なくなってしまった。)今《いま》は月《つき》がしずもうとする中《なか》で、四《し》、五人《ごにん》がおどっているばかりである。(月《つき》の光《ひかり》が人々《ひとびと》を照《て》らし、長《なが》いかげをつくっている。)

季語《きご》▼月《つき》・を《お》どり　季節《きせつ》▼秋《あき》　切《き》れ字《じ》▼哉《かな》　『蕪村句集』

❶鳥羽殿《とばどの》へ五六騎《ごろっき》いそぐ❷野分《のわき》哉《かな》

野分《のわき》の風《かぜ》が激《はげ》しくふきあれる中《なか》を、五《ご》、六人《ろくにん》の武士《ぶし》たちが、鳥羽殿《とばどの》へ急《いそ》いで馬《うま》を走《はし》らせていく。(なにか大《たい》変《へん》なことでも起《お》こったのだろうか。)

季語《きご》▼野分《のわき》　季節《きせつ》▼秋《あき》　切《き》れ字《じ》▼哉《かな》　『蕪村句集』

❸牡丹《ぼたん》散《ち》りて打《う》ちかさなりぬ二三片《にさんぺん》

(美《うつく》しくさいていた)ぼたんの花《はな》が散《ち》って、その花《はな》びらの二《に》、三枚《さんまい》が土《つち》の上《うえ》で重《かさ》なり合《あ》っている。

季語《きご》▼牡《ぼ》丹《たん》　季節《きせつ》▼夏《なつ》　切《き》れ字《じ》▼ぬ　『蕪村句集』

菜《な》の花《はな》や月《つき》は東《ひがし》に日《ひ》は西《にし》に

見《み》わたすかぎりの菜《な》の花畑《はなばたけ》。(明《あか》るい一日《いちにち》が過《す》ぎて、菜《な》の花畑《はなばたけ》の向《む》こうで、)月《つき》は東《ひがし》からのぼり始《はじ》めると、日《ひ》は西《にし》へしずんでいく。

季語《きご》▼菜《な》の花《はな》　季節《きせつ》▼春《はる》　切《き》れ字《じ》▼や　『蕪村句集』

さみだれや大河《たいが》を前《まえ》に家二軒《いえにけん》

梅雨《つゆ》の雨《あめ》が降《ふ》り続《つづ》いている。水《みず》かさが増《ま》し激《はげ》しく流《なが》れる大河《たいが》を前《まえ》にして、家《いえ》が二軒《にけん》、(おたがいに寄《よ》りそうようにして、)心細《こころぼそ》げに建《た》っている。

季語《きご》▼さみだれ　季節《きせつ》▼夏《なつ》　切《き》れ字《じ》▼や　『蕪村句集』

---

❶**鳥羽殿《とばどの》**
平安時代《へいあんじだい》に、白河上皇《しらかわじょうこう》が鳥羽《とば》(現在《げんざい》の京都府京都市《きょうとふきょうとし》のあたり)につくった離宮《りきゅう》(天皇《てんのう》や上皇《じょうこう》の別荘《べっそう》)。

❷**野分《のわき》**
秋《あき》から冬《ふゆ》にかけてふく強《つよ》い風《かぜ》のこと。台風《たいふう》。

❸**牡丹《ぼたん》**
平安時代《へいあんじだい》に中国《ちゅうごく》から伝《つた》わった植物《しょくぶつ》。五月《ごがつ》ごろに花《はな》がさく。昔《むかし》の中国《ちゅうごく》では「花《はな》のなかの王《おう》」とされ、平安時代《へいあんじだい》には宮廷《きゅうてい》でも大《たい》切《せつ》にされた。

▲牡丹《ぼたん》

❹**公達《きんだち》**
上流貴族《じょうりゅうきぞく》の子《こ》のこと。貴公子《きこうし》。

④公達《きんだち》に狐《きつね》化《ば》けたり宵《よい》⑤の春《はる》

あの貴公子《きこうし》は、きつねが化《ば》けたものだったのだろうか。春《はる》の日《ひ》の夕暮《ゆうぐ》れのことである。（うす暗《ぐら》い町角《まちかど》に美《うつく》しい貴公子《きこうし》が現《あらわ》れ、かき消《け》すようにいなくなってしまった。）季語《きご》▼宵《よい》の春《はる》　季節《きせつ》▼春《はる》　切《き》れ字《じ》▼たり　『蕪村句集』

梅《うめ》が香《か》の立《た》ちのぼりてや月《つき》の暈《かさ》⑥

（地上《ちじょう》ににおい立《た》つようにさいている）梅《うめ》のかおりが空《そら》へ立《た》ちのぼったのだろうか。月《つき》のまわりをぼんやりと雲《くも》が包《つつ》んでいる。　季語《きご》▼梅《うめ》が香《か》　季節《きせつ》▼春《はる》　切《き》れ字《じ》▼や　『蕪村遺稿』

⑦小林一茶《こばやしいっさ》

是《これ》がまあつひ《い》⑧の栖《すみか》か雪《ゆき》⑨五尺《ごしゃく》

（今《いま》まで長《なが》い間《あいだ》あちこちをさまよってきたが、やっと帰《かえ》ってきた故郷《こきょう》の）この家《いえ》がまあ、わたしの一生《いっしょう》で最後《さいご》のすみかになるのか。雪《ゆき》が五尺《ごしゃく》も積《つ》もっている、（毎年厳《まいとしきび》しい冬《ふゆ》を過《す》ごさなければならない）この家《いえ》が。　季語《きご》▼雪《ゆき》　季節《きせつ》▼冬《ふゆ》　切《き》れ字《じ》▼か　『七番日記』

名月《めいげつ》を取《と》ってくれろと泣《な》く子《こ》哉《かな》

子《こ》どもを連《つ》れて外《そと》に出《で》ると、美《うつく》しい月《つき》が出《で》ていた。子《こ》どもはそれを見《み》て「あのきれいなお月様《つきさま》を取《と》って。」と泣《な》いてだだをこねるのだ。（なんともかわいいことだよ。）　季語《きご》▼月《つき》　季節《きせつ》▼名月《めいげつ》　切《き》れ字《じ》▼哉《かな》　『おらが春』

むまさ《うそ》うな雪《ゆき》がふうはり《わ》ふはり《わ》哉《かな》

（まるで綿菓子《わたがし》のように大《おお》きくて）うまそうな雪《ゆき》が、ふうわりふうわりと空《そら》から降《ふ》ってくるよ。　季語《きご》▼雪《ゆき》　季節《きせつ》▼冬《ふゆ》　切《き》れ字《じ》▼哉《かな》　『七番日記』

---

⑤**宵《よい》**　ここでは日《ひ》が暮《く》れてまだ間《ま》もないころのこと。

⑥**暈《かさ》**　太陽《たいよう》や月《つき》のまわりにできる光《ひかり》の輪《わ》。

▲月《つき》の暈《かさ》

⑦**小林一茶《こばやしいっさ》**（→69ページ）

⑧**つひ《い》の栖《すみか》**　死《し》ぬまで住《す》むところ。

▲一茶《いっさ》の「つひ《い》の栖《すみか》」となった建物《たてもの》。

⑨**五尺《ごしゃく》**　約《やく》一五〇センチメートル。一《いっ》尺《しゃく》は約《やく》三〇センチメートル。

雪《ゆき》とけて村一《むらいっ》ぱいの子《こ》ども哉《かな》

雪《ゆき》がとけて、（この雪国《ゆきぐに》にもやっと春《はる》がやってきた。）子《こ》どもたちが外《そと》に飛《と》び出《だ》してきて、村《むら》じゅうをかけまわり、声《こえ》を上《あ》げているよ。　季語《きご》▼雪《ゆき》どけ　季節《きせつ》▼春《はる》　切《き》れ字《じ》▼哉《かな》　『七番日記』

痩蛙《やせがえる》まけるな一茶《いっさ》是《これ》に有《あ》り

（めすのかえるをめぐって、おすのかえるが争《あらそ》っている。）そこのやせがえる、負《ま》けるなよ。一茶《いっさ》がここで応援《おうえん》しているぞ。　季語《きご》▼蛙《かえる》　季節《きせつ》▼春《はる》　切《き》れ字《じ》▼な　『七番日記』

目出度《めでた》さもちう位也《くらいなり》おらが春《はる》❶

（新年《しんねん》とはいってもなんの用意《ようい》もせずにむかえる正月《しょうがつ》で、）めでたいようなそうでもないようなどっちつかずの感《かん》じがする。でもこれが、自分《じぶん》にふさわしいあるがままの姿《すがた》でむかえる正月《しょうがつ》なのだ。　季語《きご》▼おらが春《はる》　季節《きせつ》▼新年《しんねん》　切《き》れ字《じ》▼也《なり》　『おらが春』

我《われ》と来《き》て遊《あそ》べや親《おや》のない雀《すずめ》

ここへおいで、わたしと遊《あそ》ぼうではないか。（わたしと同《おな》じように）親《おや》がいなくてさびしい思《おも》いをしているすずめの子《こ》よ。　季語《きご》▼親《おや》のない雀《すずめ》（雀《すずめ》の子《こ》）　季節《きせつ》▼春《はる》　切《き》れ字《じ》▼や　『おらが春』

雀《すずめ》の子《こ》そこのけそこのけ御馬《おうま》が通《とお》る

すずめの子《こ》よ。そこをどきなさい、そこをどきなさい。お馬《うま》さんのお通《とお》りだ。　季語《きご》▼雀《すずめ》の子《こ》　季節《きせつ》▼春《はる》　切《き》れ字《じ》▼け　『八番日記』

---

❶春《はる》（↓61ページ）

❷手《て》をすり足《あし》をする　はえが足《あし》についたごみをそうじする様子《ようす》を、拝《おが》んでいる様子《ようす》にたとえた。

❸良寛《りょうかん》（↓69ページ）

❹手毬《てまり》　綿《わた》のまわりに糸《いと》を巻《ま》いてつくったおもちゃ。手《て》でついたり投《な》げたりして遊《あそ》ぶ。

▲良寛《りょうかん》の手《て》まり（糸魚川市歴史民俗資料館所蔵）

❺子供《こども》らと遊《あそ》ぶ　良寛《りょうかん》はまりを持《も》ち歩《ある》き、子《こ》どもたちと遊《あそ》ぶことを好《この》んだといわれる。

▲子《こ》どもと良寛《りょうかん》（伝亀田鵬斎筆『手まりの図』糸魚川市歴史民俗資料館所蔵）

やれ打《う》つな蠅《はえ》が❷手《て》をすり足《あし》をする

やあ、たたいてはいけない。はえが手《て》をすり合《あ》わせたり足《あし》をすり合《あ》わせたりして助《たす》けてくれと言《い》っているよ。

季語《きご》▼蠅《はえ》　季節《きせつ》▼夏《なつ》　切れ字《じ》▼な　『梅塵八番』

江戸《えど》和歌《わか》

この里《さと》に❹手毬《てまり》つきつつ❺子供《こども》らと遊《あそ》ぶ春日《はるひ》は暮《く》れずともよし

❸良寛《りょうかん》

この村里《むらざと》で、手《て》まりをつきながら子《こ》どもたちと遊《あそ》ぶ春《はる》の一日《いちにち》は、たとえ暮《く》れなくてもかまわない。（ずっとこうしていたいと思《おも》うほど幸《しあわ》せなことだよ。）『布留散東』

霞《かすみ》立《た》つ永《なが》き春日《はるひ》を子供《こども》らと手毬《てまり》つきつつこの日《ひ》暮《く》らしつ

かすみのたなびく春《はる》の長《なが》い日《ひ》、子《こ》どもたちと手《て》まりをつきながら一日《いちにち》を過《す》ごしてしまったよ。『蓮の露・一〇』

虫《むし》の音《ね》も残《のこ》り少《すく》なになりにけり夜《よ》な夜《よ》な風《かぜ》の寒《さむ》くしなれば

虫《むし》の声《こえ》もあまり聞《き》こえなくなってきたなあ。夜《よ》ごとに、ふく風《かぜ》が寒《さむ》くなるので。（だんだん冬《ふゆ》が近《ちか》づいてきているのだ。）『島崎草庵時代』

たのしみはまれに魚《うお》煮《に》て児等《こら》皆《みな》がうましうましといひ《い》て食《く》ふ《う》時《とき》

❻橘曙覧《たちばなあけみ》

楽《たの》しみは、（まずしくて）たまに（しか買《か》えない）魚《さかな》をにて、それを子《こ》どもたちみんなが「おいしい。おいしい。」と言《い》って食《た》べるときである。『志濃夫廼舎歌集』

---

❻**橘曙覧《たちばなあけみ》**（一八一二年《ねん》～一八六八年《ねん》）越前《えちぜん》（現在《げんざい》の福井県《ふくいけん》）出身《しゅっしん》。歌人《かじん》、国学者《こくがくしゃ》。「たのしみは」で始《はじ》まる歌《うた》を集《あつ》めた歌集《かしゅう》『独楽吟《どくらくぎん》』が有名《ゆうめい》。

『独楽吟《どくらくぎん》』におさめられた和歌《わか》

橘曙覧《たちばなあけみ》の『独楽吟《どくらくぎん》』は、「たのしみは」で始《はじ》まり「……時《とき》（とき）」で終《お》わる和歌《わか》ばかりを五十二首《ごじゅうにしゅ》集《あつ》めた歌集《かしゅう》です。ここでは、上《うえ》で紹介《しょうかい》した以外《いがい》の和歌《わか》をいくつか紹介《しょうかい》します。

たのしみは紙《かみ》をひろげてとる筆《ふで》の思《おも》ひ《い》の外《ほか》に能《よ》くかけし時《とき》

たのしみは妻子《めこ》むつまじくうちつどひ頭《かしら》ならべて物《もの》をくふ《う》時《とき》

たのしみは朝《あさ》おきいでて昨日《きのう》まで無《な》かりし花《はな》の咲《さ》ける見《み》る時《とき》

たのしみは常《つね》に見《み》なれぬ鳥《とり》の来《き》て軒遠《のきとお》からぬ樹《き》に鳴《な》きし時《とき》

川柳《せんりゅう》

❶かみなりをまねて❷腹か《はらが》けやつと《やっと》させ

腹《はら》がけをいやがる子《こ》に「雷様《かみなりさま》がへそをとるぞ。」と雷《かみなり》のまねをして、やっと（寝冷《ねび》えをしないように）腹《はら》がけをさせることだ。　『誹風柳多留・初』

武蔵坊《むさしぼう》とかく支度《したく》に手間《てま》がとれ

武蔵坊弁慶《むさしぼうべんけい》は（立派《りっぱ》な武人《ぶじん》として有名《ゆうめい》だが、）七《なな》つも武器《ぶき》を背負《せお》っていたというから戦《いくさ》のしたくは、さぞかし手間《てま》がかかったことだろう。　『誹風柳多留・初』

是《これ》❸小判《こばん》たつた《たった》一晩《ひとばん》居《い》てくれろ

なあ小判《こばん》よ、（すぐに使《つか》われてしまうお金《かね》だが）たった一晩《ひとばん》でいいから家《いえ》にいてくれないか。（めったに手《て》に入《はい》らないのだから。）　『誹風柳多留・初』

寝《ね》て居《い》ても団扇《うちわ》のうごく親心《おやごころ》

（寝《ね》ている子《こ》が暑《あつ》くないようにと）自分《じぶん》がいねむりしながらも、子《こ》どもに向《む》かってうちわをあおいでいる、親《おや》が子《こ》を思《おも》う心《こころ》であることよ。　『誹風柳多留・初』

本《ほん》ぶりに成つて《なって》出《で》て行《ゆ》く雨《あま》やと《ど》り

とつぜん降《ふ》りだした雨《あめ》にとりあえず近《ちか》くで雨宿《あまやど》りをしていたが、雨《あめ》はやむ気配《けはい》もなくますます激《はげ》しくなる。結局《けっきょく》、ざあざあ降《ふ》る雨《あめ》の中《なか》に出《で》て行《い》くための意味《いみ》のない雨宿《あまやど》りであった。　『誹風柳多留・初』

---

❶かみなり　雷《かみなり》の神様《かみさま》（雷神《らいじん》）が人間《にんげん》のへそをとると言《い》い伝《つた》えられている。

❷腹か《はらが》け　おなかをおおう布《ぬの》のこと。おなかを冷《ひ》やさないようにするためのもの。

▲腹か《はらが》け

❸小判《こばん》　江戸時代《えどじだい》の金貨《きんか》の一《ひと》つ。当時《とうじ》、貧《まず》しい庶民《しょみん》の暮《く》らしでは、なかなか手《て》にすることがない金額《きんがく》のお金《かね》だった。

にげしなに覚《おぼ》えて居《い》ろはまけたやつ

にげるときに「覚《おぼ》えていろ。」と言《い》うのは、負《ま》けたやつだ。『誹風柳多留・三』

孝々《こうこう》のしたい時分《じぶん》におやはなし

親孝行《おやこうこう》がしたいと思《おも》っても、その時《とき》にはもう親《おや》はこの世《よ》にいないのだ。『誹風柳多留・二二』

はへば立《た》てたてばあゆめの親《おや》ごころ

はいはいができるようになれば「立《た》ってくれ。」と思《おも》い、立《た》てるようになれば「歩《ある》いてくれ。」と思《おも》ってわが子《こ》の成長《せいちょう》を望《のぞ》んでしまう、親心《おやごころ》であるよ。『誹風柳多留・四五』

狂《きょう》歌《か》

⑤一刻《いっこく》を千金《せんきん》づつにつもりなば六万両《ろくまんりょう》の春《はる》のあけぼの⑥

④四方《よもの》赤良《あから》

（中国《ちゅうごく》の詩人《しじん》は、春《はる》の日《ひ》が暮《く》れるときのことを「一刻《いっこく》で千金《せんきん》の価値《かち》がある。」と詩《し》によんでいるので、）一刻《いっこく》は千両《せんりょう》ということで計算《けいさん》すると、（日暮《ひぐ》れからあけぼのまでは六十刻《ろくじっこく》だから）春《はる》の明《あ》け方《がた》は六万両《ろくまんりょう》もの価値《かち》があることになるのだ。『万代狂歌集』

歌《うた》よみは下手《へた》こそよけれあめつち⑧の動《うご》き出《だ》してたまるものかは

⑦宿屋《やどやの》飯盛《めしもり》

歌《うた》をよむのは、下手《へた》なほうがいい。上手《じょうず》な歌《うた》には天《てん》や地《ち》まで動《うご》かすほどの力《ちから》があるというけれど、歌《うた》のせいで天災《てんさい》や地震《じしん》などが起《お》きたら、たまったものではないよ。『狂歌才蔵集』

---

④四方《よもの》赤良《あから》（一七四九年《ねん》～一八二三年《ねん》）江戸時代《えどじだい》の狂歌師《きょうかし》、戯作者《げさくしゃ》。大田南畝《おおたなんぽ》や蜀山人《しょくさんじん》などの名《な》もあった。

⑤一刻《いっこく》 一日《いちにち》を百刻《ひゃっこく》に区切《くぎ》ると考《かんが》えた、昔《むかし》の時間《じかん》の単位《たんい》。

⑥あけぼの 明《あ》け方《がた》のこと。夜《よ》がほのぼのと明《あ》けるころ。

⑦宿屋《やどやの》飯盛《めしもり》（一七五三年《ねん》～一八三〇年《ねん》）江戸時代《えどじだい》の狂歌師《きょうかし》、国学者《こくがくしゃ》。四方《よもの》赤良《あから》から狂歌《きょうか》を学《まな》んだ。

⑧あめつち 紀貫之《きのつらゆき》が『古今和歌集《こきんわかしゅう》』の「仮名序《かなじょ》」（→25ページ）で、「力《ちから》をも入《い》れずして天地《あめつち》を動《うご》かし…」と書《か》いているのを茶化《ちゃか》している。

江戸《えど》俳句《はいく》・和歌《わか》・川柳《せんりゅう》・狂歌《きょうか》について

◎ジャンル――俳句《はいく》・和歌《わか》・川柳《せんりゅう》・狂歌《きょうか》

◎主《おも》な俳人《はいじん》・歌人《かじん》――松尾芭蕉《まつおばしょう》・与謝蕪村《よさぶそん》・小林一茶《こばやしいっさ》・良寛《りょうかん》

◎できた時代《じだい》――江戸《えど》時代《じだい》

成《な》り立《た》ち

●江戸《えど》俳句《はいく》・和歌《わか》

平安《へいあん》時代《じだい》の終《お》わりから鎌倉《かまくら》時代《じだい》にかけて、和歌《わか》の上《かみ》の句《く》と下《しも》の句《く》を別《べつ》の人《ひと》がよんだり、五《ご》・七《しち》・五《ご》に七《しち》・七《しち》を、さらにこの七《しち》・七《しち》に五《ご》・七《しち》・五《ご》となん回《かい》もくり返《かえ》し別《べつ》の人《ひと》がつなげたりしていく遊《あそ》びが貴族《きぞく》たちの間《あいだ》ではやりました。これを「連歌《れんが》」といいます。そして、室町《むろまち》時代《じだい》の終《お》わりになると、しゃれやおもしろみを交《まじ》えた連歌《れんが》が庶民《しょみん》の間《あいだ》で広《ひろ》まります。それが「俳諧《はいかい》の連歌《れんが》」（略《りゃく》して「俳諧《はいかい》」）です。

江戸《えど》時代《じだい》には、その俳諧《はいかい》の連歌《れんが》が発展《はってん》し、五《ご》・七《しち》・五《ご》の上《かみ》の句《く》だけをとった形式《けいしき》が流行《りゅうこう》し、後《のち》の俳句《はいく》となります。

▲連歌会《れんがかい》の様子《ようす》（西本願寺所蔵）

江戸《えど》時代《じだい》には和歌《わか》も親《した》しまれていましたが、俳諧《はいかい》のように新《あたら》しい作風《さくふう》を生《う》み出《だ》すような勢《いきお》いはなく、昔《むかし》の歌《うた》の研究《けんきゅう》が主《おも》でした。

●川柳《せんりゅう》

「川柳《せんりゅう》」のもとになったのは、「前句付《まえくづ》け」という遊《あそ》びです。これは、「お題《だい》」として出《だ》された下《しも》の句《く》の七《しち》・七《しち》に、上《かみ》の句《く》の五《ご》・七《しち》・五《ご》を考《かんが》えてつけるというものでした。和歌《わか》の先生《せんせい》であった、柄井川柳《からいせんりゅう》がすぐれた作品《さくひん》を選《えら》んでいたため、これらの作品《さくひん》が「川柳《せんりゅう》」とよばれるようになりました。やがて川柳《せんりゅう》は下《しも》の句《く》がなくても通《つう》じるようになりました。

●狂歌《きょうか》

「狂歌《きょうか》」とは、昔《むかし》の和歌《わか》を、自由《じゆう》におもしろおかしくつくり変《か》えた歌《うた》のことです。十八世紀《じゅうはっせいき》に大坂《おおさか》（現在《げんざい》の大阪府《おおさかふ》）ではやり、しだいに江戸《えど》へと広《ひろ》まっていきました。狂歌《きょうか》では、その時代《じだい》の出来事《できごと》や事件《じけん》などがよまれました。生《い》き生《い》きとした話題性《わだいせい》が狂歌《きょうか》の持《も》ち味《あじ》です。

作品《さくひん》の特徴《とくちょう》

俳諧《はいかい》も川柳《せんりゅう》も五《ご》・七《しち》・五《ご》の十七音《じゅうしちおん》からできています。ちがう点《てん》は、川柳《せんりゅう》には季題《きだい》（季語《きご》）（↓103、104ページ）や切《き》れ字《じ》（↓104ページ）といった決《き》まりごとがなく、自由《じゆう》につくることができるところです。また、俳諧《はいかい》は主《おも》に自然《しぜん》や季節《きせつ》、景色《けしき》などを題材《だいざい》にするのに対《たい》し、川柳《せんりゅう》は世《よ》の中《なか》の動《うご》きを風刺《ふうし》したり、日常《にちじょう》の話題《わだい》をこっけいに表現《ひょうげん》したりするところに特徴《とくちょう》があります。

狂歌《きょうか》は社会《しゃかい》をおもしろく批判《ひはん》するところは川柳《せんりゅう》と似《に》ていますが、昔《むかし》の歌《うた》をもとにして全体《ぜんたい》をつくり直《なお》すので、昔《むかし》の歌《うた》をきちんと知《し》らなければつくることができません。また、狂歌《きょうか》は身近《みぢか》な暮《く》らしや生活感《せいかつかん》のあるものを題材《だいざい》にしています。

主《おも》な俳諧師《はいかいし》と歌人《かじん》

●松尾芭蕉《まつおばしょう》（一六四四年《ねん》～一六九四年《ねん》）

俳諧師《はいかいし》。伊賀国《いがのくに》（現在《げんざい》の三重県《みえけん》のあたり）に生《う》まれました。江戸《えど》に出《で》て俳諧《はいかい》の先生《せんせい》として多《おお》くの弟子《でし》を持《も》ちましたが、旅《たび》への思《おも》いがおさえがたく、昔《むかし》の詩人《しじん》や歌人《かじん》にならって、人生《じんせい》を旅《たび》にささげました。そして、それまでの俳諧《はいかい》の「こっけいさ」「おもしろさ」などにあきたらず、俳諧《はいかい》にも和歌《わか》のような芸術性《げいじゅつせい》を追求《ついきゅう》し、「蕉風《しょうふう》」という独自《どくじ》の句風《くふう》を確立《かくりつ》しました。主《おも》な作品《さくひん》は、『野《の》ざらし紀行《きこう》』『おくのほそ道《みち》』などです。

▲松尾芭蕉《まつおばしょう》と弟子《でし》の曾良《そら》（許六筆『芭蕉行脚図』天理大学附属天理図書館所蔵）

▲与謝蕪村《よさぶそん》（呉春（松村月渓）筆『与謝蕪村像』京都国立博物館所蔵）

●与謝蕪村《よさぶそん》（一七一六年《ねん》～一七八三年《ねん》）

俳諧師《はいかいし》。摂津国《せっつのくに》（現在《げんざい》の大阪府《おおさかふ》のあたり）に生《う》まれました。幼《おさな》いころから中国《ちゅうごく》の絵《え》に親《した》しみ、絵画《かいが》の修行《しゅぎょう》も積《つ》んでいたので、俳句《はいく》に絵《え》をつける「俳画《はいが》」を数多《かずおお》く残《のこ》しました。芭蕉《ばしょう》の死後《しご》、一度《いちど》はすたれてしまった芭蕉《ばしょう》の作風《さくふう》を見《み》つめなおす運動《うんどう》を進《すす》めた人《ひと》でもありました。主《おも》な作品《さくひん》は、『新花摘《しんはなつみ》』『蕪村句集《ぶそんくしゅう》』などです。

●小林一茶《こばやしいっさ》（一七六三年《ねん》～一八二七年《ねん》）

俳諧師《はいかいし》。信濃国《しなののくに》（現在《げんざい》の長野県《ながのけん》）の貧《まず》しい農家《のうか》に生《う》まれました。父親《ちちおや》が病死《びょうし》したり、妻《つま》や子《こ》どもにも先立《さきだ》たれたりという不幸《ふこう》な人生《じんせい》の中《なか》で、独特《どくとく》の世界《せかい》を確立《かくりつ》しました。主《おも》な句集《くしゅう》は『おらが春《はる》』『一茶発句集《いっさほっくしゅう》』などです。

●良寛《りょうかん》（一七五八年《ねん》～一八三一年《ねん》）

歌人《かじん》。越後国《えちごのくに》（現在《げんざい》の新潟県《にいがたけん》）に生《う》まれました。温《あたた》かくやさしい人《ひと》がらで、ほのぼのとしたそぼくな歌《うた》や詩《し》を数多《かずおお》く残《のこ》しました。主《おも》な歌集《かしゅう》は『布留散東《ふるさと》』『蓮《はちす》の露《つゆ》』などです。

▲小林一茶《こばやしいっさ》（村松春甫筆 一茶記念館所蔵）

▲良寛《りょうかん》（山口蓬春筆『動物愛護』良寛記念館所蔵）

現代《げんだい》にも受《う》けつがれる川柳《せんりゅう》

川柳《せんりゅう》は俳句《はいく》に似《に》ていますが，俳句《はいく》にくらべて，つくるときの決《き》まりごとが少《すく》ないのが特徴《とくちょう》です。初《はじ》めての人《ひと》でもつくりやすいので，現在《げんざい》でも多《おお》くの人《ひと》が，身近《みぢか》なことを題材《だいざい》にユーモアを交《まじ》えて川柳《せんりゅう》をつくっています。

川柳《せんりゅう》には、五《ご》・七《しち》・五《ご》の音《おん》でつくること以外《いがい》、俳句《はいく》のような決《き》まりごとがありません。季語《きご》（↓103、104ページ）を入《い》れなくてもかまいませんし、切《き》れ字《じ》（↓104ページ）などの技法《ぎほう》も必要《ひつよう》ありません。また、主《おも》に題材《だいざい》となるのは、ふだんの生活《せいかつ》の中《なか》で思《おも》ったことや感《かん》じたこと、ニュースや流行《りゅうこう》などで、それらを皮《ひ》肉《にく》やユーモアを交《まじ》えながら十七音《じゅうしちおん》で表現《ひょうげん》すれば、川柳《せんりゅう》のできあがりです。

廻《まわ》らない寿司屋《すしや》もあると子《こ》が教《おし》え　（宇部　福田乱童）

ブランドの方《ほう》から客《きゃく》は選《えら》べない　（福岡　タヌママ）

（出典『みんなのつぶやき万能川柳7本目』情報センター出版局）

分別《ぶんべつ》の判断困《はんだんこま》るゴミばかり　（一宮　羽下正一）

おみこしと少《すこ》し似《に》ている霊柩車《れいきゅうしゃ》　（相模原　水野ユミ）

（出典『みんなのつぶやき万能川柳8本目』情報センター出版局）

60にぼくがなるころどんな国《くに》　（城陽　松野ゆうき）

日曜日誰《にちようびだれ》がかけたの目覚《めざ》ましを　（大阪　渡辺新吾）

（出典『万能川柳デラックス一〇〇〇』毎日新聞社）

江戸《えど》俳句《はいく》・和歌《わか》を楽《たの》しもう！

松尾芭蕉《まつおばしょう》の俳句《はいく》に鑑賞文《かんしょうぶん》を書《か》く

松尾芭蕉《まつおばしょう》は、人々《ひとびと》にも大《おお》きな影響《えいきょう》をあたえた、江戸時代《えどじだい》を代表《だいひょう》する俳諧師《はいかいし》です。

芭蕉《ばしょう》の句《く》の中《なか》で好《す》きな句《く》を一《ひと》つ選《えら》び、鑑賞文《かんしょうぶん》を書《か》いてみましょう。

鑑賞文《かんしょうぶん》を書《か》くには，芭《ば》蕉《しょう》のことや，選《えら》んだ俳《はい》句《く》の背景《はいけい》をよく調《しら》べる必要《ひつよう》があるね。

書《か》きはじめる前《まえ》に，選《えら》んだ俳句《はいく》のどこをどう感《かん》じたかをメモに整理《せいり》してみると，まとめやすくなるよ。

俳句《はいく》の中《なか》のことばに注目《ちゅうもく》してみるといいね。自分《じぶん》ならこう表現《ひょうげん》したい，などと考《かんが》えてみるのもいいかな。

例《れい》

「旅《たび》に病《や》んで夢《ゆめ》は枯《か》れ野《の》をかけ廻《めぐ》る」を読《よ》んで

ぼくはこの句《く》から、松尾芭蕉《まつおばしょう》が旅好《たびず》きだったということを、強《つよ》く感《かん》じました。とくに「かけ廻《めぐ》る」が印象的《いんしょうてき》です。病気《びょうき》で旅《たび》ができなくなってしまったとき、芭蕉《ばしょう》は本当《ほんとう》にくやしかったのではないでしょうか。そのくやしい気持《きも》ちが、句《く》によく表《あらわ》れていると思《おも》いました。

発展《はってん》

グループをつくって鑑賞文《かんしょうぶん》を発表《はっぴょう》し合《あ》い、おたがいの鑑賞文《かんしょうぶん》について話《はな》し合《あ》いましょう。

季語《きご》あてゲームをする

俳句《はいく》には季語《きご》（→103、104ページ）がよみこまれています。動物《どうぶつ》や植物《しょくぶつ》に関係《かんけい》のあるものもあれば、季節《きせつ》の行事《ぎょうじ》にちなんだものもあります。意外《いがい》なものが季語《きご》になっていたり、季語《きご》がしめす季節《きせつ》が自分《じぶん》のイメージとちがったりするものもあります。季語当《きごあ》てゲームをしながら俳句《はいく》を楽《たの》しみましょう。

あらかじめ、この本《ほん》などから出題《しゅつだい》する俳句《はいく》と季語《きご》・季節《きせつ》を調《しら》べておきましょう。

この本以外《ほんいがい》からでも，歳時記《さいじき》や句集《くしゅう》からおもしろい俳句《はいく》をさがすことができるよ。

季語《きご》は，この本《ほん》の季《き》語一覧《ごいちらん》を参考《さんこう》にするといいね。

ゲームにすると，知《し》らないうちに有名《ゆうめい》な俳句《はいく》も覚《おぼ》えられるね。

やり方《かた》

①四《し》、五人《ごにん》で遊《あそ》びます。そのうち一人《ひとり》は審判役《しんぱんやく》になります。

②審判役《しんぱんやく》以外《いがい》の参加者《さんかしゃ》は、それぞれ俳句《はいく》を五《ご》～十句《じっく》選《えら》んで、一句《いっく》ずつ細《ほそ》く切《き》った画用紙《がようし》に書《か》いて自分《じぶん》の手札《てふだ》をつくります。

③②の手札《てふだ》とは別《べつ》に、自分《じぶん》が選《えら》んだ俳句《はいく》とその季語《きご》、季節《きせつ》の一覧表《いちらんひょう》をつくり、審判役《しんぱんやく》にわたします。

④参加者《さんかしゃ》は自分《じぶん》の手札《てふだ》を持《も》って、トランプの「ばばぬき」の要領《ようりょう》で、順番《じゅんばん》にとなりの人《ひと》の札《ふだ》を引《ひ》いて、書《か》いてある俳句《はいく》の季語《きご》と季節《きせつ》を答《こた》えます。

⑤審判役《しんぱんやく》は③の表《ひょう》を見《み》て、正解《せいかい》かどうかを判定《はんてい》します。答《こた》えが合《あ》っていれば、その札《ふだ》を場《ば》に捨《す》てて、次《つぎ》の人《ひと》が自分《じぶん》の札《ふだ》を引《ひ》きます。答《こた》えが合《あ》っていなければ、引《ひ》いた札《ふだ》を手札《てふだ》に加《くわ》えて、次《つぎ》の人《ひと》が札《ふだ》を引《ひ》きます。

⑥いちばん最初《さいしょ》に自分《じぶん》の手札《てふだ》がなくなった人《ひと》が優勝《ゆうしょう》です。

菜の花や……
季語《きご》は菜《な》の花《はな》で、季節《きせつ》は春《はる》です。
正解《せいかい》です。

近《きん》代《だい》・現《げん》代《だい》短《たん》歌《か》

伊藤左千夫《いとうさちお》❶

❷牛飼《うしかい》が歌《うた》よむ時《とき》に世《よ》のなかの新《あたら》しき歌大《うたおお》いにおこる

牛飼《うしか》いが和歌《わか》をよむとき、世《よ》の中《なか》には（新《あたら》しい風《かぜ》がふいて、今《いま》まで上流階級《じょうりゅうかいきゅう》の人々《ひとびと》がよんできたような優雅《ゆうが》なだけの和歌《わか》とはちがう）新《あたら》しい和歌《わか》をよむ大《おお》きな動《うご》きがおこるのだ。『左千夫歌集』

砂原《すなはら》と空《そら》と寄合《よりあ》ふ❸九十九里《くじゅうくり》の磯行《いそゆ》く人《ひと》ら蟻《あり》のごとしも

砂浜《すなはま》と空《そら》とがたがいに接《せっ》し合《あ》う（ような風景《ふうけい》がどこまでも続《つづ》く）九十九里浜《くじゅうくりはま》は、（あまりにも広《ひろ》くて、）浜辺《はまべ》を歩《ある》いていく人々《ひとびと》がまるでありのように見《み》えるよ。『左千夫歌集』

正岡子規《まさおかしき》❹

❺久方《ひさかた》のアメリカ人《じん》のはじめにしベースボールは見《み》れど飽《あ》かぬかも

アメリカ人《じん》がつくりだしたベースボール（＝野球《やきゅう》）というものは、いつまで見《み》ていてもあきないなあ。『竹乃里歌』

くれなゐ《い》の二尺《にしゃく》伸《の》びたる薔薇《ばら》の芽《め》の針《はり》やはらか《わ》に春雨《はるさめ》のふる

赤《あか》いばらの芽《め》は二尺《にしゃく》（＝約《やく》六〇センチメートル）ほどの高《たか》さにまでのびている。その若《わか》い芽《め》のやわらかなはりに、春雨《はるさめ》がやさしく降《ふ》りそそいでいるよ。『竹乃里歌』

真砂《まさご》ナス数《かず》ナキ星《ほし》ノ其中《そのなか》ニ吾《われ》ニ向《むか》ヒテ光《ひか》ル星《ほし》アリ

細《こま》かい砂《すな》のように数限《かずかぎ》りなくある星《ほし》の中《なか》には、わたし一人《ひとり》に向《む》かって光《ひか》っている星《ほし》がきっとあるにちがいない。『竹乃里歌』

---

❶**伊藤左千夫《いとうさちお》**（一八六四年《ねん》〜一九一三年《ねん》）
千葉県出身《ちばけんしゅっしん》。歌人《かじん》、小説家《しょうせつか》。雑誌《ざっし》「馬酔木《あしび》」「アララギ」を発行《はっこう》。正岡子規《まさおかしき》に学《まな》ぶ。

❷**牛飼《うしかい》**
牛《うし》の世話《せわ》をする人《ひと》のことで、作者本人《さくしゃほんにん》を指《さ》す。作者《さくしゃ》は当時《とうじ》、牛《うし》の乳《ちち》しぼりの仕事《しごと》をしていた。

❸**九十九里《くじゅうくり》**
九十九里浜《くじゅうくりはま》のこと。千葉県北《ちばけんほく》東部《とうぶ》にある砂浜《すなはま》の海岸《かいがん》。

❹**正岡子規《まさおかしき》**（→87ページ）

❺**久方《ひさかた》の**
「天（あま・あめ）」などの枕詞《まくらことば》。ここでは、「アメリカ人《じん》」の「アメ」にかかる。

❻**花《はな》ぶさ**
小《ちい》さい花《はな》が多《おお》く集《あつ》まってふさのようになったもの。

▲藤《ふじ》の花《はな》ぶさ

瓶《かめ》にさす藤《ふじ》の⑥花《はな》ぶさみじかければたたみの上《うえ》にとどかざりけり

(ふとんの中《なか》にあお向《む》けに寝《ね》ながらふと見《み》ると)花びんにさしたふじの花《はな》が見事《みごと》にさいて垂《た》れている、その花《はな》ぶさが短《みじか》いので、わずかにたたみの上《うえ》に届《とど》かないのだなあ。　『竹乃里歌』

⑦いちはつの花《はな》咲《さ》きいでて我目《わがめ》には今年《ことし》ばかりの春《はる》ゆかんとす

(春《はる》の終《お》わりにさく)いちはつの花《はな》がさきだして、(重《おも》い病気《びょうき》の)わたしが見《み》ることができるのは今年《ことし》で最後《さいご》だろうと思《おも》われる春《はる》が過《す》ぎて行《い》こうとしている。　『竹乃里歌』

⑧佐佐木信綱《ささきのぶつな》

ゆく秋《あき》の⑨大和《やまと》の国《くに》の⑩薬師寺《やくしじ》の塔《とう》の上《うえ》なる一《ひと》ひらの雲《くも》

もうすぐ秋《あき》も終《お》わりというころ、大和《やまと》の国《くに》の薬師寺《やくしじ》の東塔《とうとう》を見上《みあ》げると、塔《とう》の上《うえ》(の青《あお》い空《そら》)に小《ちい》さな(白《しろ》い)雲《くも》が一《ひと》つうかんでいるよ。　『新月』

⑪島木赤彦《しまきあかひこ》

隣室《りんしつ》に書《ふみ》よむ子《こ》らの声《こえ》きけば心《こころ》に沁《し》みて生《い》きたかりけり

となりの部屋《へや》で本《ほん》を読《よ》む子《こ》どもたちの声《こえ》を聞《き》くと、(病気《びょうき》で寝《ね》ているわたしの心《こころ》に)もっと生《い》きていたいものだという気持《きも》ちが、しみじみとこみ上《あ》げてくるよ。　『柿蔭集』

⑫窪田空穂《くぼたうつぼ》

鳳仙花《ほうせんか》ちりておつれば小《ちい》さき蟹鋏《かにはさみ》ささげて驚《おどろ》き走《はし》る

(ほうせんかの下《した》で、かにが遊《あそ》んでいる。とつぜん)ほうせんかの果実《かじつ》が散《ち》って落《お》ちてきたので、小《ちい》さいかにはおどろいて、はさみを持《も》ち上《あ》げて走《はし》ってにげていくよ。　『鏡葉』

※( )は、意味《いみ》や言《い》いかえを表《あらわ》す。

---

⑦いちはつ　アヤメ科《か》の植物《しょくぶつ》。紫《むらさき》や白《しろ》の花《はな》をつける。

⑧佐佐木信綱《ささきのぶつな》(一八七二年《ねん》〜一九六三年《ねん》)　三重県出身《みえけんしゅっしん》。歌人《かじん》、国文学者《こくぶんがくしゃ》。歌集《かしゅう》に『思草《おもいぐさ》』など。

⑨大和《やまと》の国《くに》　ここでは、奈良県《ならけん》を指《さ》す。

⑩薬師寺《やくしじ》　奈良県奈良市《ならけんならし》にある寺《てら》のこと。東塔《とうとう》は、奈良時代《ならじだい》から残《のこ》る建物《たてもの》。

▲薬師寺《やくしじ》の東塔《とうとう》

⑪島木赤彦《しまきあかひこ》(一八七六年《ねん》〜一九二六年《ねん》)　長野県出身《ながのけんしゅっしん》。歌人《かじん》。伊藤左千夫《いとうさちお》に学《まな》び、「アララギ」の編集《へんしゅう》にたずさわった。歌集《かしゅう》に『馬鈴薯《ばれいしょ》の花《はな》』など。

⑫窪田空穂《くぼたうつぼ》(一八七七年《ねん》〜一九六七年《ねん》)　長野県出身《ながのけんしゅっしん》。歌人《かじん》、国文学者《こくぶんがくしゃ》。歌集《かしゅう》に『まひる野《の》』など。

❶与謝野晶子《よさのあきこ》

❷その子《こ》二十《はたち》櫛《くし》にながるる黒髪《くろかみ》のおごりの❸春《はる》のうつくしきかな

その人《ひと》は二十歳《はたち》。くしから流《なが》れるような豊《ゆた》かな黒髪《くろかみ》をなびかせたほこらしげな青春《せいしゅん》は、なんと美《うつく》しいのだろう。『みだれ髪』

❹清水《きよみず》へ祇園《ぎおん》をよぎる桜月夜《さくらづきよ》こよひ逢《あ》ふ人《ひと》みなうつくしき

清水寺《きよみずでら》へ向《む》かうとちゅう、祇園《ぎおん》を通《とお》り過《す》ぎた。桜《さくら》が満開《まんかい》の月夜《つきよ》である今夜《こんや》、祇園《ぎおん》は夜桜《よざくら》を楽《たの》しむ人《ひと》たちであふれている。すれちがう人《ひと》たちは、会《あ》う人《ひと》会《あ》う人《ひと》みな美《うつく》しい。『みだれ髪』

やは肌《はだ》のあつき血汐《ちしお》にふれも見《み》でさびしからずや道《みち》を説《と》く君《きみ》

女性《じょせい》のやわらかなはだの下《した》に流《なが》れるあつい血潮《ちしお》にふれてもみないで、さびしくはないのですか。（世《よ》の中《なか》の）道理《どうり》ばかりを説経《せっきょう》しているあなたよ。『みだれ髪』

なにとなく君《きみ》に待《ま》たるるここちして出《い》でし花野《はなの》の夕月夜《ゆうづくよ》かな

なんとなくあなたがわたしを待《ま》っているような気《き》がして、美《うつく》しい月《つき》の出《で》ている夕方《ゆうがた》、花《はな》のさき乱《みだ》れる野原《のはら》にやってきました。『みだれ髪』

海恋《うみこい》し潮《しお》の遠鳴《とおな》りかぞへては少女《おとめ》となりし父母《ちちはは》の家《いえ》

海《うみ》が恋《こい》しい。遠《とお》くから聞《き》えてくる潮《しお》の音《おと》を聞《き》きながら、わたしは乙女《おとめ》に成長《せいちょう》したのだ。海《うみ》に近《ちか》い父母《ふぼ》の家《いえ》で。『恋衣』

---

❶**与謝野晶子**《よさのあきこ》（→87ページ）

❷**その子**《こ》 作者《さくしゃ》が、自分《じぶん》のことを指《さ》して言《い》ったことば。

❸**春**《はる》 ここでは、青春《せいしゅん》という意味《いみ》。

❹**清水**《きよみず》 京都府京都市《きょうとふきょうとし》にある清水寺《きよみずでら》のこと。

▲清水寺《きよみずでら》

❺**三百**《さんびゃく》 ここでは、たくさんという意味《いみ》。

❻**長塚**《ながつか》　**節**《たかし》（一八七九年《ねん》～一九一五年《ねん》） 茨城県出身《いばらきけんしゅっしん》。歌人《かじん》、小説家《しょうせつか》。正岡子規《まさおかしき》に学《まな》ぶ。

金色《こんじき》のちひ《い》さき鳥《とり》のかたちして銀杏《いちょう》ちるなり夕日《ゆうひ》の岡《おか》に

まるで金色《きんいろ》にかがやく小《ちい》さな鳥《とり》のように、色《いろ》づいたいちょうの葉《は》が散《ち》っている。夕日《ゆうひ》の差《さ》すおかの上《うえ》に。

『恋衣』

夏《なつ》のかぜ山《やま》よりきたり⑤三百《さんびゃく》の牧《まき》の若馬耳《わかうまみみ》ふかれけり

夏《なつ》の風《かぜ》が山《やま》の方《ほう》からふいてきた。風《かぜ》はたくさんの牧場《まきば》の若《わか》い馬《うま》の耳《みみ》をそよがせていったよ。

『舞姫』

⑥長塚《ながつか》 節《たかし》

⑦垂乳根《たらちね》の母《はは》が釣《つ》りたる⑧青蚊帳《あおがや》をすがしといねつたるみたれども

(病気《びょうき》の体《からだ》で久《ひさ》しぶりに帰郷《ききょう》したわたしのために)年《とし》とった母《はは》が青《あお》がやをつってくれた。そのかやは少《すこ》したるんでいたけれど、わたしはそのかやの中《なか》で気持《きも》ちよくねむることができたのだ。

『長塚節歌集』

⑨会津八一《あいづやいち》

あめつち に われ ひとり ゐ《い》て たつ ごとき この さびし さ を ⑩きみ は ほほゑ《え》む

(はるか昔《むかし》から現在《げんざい》にいたるまでの長《なが》い間《あいだ》、ずっとお一人《ひとり》でたたずんでいる)観音様《かんのんさま》のお姿《すがた》に、わたしは天地《てんち》の間《あいだ》に一人《ひとり》だけで立《た》っているようなわたし自身《じしん》のさびしさを重《かさ》ね合《あ》わせます。(さびしさにおしつぶされそうなわたしの前《まえ》で、)あなたは(すべてを受《う》け止《と》めて、おだやかに)ほほえんでいらっしゃるのです。

『南京新唱』

⑪斎藤茂吉《さいとうもきち》

みちのくの母《はは》のいのちを一目見《ひとめみ》ん一目《ひとめ》みんとぞいそぐなりけれ

(東京《とうきょう》にいるわたしに、母《はは》の命《いのち》が危《あぶ》ないという知《し》らせがきた。)東北《とうほく》にいる母《はは》が生《い》きているうちに、一目会《ひとめあ》いたい一目会《ひとめあ》いたいという気持《きも》ちで、ただただ急《いそ》いで向《む》かうのである。

『赤光』

---

⑦垂乳根《たらちね》の 「母《はは》」の枕詞《まくらことば》。

⑧青蚊帳《あおがや》 かにさされないようにするためのあみのこと。ふとんのまわりや部屋《へや》の中《なか》につるして使《つか》う。

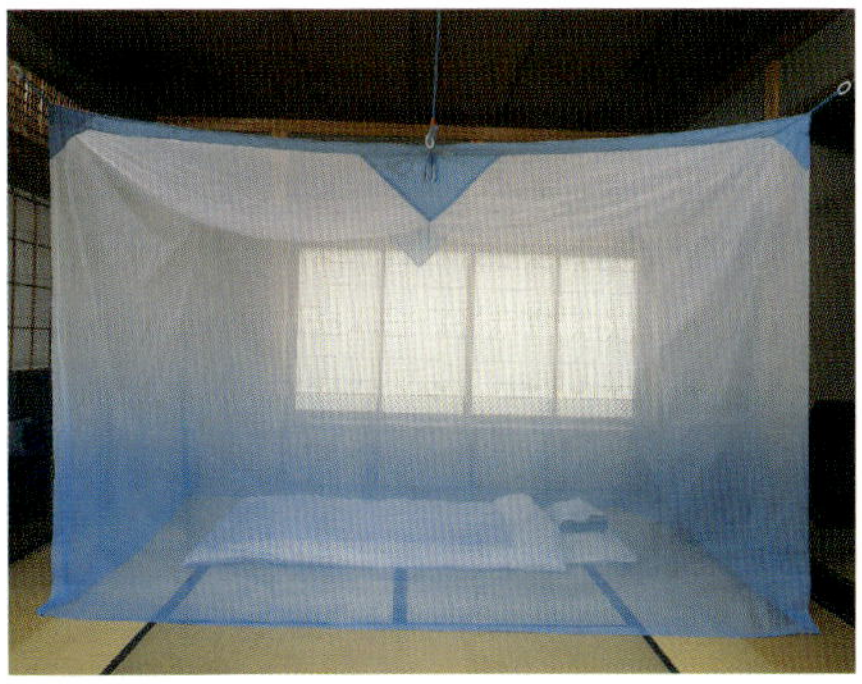

▲青蚊帳《あおがや》

⑨会津八一《あいづやいち》(一八八一年《ねん》〜一九五六年《ねん》) 新潟県出身《にいがたけんしゅっしん》。歌人《かじん》、文学博士《ぶんがくはくし》、美術史家《びじゅつしか》、書家《しょか》。歌《うた》は声《こえ》に出《だ》してよむもの、という考《かんが》えから、すべて平仮名《ひらがな》で表記《ひょうき》した。

⑩きみ 奈良県《ならけん》にある法隆寺夢殿《ほうりゅうじゆめどの》の本尊《ほんぞん》、救世観音《くせかんのん》のこと。

⑪斎藤茂吉《さいとうもきち》(→87ページ)

死《し》に近《ちか》き母《はは》に添寝《そいね》のしんしんと遠田《とおた》のかはづ天《てん》に聞《きこ》ゆる

死《し》をむかえようとしている母《はは》にそい寝《ね》をしていると、夜《よる》はしんしんとふけていく。遠《とお》くの田《た》んぼからはかえるの鳴《な》き声《ごえ》が、（夜《よる》の空気《くうき》をふるわせて）天《てん》にひびくようにしんしんと聞《き》こえてくる。『赤光』

のど赤《あか》き玄鳥《つばくらめ》ふたつ❶屋梁《はり》にゐ《い》て❷足乳《たらち》ねの母《はは》は死《し》にたまふ《もう》なり

（ふと見上《みあ》げると）のどが赤《あか》いつばめが二羽《にわ》、はりにとまっていて、（その下《した》で）今《いま》まさに母《はは》は、死《し》にゆこうとされているのだ。『赤光』

星《ほし》のゐ《い》る夜《よ》ぞらのもとに赤赤《あかあか》と❸ははそはの母《はは》は燃《も》えゆきにけり

（母《はは》を火葬《かそう》するために野《の》にやってきた。）星《ほし》が美《うつく》しくかがやく夜空《よぞら》の下《した》で、母《はは》はほのおに包《つつ》まれて赤々《あかあか》と燃《も》えていく。『赤光』

❹最上川《もがみがわ》❺逆白波《さかしらなみ》のたつまでにふぶくゆふ《う》べとなりにけるかも

最上川《もがみがわ》に、川《かわ》の流《なが》れに逆《さか》らって波《なみ》が白《しろ》く立《た》つほどに、風《かぜ》が激《はげ》しくふきあれ、雪《ゆき》が降《ふ》る夕方《ゆうがた》になったことだ。『白き山』

向日葵《ひまわり》は金《きん》の油《あぶら》を身《み》にあびてゆらりと高《たか》し日《ひ》のちひ《い》ささよ

❻前田夕暮《まえだゆうぐれ》

ひまわりは、金色《きんいろ》の油《あぶら》を身《み》にあびたかのように、（あざやかにかがやいて、真夏《まなつ》の強《つよ》い日差《ひざ》しの下《した》）ゆらりと高《たか》いところにさいている。それにくらべて、（ひまわりの向《む》こうに見《み》える）太陽《たいよう》のなんと小《ちい》さいことか。『生くる日に』

---

❶屋梁《はり》 建物《たてもの》で、屋根《やね》を支《ささ》えるために柱《はしら》の上《うえ》にわたしてある太《ふと》い横木《よこぎ》のこと。

❷足乳《たらち》ねの（↓77ページ）

❸ははそはの 「母《はは》」の枕詞《まくらことば》。「ははそばのは」。

❹最上川《もがみがわ》（↓57ページ）

❺逆白波《さかしらなみ》 川《かわ》の流《なが》れと逆向《ぎゃくむ》きにふく風《かぜ》によってできる、あわだって白《しろ》く見《み》える波《なみ》。作者《さくしゃ》がつくったことば。

▲逆白波《さかしらなみ》のたつ最上川《もがみがわ》

❻前田夕暮《まえだゆうぐれ》（一八八三年《ねん》〜一九五一年《ねん》）神奈川県出身《かながわけんしゅっしん》。歌人《かじん》。歌集《かしゅう》に『収穫《しゅうかく》』など。

⑦若山牧水《わかやまぼくすい》

幾山河《いくやまかわ》越《こ》えさり行《ゆ》かば寂《さび》しさの終《は》てなむ国《くに》ぞ今日《きょう》も旅《たび》ゆく

いったいいくつ山《やま》をこえ、いくつ河《かわ》をこえて過《す》ぎて行《い》けば、このさびしさの消《き》える場所《ばしょ》へたどり着《つ》くことができるのだろうか。そんな場所《ばしょ》をさがして、今日《きょう》もわたしは旅《たび》を続《つづ》けている。『海の声』

⑧白鳥《しらとり》は哀《かな》しからずや空《そら》の青海《あおうみ》のあをにも染《そ》まずただよふ

白《しろ》い鳥《とり》は悲《かな》しくないのだろうか。空《そら》の青《あお》い色《いろ》にも、海《うみ》の青《あお》い色《いろ》にも染《そ》まらずに、（その白《しろ》い色《いろ》のままで孤独《こどく》に）ただよって。『海の声』

⑨北原白秋《きたはらはくしゅう》

春《はる》の鳥《とり》⑩な鳴《な》きそ鳴《な》きそあかあかと外《と》の面《も》の草《くさ》に日《ひ》の入《い》る夕《ゆうべ》

春《はる》の鳥《とり》よ、鳴《な》くなよ、鳴《な》くなよ。窓《まど》の外《そと》の草《くさ》に真《ま》っ赤《か》な太陽《たいよう》がしずんでいく夕方《ゆうがた》に。（鳴《な》いてわたしの心《こころ》を乱《みだ》さないでおくれ。）『桐の花』

草《くさ》わかば色鉛筆《いろえんぴつ》の赤《あか》き粉《こ》のちるがいとしく寝《ね》て削《けず》るなり

緑色《みどりいろ》の草若葉《くさわかば》の上《うえ》に色《いろ》えんぴつの赤《あか》い粉《こな》が散《ち》る、そのあざやかな色《いろ》のちがいがいとしくて、寝《ね》ころんだまま色《いろ》えんぴつをけずり続《つづ》けるのだ。『桐の花』

石崖《いしがけ》に子《こ》ども七人《しちにん》腰《こし》かけて河豚《ふぐ》を釣《つ》り居《お》り夕焼《ゆうやけ》小焼《こやけ》

石《いし》のがけに子《こ》どもが七人《しちにん》こしかけて、ふぐをつっている。夕焼《ゆうや》けの真《ま》っ赤《か》に染《そ》まった空《そら》が美《うつく》しい。『雲母集』

⑦**若山牧水**《わかやまぼくすい》（一八八五年《ねん》〜一九二八年《ねん》）
宮崎県出身《みやざきけんしゅっしん》。歌人《かじん》。雑誌《ざっし》「創作《そうさく》」を発行《はっこう》。歌集《かしゅう》に『別離《べつり》』など。

⑧**白鳥**《しらとり》
白《しろ》い海鳥《うみどり》のこと。

▲白鳥《しらとり》（写真《しゃしん》はユリカモメ）

⑨**北原白秋**《きたはらはくしゅう》（一八八五年《ねん》〜一九四二年《ねん》）
福岡県出身《ふくおかけんしゅっしん》。歌人《かじん》、詩人《しじん》。歌集《かしゅう》に『桐《きり》の花《はな》』、詩集《ししゅう》に『邪宗門《じゃしゅうもん》』など。

⑩**な鳴《な》きそ鳴《な》きそ**
「な……そ」で禁止《きんし》の意味《いみ》を表《あらわ》す。「鳴《な》くな。」と二度《にど》呼《よ》びかけて春《はる》の鳥《とり》に強《つよ》くうったえている。

①石川啄木《いしかわたくぼく》

②東海《とうかい》の小島《こじま》の磯《いそ》の白砂《しらすな》に
われ泣《な》きぬれて
蟹《かに》とたはむる

東《ひがし》の海《うみ》にうかぶ、この小《ちい》さな島《しま》の波打《なみう》ちぎわの白砂《しらすな》の上《うえ》で、わたしは泣《な》いてなみだにぬれながら、かにと遊《あそ》んでいるようなものだ。（広《ひろ》い世界《せかい》の中《なか》のせまい場所《ばしょ》で、ささやかなものしか相手《あいて》にできないで生《い》きているわたしは、なんとちっぽけな存在《そんざい》なのだろう。）『一握の砂』

たはむれに母《はは》を背負《せお》ひて
そのあまり軽《かろ》きに泣《な》きて
三歩《さんぽ》あゆまず

ふざけて母《はは》を背負《せお》うと、（年老《としお》いてしまった母《はは》の体《からだ》が）あまりに軽《かる》いので思《おも》わずなみだが出《で》て、三歩《さんぽ》と歩《ある》くことができなかった。『一握の砂』

はたらけど
はたらけど猶《なお》わが生活楽《くらしらく》にならざり
ぢつと手《じっとて》を見《み》る

働《はたら》いても働《はたら》いても、それでもまだわたしの生活《せいかつ》は楽《らく》にならない。（養《やしな》うべき家族《かぞく》がいるのに、いったいどうしたらいいのかと途方《とほう》に暮《く》れて、ただ）手《て》をじっと見《み》つめるのだ。『一握の砂』

③不来方《こずかた》のお城《しろ》の草《くさ》に寝《ね》ころびて
空《そら》に吸《す》はれし
十五《じゅうご》の心《こころ》

不来方《こずかた》の城《しろ》あとの草地《くさち》に寝《ね》ころんで、空《そら》を見《み》ながらいだいた、広《ひろ》く大《おお》きな十五歳《じゅうごさい》の思《おも》いよ。（なつかしく思《おも》われることよ。）『一握の砂』

①石川啄木《いしかわたくぼく》（↓87ページ）

②東海《とうかい》の小島《こじま》
啄木《たくぼく》が住《す》んでいた北海道函館《ほっかいどうはこだて》市《し》の大森浜《おおもりはま》とする解釈《かいしゃく》や、島国《しまぐに》である日本《にほん》とする解釈《かいしゃく》がある。

③不来方《こずかた》のお城《しろ》
岩手県盛岡市《いわてけんもりおかし》にある盛岡城《もりおかじょう》のこと。城《しろ》あとのみ残《のこ》っている。啄木《たくぼく》の通《かよ》っていた中学校《ちゅうがっこう》（旧制《きゅうせい》）が近《ちか》くにある。

▲盛岡城《もりおかじょう》の城《しろ》あと

ふるさとの訛《なまり》なつかし
❹停車場《ていしゃば》の人《ひと》ごみの中《なか》に
そを聴《き》きにゆく

（東京《とうきょう》に住《す》んでいると）故郷《こきょう》のことばのなまりがなつかしくなることがある。そんなときは、わたしは、上野《うえの》駅《えき》のにぎやかな人《ひと》ごみの中《なか》に故郷《こきょう》のなまりをききに行くのだ。『一握の砂』

やはらかに柳《やなぎ》あをめる
❺北上《きたかみ》の岸辺《きしべ》目《め》に見《み》ゆ
泣《な》けとごとくに

やわらかなやなぎが青《あお》く芽《め》ぶく北上川《きたかみがわ》の岸辺《きしべ》が目《め》にうかんでくる。（故郷《こきょう》をはなれてつらい生活《せいかつ》を送《おく》るわたしに）泣《な》きなさいとでも言うように。『一握の砂』

ふるさとの山《やま》に向《むか》ひて
言《い》ふことなし
ふるさとの山《やま》はありがたきかな

ふるさとの山《やま》に向《む》かうと、なにも言《い》うことはなくなってしまうよ。（わたしを包《つつ》みこんでくれるような）ふるさとの山《やま》はありがたいなあ。（心《こころ》の中《なか》にもふるさとの山《やま》はあって、はなれて暮《く》らすわたしを支《ささ》えてくれるのだ。）『一握の砂』

何《なん》となく、
今年《ことし》はよい事《こと》あるごとし。
元日《がんじつ》の朝《あさ》、晴《は》れて風《かぜ》無《な》し。

（今《いま》までわたしの生活《せいかつ》は苦《くる》しいことばかりだったが、）なんとなく今年《ことし》はよいことがあるような気《き》がする。元日《がんじつ》の朝《あさ》、空《そら》はすっかり晴《は》れわたって風《かぜ》もない。（この上《うえ》なくいい天気《てんき》だ。）『悲しき玩具』

❹**停車場《ていしゃば》**
列車《れっしゃ》の駅《えき》のこと。ここでは上《うえ》野《の》駅《えき》を指《さ》す。当時《とうじ》、上野駅《うえのえき》は東《とう》北地方《ほくちほう》から上京《じょうきょう》するときの終着《しゅうちゃく》駅《えき》だった。

▲明治時代後期《めいじじだいこうき》の上野駅《うえのえき》の様子《ようす》。

❺**北上《きたかみ》**
北上川《きたかみがわ》のこと。啄木《たくぼく》の故郷《こきょう》、岩手県《いわてけん》を流《なが》れる川《かわ》。

▲北上川《きたかみがわ》と岩手山《いわてさん》

街《まち》をゆき子供《こども》の傍《そば》を通《とお》る時蜜柑《ときみかん》の香《か》せり冬《ふゆ》がまた来《く》る

❶木下利玄《きのしたりげん》

街《まち》を歩《ある》いていて子どものそばを通《とお》りすぎたとき、（あまずっぱい）みかんのかおりがした。冬《ふゆ》がまたやってくるのだなあ。『紅玉』

牡丹花《ぼたんか》は咲《さ》き定《さだ》まりて静《しず》かなり花《はな》の占《し》めたる位置《いち》のたしかさ

ぼたんの花《はな》はさききって、静《しず》かなまま動《うご》かない。ぼたんの花《はな》は、さいているその位置《いち》でしっかりとゆるぎがない。『一路』

❸葛《くず》の花《はな》　踏《ふ》みしだかれて、色《いろ》あたらし。この山道《やまみち》を行《ゆ》きし人《ひと》あり

❷釈《しゃく》　迢空《ちょうくう》

くずの花《はな》がふみにじられていて、その（赤紫《あかむらさき》の）色《いろ》はたった今《いま》ふまれたかのように新《あたら》しくあざやかである。（人気《ひとけ》のないさびしい）この山道《やまみち》を、（今《いま》わたしと同《おな》じ孤独《こどく》を味《あじ》わいながら、先《さき》に）通《とお》りすぎていった人《ひと》がいるのだ。『海やまのあひだ』

雪《ゆき》とけし泉《いずみ》の石《いし》に遊《あそ》びいでて拝《おが》む蟹《かに》をも食《く》は《わ》む《ん》とぞする

❹土屋文明《つちやぶんめい》

雪《ゆき》がとけて、いずみの石《いし》に遊《あそ》び出《で》て拝《おが》んでいるようなしぐさをするかにまでも、われわれは食《た》べようとするのだ。『山下水』

あけて待《ま》つ子《こ》の口《くち》のなかやは《わ》らかし粥運《かゆはこ》ぶわが匙《さじ》に触《ふ》れつつ

❺五島美代子《ごとうみよこ》

口《くち》を開《あ》けて待《ま》っている子どもの口《くち》の中《なか》はなんとやわらかいのだろう。口《くち》におかゆを運《はこ》ぶさじがふれている。（この子がいとおしくてたまらない。）『丘の上』

---

❶**木下利玄**《きのしたりげん》（一八八六年《ねん》〜一九二五年《ねん》）岡山県出身《おかやまけんしゅっしん》。歌人《かじん》。雑誌《ざっし》『白樺《しらかば》』発行者《はっこうしゃ》の一人《ひとり》。歌集《かしゅう》に『銀《ぎん》』など。

❷**釈**《しゃく》 **迢空**《ちょうくう》（一八八七年《ねん》〜一九五三年《ねん》）大阪府出身《おおさかふしゅっしん》。歌人《かじん》、国文学者《こくぶんがくしゃ》、民俗学者《みんぞくがくしゃ》、詩人《しじん》。本名《ほんみょう》は折口信夫《おりくちしのぶ》。歌集《かしゅう》に『海山《うみやま》のあひだ』など。

❸**葛**《くず》 マメ科《か》の植物《しょくぶつ》。秋《あき》に赤紫色《あかむらさきいろ》の花《はな》がさく。秋《あき》の七草《ななくさ》の一《ひと》つ。

▲葛《くず》の花《はな》

❹**土屋文明**《つちやぶんめい》（一八九〇年《ねん》〜一九九〇年《ねん》）群馬県出身《ぐんまけんしゅっしん》。歌人《かじん》。雑誌《ざっし》『アララギ』同人《どうじん》。歌集《かしゅう》に『ふゆくさ』など。

❺**五島美代子**《ごとうみよこ》（一八九八年《ねん》〜一九七八年《ねん》）東京都出身《とうきょうとしゅっしん》。歌人《かじん》。歌集《かしゅう》に『暖流《だんりゅう》』など。

薄紙《うすがみ》の火《ひ》はわが指《ゆび》をすこし灼《や》き蝶《ちょう》のごとくに逃《のが》れゆきたり

⑥齋藤《さいとう》　史《ふみ》

(わたしはうすい紙《かみ》を手《て》に持《も》ったまま燃《も》やしていた。この紙《かみ》を燃《も》やさなければならない苦《くる》しさに、わたしはなかなか紙《かみ》から指《ゆび》をはなすことができない。)うすい紙《かみ》についた火《ひ》は、わたしの指《ゆび》を少《すこ》し焼《や》いて、ちょうのようにはなれていった。『ひたくれなゐ』

みづ《ず》からに浄《きよ》くなるべく落葉《おちば》して立《た》つらん木々《きぎ》よ夜《よわ》に思《おも》へ《え》ば

⑦佐藤佐太郎《さとうさたろう》

木々《きぎ》よ、お前《まえ》たちは、けがれを落《お》として清《きよ》くなろうと、自分《じぶん》で葉《は》を落《お》として立《た》っているのだろう。夜《よる》に、いろいろなことを考《かんが》えていると、そのように思《おも》えるのだ。『地表』

かがやける少年《しょうねん》の目《め》よ自転車《じてんしゃ》を買《か》い与《あた》へ《え》んと言《い》ひ《い》しばかりに

⑧宮《みや》　柊二《しゅうじ》

少年《しょうねん》の目《め》がかがやいた。わたしが自転車《じてんしゃ》を買《か》ってやると言《い》ったために。(喜《よろこ》びにかがやくその目《め》は、なんと美《うつく》しいのだろう。)『多く夜の歌』

白《しろ》き虚空《こくう》とどまり白《しろ》き原子雲《げんしぐも》⑩そのまぼろしにつづく死《し》の町《まち》

⑨近藤芳美《こんどうよしみ》

原子爆弾《げんしばくだん》によって真《ま》っ白《しろ》になった大空《おおぞら》に、白《しろ》い原子雲《げんしぐも》がとどまり、(その下《した》には)死《し》の街《まち》が続《つづ》いている。わたしは、そんなまぼろしを見《み》た。(その光景《こうけい》は、わたしの頭《あたま》からはなれない。わたしたちは、原子爆弾《げんしばくだん》のおそろしさをわすれてはならないのだ。)『喚声』

ずぶ濡《ぬ》れのラガー⑫奔《はし》るを見《み》おろせり未来《みらい》にむけるものみな走《はし》る

⑪塚本邦雄《つかもとくにお》

ずぶぬれになりながら走《はし》るラグビーの選手《せんしゅ》を、見下《みお》ろしている。未来《みらい》に向《む》かっていくものは、きっとみな(ただ前《まえ》に向《む》かって)走《はし》るのだ。『日本人霊歌』

---

⑥**齋藤《さいとう》　史《ふみ》**(一九〇九年《ねん》〜二〇〇二年《ねん》)
東京都出身《とうきょうとしゅっしん》。歌人《かじん》。歌集《かしゅう》に『ひたくれなゐ《い》』など。

⑦**佐藤佐太郎《さとうさたろう》**(一九〇九年《ねん》〜一九八七年《ねん》)
宮城県出身《みやぎけんしゅっしん》。歌人《かじん》。斎藤茂吉《さいとうもきち》に学《まな》ぶ。歌集《かしゅう》に『歩道《ほどう》』など。

⑧**宮《みや》　柊二《しゅうじ》**(一九一二年《ねん》〜一九八六年《ねん》)
新潟県出身《にいがたけんしゅっしん》。歌人《かじん》。北原白秋《きたはらはくしゅう》に学《まな》ぶ。歌集《かしゅう》に『群鶏《ぐんけい》』など。

⑨**近藤芳美《こんどうよしみ》**(一九一三年《ねん》〜二〇〇〇年《ねん》)
広島県出身《ひろしまけんしゅっしん》。朝鮮馬山《ちょうせんマサン》に生《う》まれる。歌人《かじん》。土屋文明《つちやぶんめい》に学《まな》ぶ。歌集《かしゅう》に『黒豹《くろひょう》』など。

⑩**原子雲《げんしぐも》**
核爆発《かくばくはつ》によって生《しょう》じるきのこのような形《かたち》の雲《くも》のこと。

⑪**塚本邦雄《つかもとくにお》**(一九二〇年《ねん》〜二〇〇五年《ねん》)
滋賀県出身《しがけんしゅっしん》。歌人《かじん》、小説家《しょうせつか》、評論家《ひょうろんか》。歌集《かしゅう》に『日本人霊歌《にほんじんれいか》』など。

⑫**ラガー**
ラグビーという球技《きゅうぎ》の選手《せんしゅ》のこと。

死後《しご》のわれは身《み》かろくどこへも現《あらわ》れむ《ん》たとへ《え》ば君《きみ》の肩《かた》にも乗《の》りて

❶中城《なかじょう》ふみ子《こ》

死《し》んだ後《あと》のわたしは、体《からだ》が軽《かる》くなってどんなところでも現《あら》れるよ。たとえば、あなたの肩《かた》なんかに乗《の》ったりして。　『花の原型』

眠《ねむ》られぬ母《はは》のためわが誦《よ》む童話《どうわ》母《はは》の寝入《ねい》りし後《あと》王子《おうじ》死《し》す

❷岡井《おかい》　隆《たかし》

（病気《びょうき》で）なかなかねむれない母《はは》のために、わたしは童話《どうわ》を読《よ》み聞《き》かせていた。母《はは》が寝入《ねい》った後《あと》で、童話《どうわ》の中《なか》の王子《おうじ》は死《し》んでしまった。（母《はは》に悲《かな》しい場面《ばめん》を聞《き》かせずにすんで、よかったよ。）　『斉唱』

まはされてみづ《ず》からまはりゐ《い》る独楽《こま》の一心《いっしん》澄《す》みて音《おと》を発《はっ》せり

❸馬場《ばば》あき子《こ》

こまは人《ひと》に回《まわ》されて回《まわ》り始《はじ》めるけれど、自分《じぶん》の意志《いし》で回《まわ》っているのだ。こまの心《こころ》はすみきって、（静寂《せいじゃく》の中《なか》、）音《おと》を出《だ》しながら勢《いきお》いよく回《まわ》っている。　『葡萄唐草』

マッチ擦《す》るつかのま海《うみ》に霧《きり》ふかし身捨《みす》つるほどの祖国《そこく》はありや

❹寺山修司《てらやましゅうじ》

（たばこを吸《す》おうと）マッチをすった瞬間《しゅんかん》、海《うみ》にたちこめた深《ふか》いきりがうかび上《あ》がった。（今《いま》、日本《にほん》はこのきりにおおわれた海《うみ》のように、先《さき》の見《み》えない暗闇《くらやみ》の中《なか》にある。）この祖国《そこく》に命《いのち》をかけるほどの価値《かち》があるだろうか。　『空には本』

のぼり坂《ざか》のペダル踏《ふ》みつつ子《こ》は叫《さけ》ぶ「まっすぐ？」、そうだ、どんどんのぼれ

❺佐佐木幸綱《ささきゆきつな》

上《のぼ》り坂《ざか》で自転車《じてんしゃ》のペダルをふみながら、子《こ》どもが「まっすぐ？」と（後《うし》ろにいるわたしに）さけんだ。そうだ、まっすぐにどんどんのぼれ。（どんなときもまっすぐに、希望《きぼう》に向《む》かって生《い》きていってほしい。）　『金色の獅子』

---

❶**中城《なかじょう》ふみ子《こ》**（一九二二年《ねん》～一九五四年《ねん》）　北海道《ほっかいどう》出身《しゅっしん》。歌人《かじん》。歌集《かしゅう》に『花《はな》の原型《げんけい》』など。

❷**岡井《おかい》　隆《たかし》**（一九二八年《ねん》～）　愛知県《あいちけん》出身《しゅっしん》。歌人《かじん》、評論家《ひょうろんか》、内科医《ないかい》。土屋文明《つちやぶんめい》に学《まな》ぶ。歌集《かしゅう》に『斉唱《せいしょう》』など。

❸**馬場《ばば》あき子《こ》**（一九二八年《ねん》～）　東京都《とうきょうと》出身《しゅっしん》。歌人《かじん》、評論家《ひょうろんか》。歌集《かしゅう》に『早笛《はやぶえ》』など。

❹**寺山修司《てらやましゅうじ》**（一九三五年《ねん》～一九八三年《ねん》）　青森県《あおもりけん》出身《しゅっしん》。歌人《かじん》、劇作家《げきさっか》。歌集《かしゅう》に『空《そら》には本《ほん》』など。

❺**佐佐木幸綱《ささきゆきつな》**（一九三八年《ねん》～）　東京都《とうきょうと》出身《しゅっしん》。歌人《かじん》、国文学者《こくぶんがくしゃ》。歌集《かしゅう》に『群黎《ぐんれい》』など。

たとへ《え》ば君《きみ》　ガサッと落葉《おちば》すくふ《う》や《よ》うに私《わたし》をさらつ《っ》て行《い》つ《っ》てはくれぬか

⑥河野裕子《かわのゆうこ》

たとえば、ねえ、君《きみ》。ガサッと落葉《おちば》をすくうように、無造作《むぞうさ》にわたしをさらっていってはくれないかしら。（そう思《おも》うほど、わたしはあなたに夢中《むちゅう》なのよ。）『森のやうに獣のやうに』

⑧〈生《う》まれたらそこがふるさと〉うつくしき語彙《ごい》にくるしみ閉《と》じゆく絵本《えほん》

⑦李正子《イチョンジャ》

「生《う》まれたらそこがふるさと」。本《ほん》の中《なか》で見《み》つけただれもが美《うつく》しいと感《かん》じるであろうそんなことばも、（簡単《かんたん》に生《う》まれた場所《ばしょ》をふるさととよぶことのできないわたしにとっては）苦《くる》しいものでしかない。（わたしはやりきれない思《おも》いで）絵本《えほん》をとじた。『ナグネタリョン（永遠の旅人）』

観覧車《かんらんしゃ》回《まわ》れよ回《まわ》れ想ひ《おもい》出《で》は君《きみ》には一日《ひとひ》我《われ》には一生《ひとよ》

⑨栗木京子《くりききょうこ》

（わたしはどきどきしながら、恋人《こいびと》のあなたと二人《ふたり》で観覧車《かんらんしゃ》に乗《の》った。）観覧車《かんらんしゃ》よ、いつまでもいつまでも回《まわ》っていてほしい。あなたにとってはたった一日《いちにち》の思《おも》い出かもしれないけれど、わたしにとっては一生《いっしょう》の思《おも》い出《で》になるのよ。『水惑星』

「寒《さむ》いね」と話《はな》しかければ「寒《さむ》いね」と答《こた》える人《ひと》のいるあたたかさ

⑩俵《たわら》　万智《まち》

「寒《さむ》いね。」と話《はな》しかければ、「寒《さむ》いね。」と答《こた》えてくれる人《ひと》がいるのは、なんてあたたかいのだろう。（なにげない会話《かいわ》をいっしょにしてくれる人《ひと》がいるから、寒《さむ》い冬《ふゆ》の日《ひ》でも、わたしの心《こころ》の中《なか》はあたたかいのだ。）『サラダ記念日』

「この味《あじ》がいいね」と君《きみ》が言《い》ったから七月六日《しちがつむいか》はサラダ記念日《きねんび》

「この味《あじ》がいいね。」と言《い》って、あなたがわたしのつくったサラダをほめてくれたから、七月六日《しちがつむいか》（の今日《きょう》）を「サラダ記念日《きねんび》」にすることにしよう。『サラダ記念日』

---

⑥河野裕子《かわのゆうこ》（一九四六年《ねん》〜）　熊本県《くまもとけん》出身《しゅっしん》。歌人《かじん》。歌集《かしゅう》に『森《もり》のやうに獣《けもの》のやうに』など。

⑦李正子《イチョンジャ》（一九四七年《ねん》〜）　三重県《みえけん》出身《しゅっしん》。歌集《かしゅう》に『鳳仙花《ポンソナ》のうた』など。

⑧生《う》まれたらそこがふるさと　童話『はるかな鐘《かね》の音』（堀《ほり》内純子《うちじゅんこ》著《ちょ》）にあることば。李正《イチョン》子《ジャ》は在日韓国人二世《ざいにちかんこくじんにせい》（日本《にほん》で生《う》まれ育《そだ》った韓国人《かんこくじん》）で、日本《にほん》と韓国《かんこく》の二《ふた》つの故郷《こきょう》をもつ苦《くる》しみをよんだ。

⑨栗木京子《くりききょうこ》（一九五四年《ねん》〜）　愛知県《あいちけん》出身《しゅっしん》。歌人《かじん》。歌集《かしゅう》に『水惑星《みずわくせい》』など。

⑩俵《たわら》　万智《まち》（一九六二年《ねん》〜）　大阪府《おおさかふ》出身《しゅっしん》。歌人《かじん》。佐佐木幸《ささきゆき》綱《つな》に学《まな》ぶ。歌集《かしゅう》に『サラダ記念《きねん》日《び》』など。

近代《きんだい》・現代《げんだい》短歌《たんか》について

◎ジャンル ― 短歌《たんか》

◎主《おも》な歌人《かじん》 ― 正岡子規《まさおかしき》・与謝野晶子《よさのあきこ》・石川啄木《いしかわたくぼく》・斎藤茂吉《さいとうもきち》・土屋文明《つちやぶんめい》

◎できた時代《じだい》 ― 明治時代《めいじじだい》

成《な》り立《た》ち

長《なが》い間《あいだ》さかんだった和歌《わか》は、江戸時代《えどじだい》の終《お》わりごろには歌風《かふう》も行《ゆ》きづまり、だんだんと人気《にんき》がなくなっていきました。歌人《かじん》たちは、昔《むかし》の歌《うた》をまねするだけで、歌《うた》を発展《はってん》させようとはしませんでした。

しかし、明治時代《めいじじだい》に入《はい》り、和歌《わか》の世界《せかい》に新《あたら》しい風《かぜ》がおこります。文明開化《ぶんめいかいか》で西洋《せいよう》の詩《し》が紹介《しょうかい》されたことがきっかけで、それまでの型《かた》にはまらない自由《じゆう》な詩《し》がつくられ始《はじ》めました。そのころからよび方《かた》も「和歌《わか》」ではなく、「短歌《たんか》」に変《か》わっていきました。これを「短歌革新運動《たんかかくしんうんどう》」といいます。

短歌革新運動《たんかかくしんうんどう》について

短歌革新運動《たんかかくしんうんどう》では、中心《ちゅうしん》となる人物《じんぶつ》が二人《ふたり》いました。その一人《ひとり》が、与謝野鉄幹《よさのてっかん》です。鉄幹《てっかん》は、新《あたら》しい歌《うた》づくりを目指《めざ》す人《ひと》たちを集《あつ》め、「東京新詩社《とうきょうしんししゃ》」というグループをつくり、一九〇〇年《ねん》には『明星《みょうじょう》』という雑誌《ざっし》を創刊《そうかん》します。鉄幹《てっかん》は昔《むかし》の歌《うた》を尊重《そんちょう》しながらも、そこにとどまらず、新《あたら》しく自分《じぶん》たち一人《ひとり》一人《ひとり》が考《かんが》える歌《うた》をつくろう、とよびかけました。そして、歌《うた》に感情《かんじょう》や感動《かんどう》した気持《きも》ちをこめた美《うつく》しい歌風《かふう》を主張《しゅちょう》しました。このグループの中《なか》には、与謝野晶子《よさのあきこ》をはじめ、石川啄木《いしかわたくぼく》、北原白秋《きたはらはくしゅう》など、後《のち》にかつやくする若《わか》い歌人《かじん》たちもたくさんいました。

▲雑誌《ざっし》『明星《みょうじょう》』（日本近代文学館所蔵）

もう一人《ひとり》の中心人物《ちゅうしんじんぶつ》、正岡子規《まさおかしき》も「根岸短歌会《ねぎしたんかかい》」を発足《ほっそく》させ、歌《うた》の革新《かくしん》にいどみます。子規《しき》は見《み》たものをあるがままにとらえ、現実《げんじつ》の風景《ふうけい》や自然現象《しぜんげんしょう》を正確《せいかく》にとらえる、写生的《しゃせいてき》な短歌《たんか》を主張《しゅちょう》しました。このような子規《しき》の考《かんが》えは、伊藤左千夫《いとうさちお》や長塚節《ながつかたかし》などの歌人《かじん》たちに影響《えいきょう》をあたえました。

このようにして近代短歌《きんだいたんか》は、多《おお》くの新《あたら》しい世代《せだい》の歌人《かじん》たちによって生《う》み出《だ》されてきたのです。

作品《さくひん》の特徴《とくちょう》

それまでの歌《うた》は、そのほとんどが四季《しき》や恋《こい》の歌《うた》であったのに対《たい》し、近代短歌《きんだいたんか》では実《じつ》にさまざまな題材《だいざい》が選《えら》ばれました。たとえば、手《て》を洗《あら》う、うがいをするなどの、生活習慣《せいかつしゅうかん》の中《なか》にも題材《だいざい》を求《もと》めています。また、職業《しょくぎょう》や食事《しょくじ》の場面《ばめん》も歌《うた》の題材《だいざい》となりました。これは、以前《いぜん》の歌《うた》にはあまり見《み》られなかった特徴《とくちょう》です。

また、古《ふる》くからの伝統的《でんとうてき》な美意識《びいしき》や、歌《うた》の題材《だいざい》となるものが変《か》わってきたことで、和歌《わか》の基本《きほん》であった、「序詞《じょことば》」「枕詞《まくらことば》」「歌枕《うたまくら》」（→26ページ）のような技法《ぎほう》も、短歌革新運動《たんかかくしんうんどう》のあとは、あまり用《もち》いられなくなりました。新《あたら》しい歌《うた》づくりのために、昔《むかし》からの決《き》まりごとにしばられない、自由《じゆう》な歌風《かふう》を目指《めざ》そうとしたのです。

主《おも》な歌人《かじん》について

●正岡子規《まさおかしき》（一八六七年《ねん》～一九〇二年《ねん》）

▲正岡子規《まさおかしき》（国立国会図書館所蔵）

伊予国《いよのくに》（現在《げんざい》の愛媛県《えひめけん》）に生《う》まれました。新聞記者《しんぶんきしゃ》として働《はたら》きながら、短歌《たんか》や俳句《はいく》の革新運動《かくしんうんどう》に取《と》り組《く》みました。二十八歳《にじゅうはっさい》のときに脊椎《せきつい》カリエスという病気《びょうき》になり、寝《ね》たきりの生活《せいかつ》を送《おく》りながらも、意欲的《いよくてき》に短歌《たんか》や俳句《はいく》をつくり続《つづ》けます。三十五歳《さんじゅうごさい》でなくなりましたが、後世《こうせい》の歌人《かじん》に大《おお》きな影響《えいきょう》をあたえました。歌集《かしゅう》には『竹乃里歌《たけのさとうた》』、句集《くしゅう》には『寒山落木《かんざんらくぼく》』などがあります。

●与謝野晶子《よさのあきこ》（一八七八年《ねん》～一九四二年《ねん》）

▲与謝野晶子《よさのあきこ》（国立国会図書館所蔵）

大阪府堺市《おおさかふさかいし》に生《う》まれました。与謝野鉄幹《よさのてっかん》が設立《せつりつ》した「東京新詩社《とうきょうしんししゃ》」に参加《さんか》し、その後《ご》、鉄幹《てっかん》と結婚《けっこん》しました。雑誌《ざっし》『明星《みょうじょう》』に、情熱的《じょうねつてき》で力強《ちからづよ》く、自由《じゆう》な恋《こい》の歌《うた》を次々《つぎつぎ》と発表《はっぴょう》し、一躍有名《いちやくゆうめい》になりました。歌集《かしゅう》には『みだれ髪《がみ》』『舞姫《まいひめ》』などがあります。

●石川啄木《いしかわたくぼく》（一八八六年《ねん》～一九一二年《ねん》）

▲石川啄木《いしかわたくぼく》（財団法人石川啄木記念館所蔵）

岩手県日戸村《いわてけんひのとむら》に生《う》まれました。教員《きょういん》や新聞記者《しんぶんきしゃ》として働《はたら》きましたが、生活《せいかつ》は苦《くる》しかったようです。二十六年《にじゅうろくねん》の短《みじか》い生涯《しょうがい》の間《あいだ》に、情感豊《じょうかんゆた》かな歌《うた》を数多《かずおお》く残《のこ》しました。歌集《かしゅう》には『一握《いちあく》の砂《すな》』『悲《かな》しき玩具《がんぐ》』などがあります。

●斎藤茂吉《さいとうもきち》（一八八二年《ねん》～一九五三年《ねん》）

▲斎藤茂吉《さいとうもきち》（斎藤茂吉記念館所蔵）

山形県堀田村《やまがたけんほったむら》に生《う》まれ、医師《いし》の養子《ようし》となり、精神科医《せいしんかい》として働《はたら》きながら、伊藤左千夫《いとうさちお》に弟子《でし》入《い》りして短歌《たんか》を学《まな》びました。ありのままを描《えが》き出《だ》す写生的《しゃせいてき》な歌風《かふう》が注目《ちゅうもく》されました。歌集《かしゅう》には『赤光《しゃっこう》』『あらたま』などがあります。

短歌《たんか》づくりの さまざまな技法《ぎほう》

明治時代《めいじじだい》に入《はい》ると，短歌革新運動《たんかかくしんうんどう》（→86ページ）とともに，さまざまな新《あたら》しい表現技法《ひょうげんぎほう》が生《う》まれました。ここでは，近代《きんだい》短歌《たんか》でよく用《もち》いられる技法《ぎほう》を紹介《しょうかい》しましょう。

●比喩《ひゆ》（たとえ）

物事《ものごと》を、よく似《に》た別《べつ》のものに置《お》きかえて表現《ひょうげん》することを「比喩《ひゆ》（たとえ）」といいます。「たとえば」「…のようだ」などのことばを使《つか》って、直接《ちょくせつ》たとえる方《ほう》法《ほう》（直喩《ちょくゆ》）と、これらのことばを使《つか》わずに、たとえる方法《ほうほう》（隠喩《いんゆ》）があります。

（例《れい》）砂原《すなはら》と空《そら》と寄合《よりあ》ふ九十九里《くじゅうくり》の磯行《いそゆ》く人《ひと》ら蟻《あり》のごとしも（→74ページ）

▼人《ひと》をありにたとえた直喩《ちょくゆ》。

（例《れい》）向日葵《ひまわり》は金《きん》の油《あぶら》を身《み》にあびてゆらりと高《たか》し日《ひ》のちひささよ（→78ページ）

▼ひまわりの花《はな》が日《ひ》を浴《あ》びてかがやく様子《ようす》を、金色《きんいろ》の油《あぶら》にたとえた隠喩《いんゆ》。

●倒置法《とうちほう》

句《く》やことばの順番《じゅんばん》を、ふつうとは逆《ぎゃく》にする技法《ぎほう》です。句全体《くぜんたい》のリズムを整《ととの》えたり、イメージをより強《つよ》く印象《いんしょう》づけたりするために使《つか》われます。

（例《れい》）金色《こんじき》のちひさき鳥《とり》のかたちして銀杏《いちょう》ちるなり夕日《ゆうひ》の岡《おか》に（→77ページ）

▼ふつうは、「夕日《ゆうひ》の岡《おか》に」「銀杏《いちょう》ちるなり」の順番《じゅんばん》です。

●破調《はちょう》

五《ご》・七《しち》・五《ご》・七《しち》・七《しち》の形式《けいしき》を破《やぶ》る技法《ぎほう》です。決《き》まったリズムを破《やぶ》ることで、余韻《よいん》を表現《ひょうげん》することができます。

（例《れい》）瓶《かめ》にさす（5）藤《ふじ》の花《はな》ぶさ（7）みじかければ（6）たたみの上《うえ》に（7）とどかざりけり（7）（→75ページ）

近代《きんだい》・現代短歌《げんだいたんか》を楽《たの》しもう！

もとの短歌《たんか》を生《い》かして別《べつ》の短歌《たんか》をつくる

短歌《たんか》でことば遊《あそ》びをしましょう。前句付《まえくづ》け（↓68ページ）という和歌《わか》をつくるときの遊《あそ》びに似《に》ていますが、ここでは、前句《まえく》（上《かみ》の句《く》）はそのままで、後《うし》ろの句《く》（下《しも》の句《く》）をとりかえるという遊《あそ》びです。

短歌《たんか》にこめられた作者《さくしゃ》の気持《きも》ちに注目《ちゅうもく》してみよう。

自分《じぶん》のふだんの生活《せいかつ》に関係《かんけい》のあることばが使《つか》われている短歌《たんか》をさがすといいかもね。

もとの短歌《たんか》をしっかり理解《りかい》していないと，つながりのいい下《しも》の句《く》はつくれないね。

例《れい》

（もとの短歌《たんか》）

何《なん》となく、
今年《ことし》はよい事《こと》あるごとし。
元日《がんじつ》の朝《あさ》、晴《は》れて風無《かぜな》し。

石川啄木《いしかわたくぼく》

←

（下《しも》の句《く》をかえた短歌《たんか》）

何《なん》となく、
今年《ことし》はよい事《こと》あるごとし。
初《はつ》もうでにて大吉引《だいきちひ》いた。

西田陽子《にしだようこ》

撰者《せんじゃ》になってマイ撰歌集《せんかしゅう》をつくる

特定《とくてい》の撰者《せんじゃ》によって選《えら》ばれた和歌集《わかしゅう》のことを「私撰和歌《しせんわか》集《しゅう》」といいます。たとえば、『百人一首《ひゃくにんいっしゅ》』は、藤原定家《ふじわらのさだいえ》による私撰和歌集《しせんわかしゅう》です。それぞれの歌集《かしゅう》の特徴《とくちょう》には、撰者《せんじゃ》の個性《こせい》が反映《はんえい》されています。

自分《じぶん》の個性《こせい》を発揮《はっき》して、マイ撰歌集《せんかしゅう》をつくってみましょう。

どの歌《うた》がいいか迷《まよ》ったときは，季節《きせつ》，家族《かぞく》，恋《こい》など，テーマを決《き》めると選《えら》びやすいよ。

表紙《ひょうし》をつけると，歌《か》集《しゅう》らしくなるね。「○○撰歌集《せんかしゅう》」のように，自分《じぶん》の名前《なまえ》を題《だい》につけてみよう。

紀貫之《きのつらゆき》のように，仮《か》名序《なじょ》（→ 25 ページ）みたいなあいさつ文《ぶん》を入《い》れてもいいね。

つくり方《かた》

①『万葉集《まんようしゅう》』から現代《げんだい》までの歌《うた》の中《なか》から、自分《じぶん》の好《す》きな歌《うた》を十首《じっしゅ》選《えら》びます。

②歌集《かしゅう》のための冊子《さっし》をつくります。ノートくらいの大《おお》きさの紙《かみ》を六枚《ろくまい》用意《ようい》し、半分《はんぶん》に折《お》ってとじます。

③②の冊子《さっし》の右《みぎ》ページに、歌《うた》を一首《いっしゅ》ずつ書《か》いていきます。

④左《ひだり》ページにはその歌《うた》に合《あ》うような絵《え》をかいたり写真《しゃしん》をはったりして、その歌《うた》を選《えら》んだ理由《りゆう》や鑑賞文《かんしょうぶん》を書《か》きます。

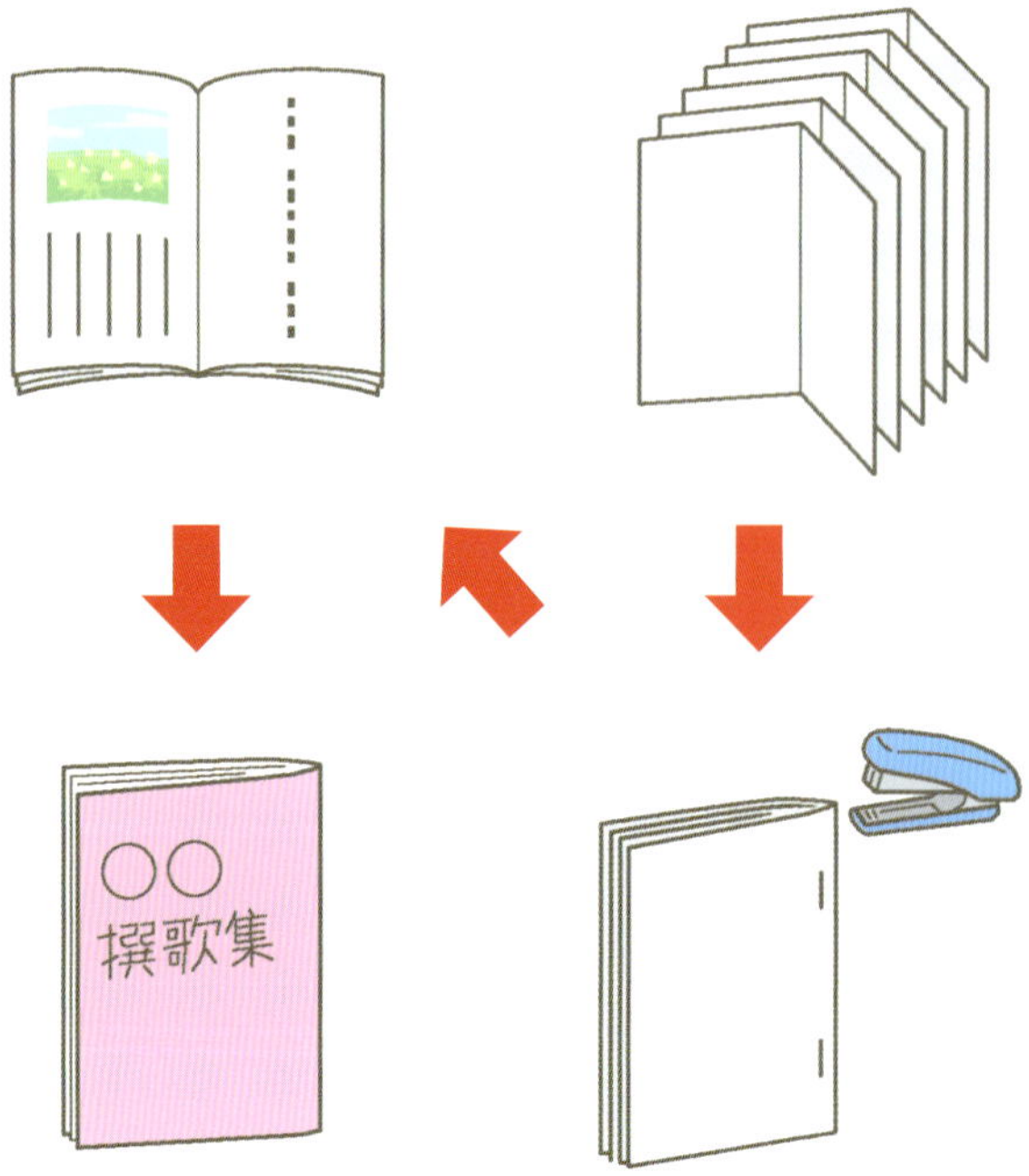

発展《はってん》

クラスで一人一首《ひとりいっしゅ》ずつ歌《うた》を選《えら》び、クラス撰歌集《せんかしゅう》にしてまとめてもよいでしょう。

近《きん》代《だい》・現《げん》代《だい》俳《はい》句《く》

❶正岡子規《まさおかしき》

赤蜻蛉《あかとんぼ》筑波《つくば》❷に雲《くも》もなかりけり

（目《め》の前《まえ》には）赤《あか》とんぼが（たくさん）飛《と》んでいる。（遠《とお》くにそびえる）筑波山《つくばさん》には雲《くも》もかかっていない。（すみきった秋《あき》の空《そら》が続《つづ》いているよ。） 季語《きご》▼赤蜻蛉《あかとんぼ》 季節《きせつ》▼秋《あき》 切《き》れ字《じ》▼けり 『寒山落木』巻三

柿《かき》くへ《え》ば鐘《かね》が鳴《な》るなり法隆寺《ほうりゅうじ》❸

（法隆寺《ほうりゅうじ》を見《み》たあと、近《ちか》くの茶店《ちゃみせ》に立《た》ち寄《よ》って、奈良《なら》の名物《めいぶつ》である）かきを食《た》べていると、ちょうどそのとき、法隆寺《ほうりゅうじ》のかねが鳴《な》った。（ああ、秋《あき》のひびきだなあ。） 季語《きご》▼柿《かき》 季節《きせつ》▼秋《あき》 切《き》れ字《じ》▼なり 『寒山落木』巻四

いくたびも雪《ゆき》の深《ふか》さを尋《たず》ねけり

（外《そと》には雪《ゆき》が降《ふ》っているようだ。障子《しょうじ》でとざされた部屋《へや》に寝《ね》たきりのわたしは）なん回《かい》も、雪《ゆき》はどのくらい積《つ》もったかと家族《かぞく》にたずねるのだ。 季語《きご》▼雪《ゆき》 季節《きせつ》▼冬《ふゆ》 切《き》れ字《じ》▼けり 『寒山落木』巻五

六月《ろくがつ》を奇麗《きれい》な風《かぜ》の吹《ふ》くことよ

今《いま》は六月《ろくがつ》。（あたりはすがすがしい光《ひかり》と空気《くうき》に満《み》ちて、）きれいな風《かぜ》がふいているよ。 季語《きご》▼六月《ろくがつ》 季節《きせつ》▼夏《なつ》 『寒山落木』巻四

を《お》ととひ《い》のへちま❹の水《みず》も取《と》らざりき

おとといは（十五夜《じゅうごや》で、）へちまの水《みず》を採《と》るとよいという日《ひ》だったのに、採《と》るのをわすれてしまった。（飲《の》んでいればもう少《すこ》し生《い》きられたかもしれないけれど、もう間《ま》に合《あ》わないよ。） 季語《きご》▼へちまの水《みず》 季節《きせつ》▼秋《あき》 切《き》れ字《じ》▼き 『俳句稿以後』

---

❶正岡子規《まさおかしき》（↓87ページ）

❷筑波《つくば》（↓32ページ）

❸法隆寺《ほうりゅうじ》
奈良県《ならけん》生駒郡《いこまぐん》にある寺《てら》。現存《げんぞん》する最古《さいこ》の木造建築《もくぞうけんちく》である金堂《こんどう》などがある。

▲法隆寺《ほうりゅうじ》

❹へちまの水《みず》
へちまから採《と》った水《みず》。たんを切《き》る薬《くすり》として使《つか》われ、当時《とうじ》は、とくに十五夜《じゅうごや》に採《と》ったものがよく効《き》くと考《かんが》えられていた。

▲へちま

痰《たん》一斗《いっと》⑤糸瓜《へちま》の水《みず》も間《ま》に合《あ》はず

たんが一斗《いっと》も出《で》る。（こんなにたんが出《で》る自分《じぶん》には、たんを切《き》るのによい薬《くすり》だという）へちまの水《みず》も全《まった》くきかないだろうなあ。　季語《きご》▼へちまの水《みず》　季節《きせつ》▼秋《あき》　切《き》れ字《じ》▼ず　『俳句稿以後』

⑥村上鬼城《むらかみきじょう》

冬蜂《ふゆばち》の死《し》にどころなく歩《ある》きけり

冬《ふゆ》まで生《い》き残《のこ》ってしまったはちが、死《し》ぬ場所《ばしょ》をさがしているかのように、（飛《と》ぶ力《ちから》もなくなって、よろよろと）歩《ある》いているよ。（みじめで、かわいそうなことだなあ。）　季語《きご》▼冬蜂《ふゆばち》　季節《きせつ》▼冬《ふゆ》　切《き》れ字《じ》▼けり　『大正六年版　鬼城句集』

⑦夏目漱石《なつめそうせき》

⑧菫《すみれ》ほどな小《ちい》さき人《ひと》に生《うま》れたし

（もう一度《いちど》生《う》まれてくるなら、）美《うつく》しくかれんなすみれの花《はな》のように、つつましくて清《きよ》らかな人《ひと》に生《う》まれたいことだ。　季語《きご》▼菫《すみれ》　季節《きせつ》▼春《はる》　『漱石俳句集』

⑨河東碧梧桐《かわひがしへきごとう》

赤《あか》い⑩椿《つばき》白《しろ》い椿《つばき》と落《お》ちにけり

一本《いっぽん》のつばきの木《き》のまわりには、赤《あか》い花《はな》がたくさん落《お》ちている。もう一本《いっぽん》のつばきの木《き》のまわりには、白《しろ》い花《はな》がたくさん落《お》ちている。今《いま》また、それぞれの木《き》の下《した》に、赤《あか》いつばきの花《はな》、白《しろ》いつばきの花《はな》が落《お》ちていく。　季語《きご》▼椿《つばき》　季節《きせつ》▼春《はる》　切《き》れ字《じ》▼けり　『新俳句』

⑪高浜虚子《たかはまきょし》

桐一葉《きりひとは》日当《ひあた》りながら落《お》ちにけり

（大《おお》きな）きりの葉《は》が一枚《いちまい》、秋《あき》の日《ひ》の光《ひかり》に照《て》らされながらゆっくりと地面《じめん》に落《お》ちていくよ。　季語《きご》▼桐一葉《きりひとは》　季節《きせつ》▼秋《あき》　切《き》れ字《じ》▼けり　『五百句』

---

⑤**一斗《いっと》**　約十八《やくじゅうはち》リットル。

⑥**村上鬼城《むらかみきじょう》**（一八六五年《ねん》～一九三八年《ねん》）　東京都出身《とうきょうとしゅっしん》。俳人《はいじん》。句集《くしゅう》に『鬼城句集《きじょうくしゅう》』など。

⑦**夏目漱石《なつめそうせき》**（一八六七年《ねん》～一九一六年《ねん》）　東京都出身《とうきょうとしゅっしん》。小説家《しょうせつか》。正岡子規《まさおかしき》の友人《ゆうじん》で、俳句《はいく》も多《おお》くつくっている。

⑧**菫《すみれ》**（↓59ページ）

⑨**河東碧梧桐《かわひがしへきごとう》**（↓103ページ）

⑩**椿《つばき》**　春《はる》に大《おお》きな花《はな》がさき、散《ち》るときは花《はな》びらでなく、一《ひと》つの花全体《はなぜんたい》が落《お》ちる。

▲椿《つばき》

⑪**高浜虚子《たかはまきょし》**（↓102ページ）

春風《はるかぜ》や闘志《とうし》いだきて丘《おか》に立《た》つ

春風《はるかぜ》がふいている。わたしはその風《かぜ》を体《からだ》に受《う》け止《と》めながら、立《た》ち向《む》かう決意《けつい》を胸《むね》にいだいて、おかに立《た》っているのだ。　季語《きご》▼春風《はるかぜ》　季節《きせつ》▼春《はる》　切《き》れ字《じ》▼や　『五百句』

流《なが》れ行《ゆ》く大根《だいこん》の葉《は》の早《はや》さかな

（橋《はし》の上《うえ》に立《た》って）小川《おがわ》をながめていると、あざやかな緑色《みどりいろ》の大根《だいこん》の葉《は》が流《なが》れていく、その大根《だいこん》の葉《は》の流《なが》れ去《さ》ることのなんと速《はや》いことか。（あっという間《ま》にわたしから遠《とお》ざかっていってしまったよ。）　季語《きご》▼大根《だいこん》　季節《きせつ》▼冬《ふゆ》　切《き》れ字《じ》▼かな　『五百句』

❶種田山頭火《たねださんとうか》

分《わ》け入《い》っても分《わ》け入《い》っても青《あお》い山《やま》

山深《やまふか》くを歩《ある》き続《つづ》けるが、どこまで分《わ》け入《い》っても、緑《みどり》の木々《きぎ》のしげる山《やま》はまだまだ続《つづ》いている。（どんなに旅《たび》を続《つづ》けても、わたしは心《こころ》の迷《まよ》いやなやみを捨《す》て去《さ》ることができないでいるのだ。）　『草木塔』

歩《ある》きつづける❷彼岸花《ひがんばな》咲《さ》きつづける

歩《ある》き続《つづ》けるわたしの前《まえ》に、彼岸花《ひがんばな》はさき続《つづ》けている。（今《いま》まで歩《ある》いてきた道《みち》にも、これから歩《ある》いていく道《みち》にも、ただひたすら彼岸花《ひがんばな》がさいているよ。）　『草木塔』

❸荻原井泉水《おぎわらせいせんすい》

たんぽぽたんぽぽ砂浜《すなはま》に春《はる》が目《め》を開《あ》く

砂浜《すなはま》にたんぽぽがさいている。まるで、春《はる》がぱっちりと目《め》を開《あ》けたようだよ。　『原泉』

---

❶**種田山頭火《たねださんとうか》**（一八八二年《ねん》～一九四〇年《ねん》）山口県出身《やまぐちけんしゅっしん》。俳人《はいじん》。句集《くしゅう》に『草《そう》木塔《もくとう》』など。

❷**彼岸花《ひがんばな》**　九月《くがつ》ごろに赤《あか》い花《はな》をつける植《しょく》物《ぶつ》。曼珠沙華《まんじゅしゃげ》ともいう。

▲彼岸花《ひがんばな》

❸**荻原井泉水《おぎわらせいせんすい》**（一八八四年《ねん》～一九七六年《ねん》）東京都出身《とうきょうとしゅっしん》。俳人《はいじん》。句集《くしゅう》に『原《げん》泉《せん》』など。河東碧梧桐《かわひがしへきごとう》らと共《とも》に、型《かた》にこだわらない自由律俳句《じゆうりつはいく》を提唱《ていしょう》した。

❹**飯田蛇笏《いいだだこつ》**（一八八五年《ねん》～一九六二年《ねん》）山梨県出身《やまなしけんしゅっしん》。俳人《はいじん》。高浜虚子《たかはまきょし》に学《まな》ぶ。雑誌《ざっし》『ホトトギス』同《どう》人《じん》。句集《くしゅう》に『山廬集《さんろしゅう》』など。

をりとりてはらりとおもきすすき[5]かな

[4] 飯田蛇笏《いいだだこつ》

（風《かぜ》になびくほど軽《かる》そうな）すすきを折《お》って取《と》ってみると、その瞬間《しゅんかん》、手《て》の上《うえ》にはらりとした意外《いがい》な重《おも》さを感《かん》じたよ。　季語《きご》▼すすき　季節《きせつ》▼秋《あき》　切《き》れ字《じ》▼かな　『山廬集』

こんなよい月《つき》を一人《ひとり》で見《み》て寝《ね》る

[6] 尾崎放哉《おざきほうさい》

（今夜《こんや》は月《つき》が美《うつく》しい。）こんなにきれいな月《つき》を、わたしは一人《ひとり》で見《み》て、だれとも語《かた》らずに寝《ね》るのだ。　『大空』

咳《せき》をしても一人《ひとり》

（わたしは病気《びょうき》で寝《ね》こんでいるが、）激《はげ》しくせきこんでも、ここには心配《しんぱい》してくれる人《ひと》もいない。ああ、自分《じぶん》は本当《ほんとう》に一人《ひとり》なのだなあ。（改《あらた》めてそう思《おも》うと、いっそうさびしくなるのだ。）　『大空』

青蛙《あおがえる》おのれもペンキぬりたてか

[7] 芥川龍之介《あくたがわりゅうのすけ》

（フランスの小説家《しょうせつか》の本《ほん》の中《なか》に、「とかげ。ペンキぬりたてご用心《ようじん》。」というのがあったが）青《あお》がえるよ、お前《まえ》もペンキぬりたてなのか。（あざやかな緑色《みどりいろ》だなあ。）　季語《きご》▼青蛙《あおがえる》　季節《きせつ》▼夏《なつ》　切《き》れ字《じ》▼か　『芥川龍之介全集』

[9] 啄木鳥《きつつき》や落葉《おちば》をいそぐ牧《まき》の木々《きぎ》

[8] 水原秋櫻子《みずはらしゅうおうし》

（冬《ふゆ》が近《ちか》づく牧場《ぼくじょう》に、）きつつきが木《き》をつつく音《おと》がひびいている。牧場《ぼくじょう》の木々《きぎ》は、（その音《おと》に合《あ》わせて）まるで急《いそ》いで葉《は》を落《お》とそうとしているかのように、たくさんの落《お》ち葉《ば》を散《ち》らしている。　季語《きご》▼啄木鳥《きつつき》　季節《きせつ》▼秋《あき》　切《き》れ字《じ》▼や　『葛飾』

---

5 すすき
草原《そうげん》や山野《さんや》に生《は》える植物《しょくぶつ》。秋《あき》に穂《ほ》が開《ひら》く。秋《あき》の七草《ななくさ》の一《ひと》つで、尾花《おばな》ともいう。

▲すすき

6 尾崎放哉《おざきほうさい》（一八八五年《ねん》～一九二六年《ねん》）
鳥取県出身《とっとりけんしゅっしん》。俳人《はいじん》。句集《くしゅう》に『大空《たいくう》』など。

7 芥川龍之介《あくたがわりゅうのすけ》（一八九二年《ねん》～一九二七年《ねん》）
東京都出身《とうきょうとしゅっしん》。小説家《しょうせつか》。俳句《はいく》のほかに、短歌《たんか》や詩《し》も残《のこ》している。

8 水原秋櫻子《みずはらしゅうおうし》（→103ページ）

9 啄木鳥《きつつき》
キツツキ科《か》の鳥《とり》。かたくするどいくちばしを持《も》ち、木《き》の幹《みき》に穴《あな》をあけ、中《なか》にいる虫《むし》をとる。

❶滝《たき》落《お》ちて❷群青世界《ぐんじょうせかい》とどろけり

滝《たき》は（激《はげ》しく）落《お》ち続《つづ》け、（まわりのすぎがしげった美《うつく》しい）群青色《ぐんじょういろ》の世界《せかい》に鳴《な》りひびいているよ。（この那智《なち》の滝《たき》をいだく山《やま》は、なんとおごそかで神秘的《しんぴてき》なのだろう。）　季語《きご》▼滝《たき》　季節《きせつ》▼夏《なつ》　切《き》れ字《じ》▼り　『帰心』

❸高野素十《たかのすじゅう》

ひっぱれる糸《いと》まっすぐや甲虫《かぶとむし》

（子《こ》どもが、かぶと虫《むし》に物《もの》を引《ひ》っぱらせて遊《あそ》んでいる。）かぶと虫《むし》の角《つの》に結《むす》びつけられた糸《いと》が引《ひ》っぱられて、まっすぐにぴんと張《は》っている。かぶと虫《むし》のなんと力強《ちからづよ》いことか。　季語《きご》▼甲虫《かぶとむし》　季節《きせつ》▼夏《なつ》　切《き》れ字《じ》▼や　『初鴉』

❹川端茅舎《かわばたぼうしゃ》

露《つゆ》の玉蟻《たまあり》たぢたぢとなりにけり

つゆの玉《たま》が一《ひと》つ落《お》ちている。その前《まえ》で、行《ゆ》く手《て》をさえぎられたありがたじろいでいるよ。　季語《きご》▼露《つゆ》　季節《きせつ》▼秋《あき》　切《き》れ字《じ》▼けり　『川端茅舎句集』

❺橋本多佳子《はしもとたかこ》

月一輪《つきいちりん》❻凍湖《とうこ》一輪光《いちりんひか》りあふ

空《そら》にはいかにも寒《さむ》そうに見《み》える月《つき》が一《ひと》つ。地上《ちじょう》にはこおりついた湖《みずうみ》が一《ひと》つ。それらがたがいに光《ひかり》を放《はな》ち合《あ》っている。　季語《きご》▼凍湖《とうこ》　季節《きせつ》▼冬《ふゆ》　『海彦』

❼西東三鬼《さいとうさんき》

❽水枕《みずまくら》ガバリと寒《さむ》い海《うみ》がある

（わたしは高熱《こうねつ》のために、水枕《みずまくら》をして寝《ね》ている。）頭《あたま》の向《む》きを変《か》えると水枕《みずまくら》がガバリと音《おと》をたてた。その瞬間《しゅんかん》、寒々《さむざむ》しい冬《ふゆ》の海《うみ》の情景《じょうけい》がわたしの頭《あたま》にうかんだ。　季語《きご》▼寒《さむ》い　季節《きせつ》▼冬《ふゆ》　『旗』

---

❶**滝《たき》**　ここでは、和歌山県《わかやまけん》の那智山《なちやま》にある那智《なち》の滝《たき》のこと。

▲那智《なち》の滝《たき》

❷**群青《ぐんじょう》**　日本画《にほんが》で色《いろ》をつけるのに用《もち》いられる、青《あお》い顔料《がんりょう》。「群青世界《ぐんじょうせかい》」は秋櫻子《しゅうおうし》がつくったことば。

❸**高野素十《たかのすじゅう》**（一八九三年《ねん》～一九七六年《ねん》）茨城県《いばらきけん》出身《しゅっしん》。俳人《はいじん》。句集《くしゅう》に『初《はつ》鴉《がらす》』など。

❹**川端茅舎《かわばたぼうしゃ》**（一八九七年《ねん》～一九四一年《ねん》）東京都《とうきょうと》出身《しゅっしん》。俳人《はいじん》。句集《くしゅう》に『華《け》厳《ごん》』など。

❺**橋本多佳子《はしもとたかこ》**（一八九九年《ねん》～一九六三年《ねん》）東京都《とうきょうと》出身《しゅっしん》。俳人《はいじん》。雑誌《ざっし》「七《しち》曜《よう》」を発行《はっこう》。

❻**凍湖《とうこ》**　冬《ふゆ》の寒《さむ》さで一面《いちめん》こおった湖《みずうみ》のこと。

9 中村汀女《なかむらていじょ》

咳《せき》の子《こ》のなぞなぞあそびきりもなや

かぜを引《ひ》いて、外《そと》に出《で》られずに退屈《たいくつ》している子《こ》のなぞなぞ遊《あそ》びの相手《あいて》になってやると、いつまでたっても終《お》わらない。（一体《いったい》いつになったら終《お》わりにしてくれるのかと思《おも》いながらも、わたしは子《こ》どもがかわいくてしかたがないのだ。）　季語《きご》▼咳《せき》　季節《きせつ》▼冬《ふゆ》　切《き》れ字《じ》▼や　『汀女句集』

外《と》にも出《で》よ触《ふ》るるばかりに春《はる》の月《つき》

（友人《ゆうじん》の家《いえ》を出《で》ると美《うつく》しい月《つき》が出《で》ている。わたしは思《おも》わず家《いえ》の中《なか》の友人《ゆうじん》たちに声《こえ》をかけた。）外《そと》に出《で》てごらんなさい。手《て》をのばせばふれられそうなところに、春《はる》の月《つき》が出《で》ていますよ。　季語《きご》▼春《はる》の月《つき》　季節《きせつ》▼春《はる》　切《き》れ字《じ》▼よ　『花影』

10 秋元不死男《あきもとふじお》

鳥《とり》わたるこきこきこきと罐《かん》切《き》れば

（秋《あき》のすんだ空《そら》を）わたり鳥《どり》が飛《と》んでいく。（その下《した》でわたしは、）こきこきこきと音《おと》をたてながら缶詰《かんづめ》のふたを切《き》って開《あ》けるのだ。　季語《きご》▼鳥《とり》わたる　季節《きせつ》▼秋《あき》　『瘤』

11 中村草田男《なかむらくさたお》

万緑《ばんりょく》の中《なか》や吾子《あこ》の歯《は》生《は》え初《そ》むる

夏《なつ》になり緑《みどり》の木々《きぎ》がしげっていく中《なか》、わが子《こ》の口《くち》にも（白《しろ》い）歯《は》が生《は》え始《はじ》めた。（子《こ》どもの成長《せいちょう》のなんとうれしいことか。）　季語《きご》▼万緑《ばんりょく》　季節《きせつ》▼夏《なつ》　切《き》れ字《じ》▼や　『火の島』

葡萄《ぶどう》食《く》ふ一語《いちご》一語《いちご》の如《ごと》くにて

ぶどうを食《た》べる。一語《いちご》一語《いちご》のことばをかみしめるように。（ふさから一粒《ひとつぶ》一粒《ひとつぶ》とって、大切《たいせつ》に食《た》べるのだ。）　季語《きご》▼葡萄《ぶどう》　季節《きせつ》▼秋《あき》　『銀河依然』

---

7 **西東三鬼《さいとうさんき》**（一九〇〇年《ねん》〜一九六二年《ねん》）　岡山県出身《おかやまけんしゅっしん》。俳人《はいじん》。句集《くしゅう》に『旗《はた》』など。

8 **水枕《みずまくら》**　中《なか》に水《みず》や氷《こおり》を入《い》れ、熱《ねつ》が出《で》たときに頭《あたま》を冷《ひ》やすために使《つか》うまくらのこと。

9 **中村汀女《なかむらていじょ》**（一九〇〇年《ねん》〜一九八八年《ねん》）　熊本県出身《くまもとけんしゅっしん》。俳人《はいじん》。雑誌《ざっし》「ホトトギス」同人《どうじん》。句集《くしゅう》に『花影《かえい》』など。

10 **秋元不死男《あきもとふじお》**（一九〇一年《ねん》〜一九七七年《ねん》）　神奈川県出身《かながわけんしゅっしん》。俳人《はいじん》。雑誌《ざっし》「氷海《ひょうかい》」主宰《しゅさい》。句集《くしゅう》に『街《まち》』など。

11 **中村草田男《なかむらくさたお》**（一九〇一年《ねん》〜一九八三年《ねん》）　中国生《ちゅうごくう》まれ。俳人《はいじん》。雑誌《ざっし》「ホトトギス」同人《どうじん》。句集《くしゅう》に『銀河依然《ぎんがいぜん》』など。

❶山口誓子《やまぐちせいし》

つきぬけて天上《てんじょう》の紺《こん》曼珠沙華《まんじゅしゃげ》❷

秋《あき》の空《そら》はつきぬけるように晴《は》れて深《ふか》く紺色《こんいろ》にすんでいて、その下《した》で、真《ま》っ赤《か》な曼珠沙華《まんじゅしゃげ》の花《はな》がさいているよ。

季語《きご》▼曼珠沙華《まんじゅしゃげ》　季節《きせつ》▼秋《あき》　『七曜』

海《うみ》に出《で》て❸木枯《こがらし》帰《かえ》るところなし

（野《の》や山《やま》を激《はげ》しくふきあれた）木枯《こがらし》は、海《うみ》のかなたを指《さ》して出《で》ていった。木枯《こがらし》に、もう帰《かえ》ってくるところはないのだ。（あわれなことだなあ。）　季語《きご》▼木枯《こがらし》　季節《きせつ》▼冬《ふゆ》　切《き》れ字《じ》▼し　『遠星』

❺芝不器男《しばふきお》

一点《いってん》の偽《いつわ》りもなく❹青田《あおた》あり

見《み》わたすかぎり、緑色《みどりいろ》をした田《た》んぼが続《つづ》いている。どこを見《み》ても青々《あおあお》としたその姿《すがた》には、一《ひと》つのうそもないのだ。　季語《きご》▼青田《あおた》　季節《きせつ》▼夏《なつ》　『青女』

卒業《そつぎょう》の兄《あに》と来《き》てゐる堤《つつみ》かな

もうすぐ卒業《そつぎょう》する兄《あに》と、つつみにやって来《き》た。（なんだか、兄《あに》が今《いま》までとはちがって見《み》えるなあ。）　季語《きご》▼卒業《そつぎょう》　季節《きせつ》▼春《はる》　切《き》れ字《じ》▼かな　『定本芝不器男句集』

❻星野立子《ほしのたつこ》

小鳥《ことり》来《き》て何《なに》やら楽《たの》しもの忘《わす》れ

わたしの近《ちか》くに小鳥《ことり》が飛《と》んできた。それに気《き》をとられて、なにをしようとしていたのかわすれてしまったけれど、なんだか楽《たの》しい気分《きぶん》になったよ。　季語《きご》▼小鳥来《ことりく》る　季節《きせつ》▼秋《あき》　『笹目』

---

❶**山口誓子《やまぐちせいし》**（↓103ページ）

❷**曼珠沙華《まんじゅしゃげ》**（↓94ページ「彼岸花《ひがんばな》」）

❸**木枯《こがらし》**
秋《あき》の終《お》わりごろから冬《ふゆ》の初《はじ》めにかけてふく、強《つよ》く冷《つめ》たい風《かぜ》のこと。

❹**青田《あおた》**
夏《なつ》の初《はじ》めごろに、いねが青々《あおあお》と広《ひろ》がっている田《た》のこと。

❺**芝不器男《しばふきお》**（一九〇三年《ねん》～一九三〇年《ねん》）
愛媛県《えひめけん》出身《しゅっしん》。俳人《はいじん》。句集《くしゅう》に『定本《ていほん》芝不器男《しばふきお》句集《くしゅう》』など。

❻**星野立子《ほしのたつこ》**（一九〇三年《ねん》～一九八四年《ねん》）
東京都《とうきょうと》出身《しゅっしん》。俳人《はいじん》。高浜虚子《たかはまきょし》の次女《じじょ》。雑誌《ざっし》「玉藻《たまも》」を発行《はっこう》。句集《くしゅう》に『立子句集《たつこくしゅう》』など。

❼**大野林火《おおのりんか》**（一九〇四年《ねん》～一九八二年《ねん》）
神奈川県《かながわけん》出身《しゅっしん》。俳人《はいじん》。雑誌《ざっし》「濱《はま》」を発行《はっこう》。句集《くしゅう》に『早桃《さもも》』など。

子《こ》の髪《かみ》の風《かぜ》に流《なが》るる五月《ごがつ》来《き》ぬ

大野林火《おおのりんか》[7]

子《こ》どもの髪《かみ》が風《かぜ》になびく五月《ごがつ》がやって来《き》たことだなあ。（子《こ》どもが成長《せいちょう》したことと、さわやかな初夏《しょか》の季節《きせつ》がやってきたことがうれしい。）　季語《きご》▼五月《ごがつ》　季節《きせつ》▼夏《なつ》　切《き》れ字《じ》▼ぬ　『海門』

寒雷《かんらい》[9]やびりりびりりと真夜《まよ》の玻璃《はり》[10]

加藤楸邨《かとうしゅうそん》[8]

冬《ふゆ》の夜中《よなか》、雷《かみなり》が鳴《な》りひびき、びりりびりりとガラス窓《まど》をふるわせている。　季語《きご》▼寒雷《かんらい》　季節《きせつ》▼冬《ふゆ》　切《き》れ字《じ》▼や　『寒雷』

眼《め》にあてて海《うみ》が透《す》くなり櫻貝《さくらがい》[12]

松本《まつもと》たかし[11]

（浜辺《はまべ》で拾《ひろ》ったピンク色《いろ》をした）桜貝《さくらがい》に目《め》を当《あ》ててみると、その向《む》こうに海《うみ》がすけて見《み》えるような気《き》がした。　季語《きご》▼櫻貝《さくらがい》　季節《きせつ》▼春《はる》　切《き》れ字《じ》▼なり　『石魂』

ちるさくら海《うみ》あをければ海《うみ》へちる

高屋窓秋《たかやそうしゅう》[13]

桜《さくら》の花《はな》が散《ち》っている。青《あお》い海《うみ》へ向《む》かって、いつまでも散《ち》り続《つづ》ける。　季語《きご》▼さくら　季節《きせつ》▼春《はる》　『白い夏野』

月落葉《つきおちば》まなこの中《なか》にふりつもる

月光《げっこう》を浴《あ》びながら落《お》ち葉《ば》が散《ち》っていく。落《お》ち葉《ば》がまるでわたしの目《め》の中《なか》に降《ふ》り積《つ》もっていくかのように、その光景《こうけい》はわたしのまぶたに焼《や》きついてはなれない。（そう思《おも》うほど、あざやかな情景《じょうけい》である。）　季語《きご》▼月落《つきお》つ　季節《きせつ》▼秋《あき》　『石の門』

---

[8] **加藤楸邨《かとうしゅうそん》**（一九〇五年《ねん》～一九九三年《ねん》）東京都出身《とうきょうとしゅっしん》。俳人《はいじん》。雑誌《ざっし》「寒雷《かんらい》」を発行《はっこう》。句集《くしゅう》に『寒雷《かんらい》』など。

[9] **寒雷《かんらい》**
冬《ふゆ》に鳴《な》る雷《かみなり》のこと。

[10] **玻璃《はり》**
ガラスの別名《べつめい》。

[11] **松本《まつもと》たかし**（一九〇六年《ねん》～一九五六年《ねん》）東京都出身《とうきょうとしゅっしん》。俳人《はいじん》。雑誌《ざっし》「ホトトギス」同人《どうじん》。句集《くしゅう》に『石《せき》魂《こん》』など。

[12] **櫻貝《さくらがい》**
ピンク色《いろ》をした貝《かい》で、二枚貝《にまいがい》の一種《いっしゅ》。

▲桜貝《さくらがい》

[13] **高屋窓秋《たかやそうしゅう》**（一九一〇年《ねん》～一九九九年《ねん》）愛知県出身《あいちけんしゅっしん》。俳人《はいじん》。句集《くしゅう》に『白《しろ》い夏野《なつの》』など。

噴水《ふんすい》のしぶけり❷四方《よも》に風《かぜ》の街《まち》
石田波郷《いしだはきょう》❶
噴水《ふんすい》の水《みず》しぶきが(夏《なつ》の)風《かぜ》にさらわれて四方《しほう》に飛《と》び散《ち》る。そして、そのまわりには、(さわやかな)風《かぜ》のふく街《まち》が広《ひろ》がっているよ。　季語《きご》▼噴水《ふんすい》　季節《きせつ》▼夏《なつ》　『鶴の眼』

霧《きり》に白鳥白鳥《しらとりしらとり》に霧《きり》というべきか
金子兜太《かねことうた》❸
(白鳥《はくちょう》がいる。あたりには白《しろ》くきりが立《た》ちこめている。きりはところどころこくなったりうすくなったりして、白鳥《はくちょう》はきりの中《なか》に見《み》えかくれする。)きりの中《なか》に白鳥《はくちょう》がいる。いや、白鳥《はくちょう》のまわりにきりがある、と言《い》うべきなのだろうか。　季語《きご》▼白鳥《しらとり》　季節《きせつ》▼冬《ふゆ》　『旅次抄録』

雪国《ゆきぐに》やはつはつはつはつ時計《とけい》生《い》き
森《もり》　澄雄《すみお》❹
雪国《ゆきぐに》の冬《ふゆ》。(外《そと》には雪《ゆき》が降《ふ》り積《つ》もって、あたりは静《しず》けさに包《つつ》まれている。家《いえ》の中《なか》では)時計《とけい》がはつはつはつはつと音《おと》を立《た》てて、生《い》き物《もの》のように時《とき》を刻《きざ》んでいる。　季語《きご》▼雪国《ゆきぐに》　季節《きせつ》▼冬《ふゆ》　切《き》れ字《じ》▼や　『雪轢』

黒猫《くろねこ》の子《こ》のぞろぞろと月夜《つきよ》かな
飯田龍太《いいだりゅうた》❺
ある月夜《つきよ》のこと、黒猫《くろねこ》の子《こ》がぞろぞろと出《で》てきた。(一瞬《いっしゅん》ぎょっとしたけれど、子猫《こねこ》だとわかって安心《あんしん》したよ。)　季語《きご》▼月夜《つきよ》　季節《きせつ》▼秋《あき》　切《き》れ字《じ》▼かな　『山の木』

どの子《こ》にも涼《すず》しく風《かぜ》の吹《ふ》く日《ひ》かな
子《こ》どもたちみんなに平等《びょうどう》にすずしい風《かぜ》がふいているような、いい(夏《なつ》の)日《ひ》だなあ。　季語《きご》▼涼《すず》し　季節《きせつ》▼夏《なつ》　切《き》れ字《じ》▼かな　『忘音』

---

❶**石田波郷《いしだはきょう》**(一九一三年《ねん》〜一九六九年《ねん》)
愛媛県出身《えひめけんしゅっしん》。俳人《はいじん》。句集《くしゅう》に『鶴《つる》の眼《め》』など。

❷**四方《よも》**
まわり。周囲《しゅうい》のこと。

❸**金子兜太《かねことうた》**(一九一九年《ねん》〜)
埼玉県出身《さいたまけんしゅっしん》。俳人《はいじん》。雑誌《ざっし》「海程《かいてい》」を発行《はっこう》。句集《くしゅう》に『少年《しょうねん》』など。

❹**森《もり》　澄雄《すみお》**(一九一九年《ねん》〜)
兵庫県出身《ひょうごけんしゅっしん》。俳人《はいじん》。雑誌《ざっし》「杉《すぎ》」を発行《はっこう》。句集《くしゅう》に『花眼《かがん》』など。

❺**飯田龍太《いいだりゅうた》**(一九二〇年《ねん》〜二〇〇七年《ねん》)
山梨県出身《やまなしけんしゅっしん》。俳人《はいじん》。飯田蛇笏《いいだだこつ》の四男《よんなん》。雑誌《ざっし》「雲母《うんも》」を主宰《しゅさい》。句集《くしゅう》に『百戸《ひゃっこ》の谿《たに》』など。

❻**野澤節子《のざわせつこ》**(一九二〇年《ねん》〜一九九五年《ねん》)
神奈川県出身《かながわけんしゅっしん》。俳人《はいじん》。雑誌《ざっし》「蘭《らん》」を発行《はっこう》。句集《くしゅう》に『未明音《みめいおん》』など。

❼**坪内稔典《つぼうちとしのり》**(一九四四年《ねん》〜)
愛媛県出身《えひめけんしゅっしん》。俳人《はいじん》、国文学者《こくぶんがくしゃ》。句集《くしゅう》に『落花落日《らっからくじつ》』など。

せつせつと眼《め》まで濡《ぬ》らして髪洗《かみあら》ふ

⑥野澤節子《のざわせつこ》

心《こころ》をこめてていねいに、目《め》までぬらしながら髪《かみ》を洗《あら》うのだ。　季語《きご》▼髪洗《かみあら》ふ　季節《きせつ》▼夏《なつ》　『鳳蝶』

三月《さんがつ》の甘納豆《あまなっとう》⑧のうふふふふ

⑦坪内稔典《つぼうちとしのり》

三月《さんがつ》になった。（やっと春《はる》がやってきたのだ。）甘納豆《あまなっとう》が「うふふふふ」とふくみ笑《わら》いをしているよ。　季語《きご》▼三月《さんがつ》　季節《きせつ》▼春《はる》　『落花落日』

まだ夢《ゆめ》はあるか　きつつき⑩木《き》を覗《のぞ》く

⑨鎌倉佐弓《かまくらさゆみ》

きつつきが木《き》の中《なか》をのぞいている。きっと、集《あつ》めてしまっておいた夢《ゆめ》はまだ残《のこ》っているだろうかと確認《かくにん》しているのだ。　季語《きご》▼きつつき　季節《きせつ》▼秋《あき》　『走れば春』

さよならを言《い》ひかねてゐ《い》るあきつ⑫かな

⑪黛《まゆずみ》まどか

（とんぼたちは、ゆらゆらと集《あつ》まったりはなれたりしている。）とんぼどうし、まださよならを言《い》いたくないのかしら。　季語《きご》▼あきつ　季節《きせつ》▼秋《あき》　切《き》れ字《じ》▼かな　『B面の夏』

虹仰《にじあお》ぐサーフボードを砂《すな》に立《た》て

（夏《なつ》の日《ひ》の雨上《あめあ》がり。空《そら》にはきれいなにじがかかっている。波乗《なみの》りに海《うみ》にやって来《き》たわたしは、海《うみ》に入《はい》るのもわすれて）サーフボードを砂浜《すなはま》に立《た》てて、にじを見上《みあ》げた。　季語《きご》▼虹《にじ》　季節《きせつ》▼夏《なつ》　『B面の夏』

---

⑧**甘納豆《あまなっとう》**
あずきやいんげんまめなどの豆《まめ》を砂糖《さとう》を加《くわ》えてにつめ、砂糖《さとう》をまぶした菓子《かし》のこと。

⑨**鎌倉佐弓《かまくらさゆみ》**（一九五三年《ねん》〜）高知県出身《こうちけんしゅっしん》。俳人《はいじん》。句集《くしゅう》に『走《はし》れば春《はる》』など。

⑩**きつつき**（→95ページ）

⑪**黛《まゆずみ》まどか**（一九六二年《ねん》〜）神奈川県出身《かながわけんしゅっしん》。俳人《はいじん》。句集《くしゅう》に『B面《ビーめん》の夏《なつ》』など。

⑫**あきつ**
とんぼの別名《べつめい》。

▲あきつ

近代《きんだい》・現代《げんだい》俳句《はいく》について

◉ジャンル ― 俳句《はいく》
◉主《おも》な俳人《はいじん》 ― 正岡子規《まさおかしき》・高浜虚子《たかはまきょし》・河東碧梧桐《かわひがしへきごとう》・水原秋桜子《みずはらしゅうおうし》・山口誓子《やまぐちせいし》
◉できた時代《じだい》 ― 明治時代《めいじじだい》

成《な》り立《た》ち

明治時代《めいじじだい》になると、昔《むかし》の作品《さくひん》を手本《てほん》にしている俳諧《はいかい》の世界《せかい》に、正岡子規《まさおかしき》(→87ページ)が、自身《じしん》の実体験《じったいけん》を通《とお》した新鮮味《しんせんみ》あふれる句《く》をつくることを目指《めざ》す革新運動《かくしんうんどう》を起《お》こします。子規《しき》は、新《あたら》しい技法《ぎほう》による表現《ひょうげん》を提案《ていあん》しました。そうすることで、松尾芭蕉《まつおばしょう》(→69ページ)から引《ひ》きつがれた伝統的《でんとうてき》な俳諧《はいかい》の世界《せかい》を、さらに大《おお》きく発展《はってん》させようとしたのです。そして、子規《しき》は雑誌《ざっし》「ホトトギス」を創刊《そうかん》し、多《おお》くの若《わか》い俳人《はいじん》たちの育成《いくせい》や指導《しどう》に当《あ》たりました。

▲雑誌『ホトトギス』(東北大学附属図書館所蔵)

作品《さくひん》の特徴《とくちょう》

江戸時代《えどじだい》にさかんだった「俳諧《はいかい》」は、主《おも》に二人以上《ふたりいじょう》のグループでつくる俳諧《はいかい》の連歌《れんが》でした(→68ページ)。初《はじ》めの一《いっ》句《く》が「発句《ほっく》」、次《つぎ》に「平句《ひらく》」とつづき、最後《さいご》が「挙句《あげく》」で終《お》わります。

発句《ほっく》には「季題《きだい》」(季節《きせつ》をあらわすことば)が入《はい》り、その句全体《くぜんたい》の主題《しゅだい》となるため、子規《しき》は発句《ほっく》だけの形式《けいしき》でも句《く》が成《な》り立《た》つと考《かんが》えました。そして俳諧《はいかい》と区別《くべつ》して、発句《ほっく》だけの句《く》のことを「俳句《はいく》」とよび、それを広《ひろ》めたのです。

主《おも》な俳人《はいじん》

●**高浜虚子《たかはまきょし》**(一八七四年《ねん》~一九五九年《ねん》)

愛媛県《えひめけん》に生《う》まれました。正岡子規《まさおかしき》に俳句《はいく》を学《まな》び、のちに雑誌《ざっし》「ホトトギス」の発行《はっこう》を、病気《びょうき》になった子規《しき》に代《か》わって受《う》けつぎました。人《ひと》の日々《ひび》の営《いとな》みや四季《しき》の変化《へんか》を描写《びょうしゃ》する「花鳥諷詠《かちょうふうえい》」を提唱《ていしょう》しました。句集《くしゅう》には『五百句《ごひゃっく》』『五百五十句《ごひゃくごじっく》』などがあります。

▲高浜虚子《たかはまきょし》(虚子記念文学館所蔵)

●**河東碧梧桐《かわひがしへきごとう》**（一八七三年《ねん》～一九三七年《ねん》）

▲河東碧梧桐《かわひがしへきごとう》（高岡市立博物館所蔵）

愛媛県《えひめけん》に生《う》まれました。虚子《きょし》とは中学校《ちゅうがっこう》（旧制《きゅうせい》）の同級生《どうきゅうせい》で、ともに子規《しき》に学《まな》びました。荻原井泉水《おぎわらせいせんすい》らと共《とも》に、型《かた》にこだわらない「自由律俳句《じゆうりつはいく》」を提唱《ていしょう》しました。句集《くしゅう》には『新傾向句集《しんけいこうくしゅう》』『碧梧桐句集《へきごとうくしゅう》』などがあります。

●**水原秋櫻子《みずはらしゅうおうし》**（一八九二年《ねん》～一九八一年《ねん》）

▲水原秋櫻子《みずはらしゅうおうし》（日本近代文学館所蔵）

東京都《とうきょうと》に生《う》まれました。虚子《きょし》に学《まな》びましたが、のちに「ホトトギス」をはなれ、みずから雑誌《ざっし》「馬酔木《あしび》」を発行《はっこう》するようになります。定型《ていけい》を重視《じゅうし》した句《く》をつくりました。句集《くしゅう》には『葛飾《かつしか》』『霜林《そうりん》』などがあります。

●**山口誓子《やまぐちせいし》**（一九〇一年《ねん》～一九九四年《ねん》）

▲山口誓子《やまぐちせいし》（神戸大学山口誓子学術振興基金実行委員会所蔵）

京都府《きょうとふ》に生《う》まれました。東京帝国大学《とうきょうていこくだいがく》では「東大俳句会《とうだいはいくかい》」に入《はい》り、高浜虚子《たかはまきょし》の指導《しどう》を受《う》けました。その後《ご》、近代的《きんだいてき》な素材《そざい》を使《つか》って写生《しゃせい》することを目指《めざ》す新興俳句運動《しんこうはいくうんどう》に参加《さんか》しました。句集《くしゅう》には『凍港《とうこう》』『遠星《えんせい》』などがあります。

「季語《きご》」「歳時記《さいじき》」について

俳句《はいく》には、一句《いっく》の中《なか》に季節《きせつ》を表《あらわ》すことばである「季語《きご》」を入《い》れなければならないという決《き》まりごとがあります。天候《てんこう》、行事《ぎょうじ》、季節《きせつ》を代表《だいひょう》する動物《どうぶつ》、植物《しょくぶつ》の名前《なまえ》などが季語《きご》になります。『古今和歌集《こきんわかしゅう》』（→24ページ）以降《いこう》の歌会《うたかい》などでは、季節《きせつ》にちなんだ「題《だい》」があたえられ、その題《だい》をつかって歌人《かじん》が歌《うた》をつくりました。俳諧《はいかい》にもその伝統的《でんとうてき》な「題《だい》」が受《う》けつがれ、発句《ほっく》に「季題《きだい》」として取《と》り入《い》れられました。

近代以降《きんだいいこう》の俳句《はいく》の発展《はってん》とともに、俳句《はいく》に入《はい》っている「季題《きだい》」のことを「季語《きご》」とよぶようになります。伝統的《でんとうてき》な季題《きだい》に加《くわ》え、新《あたら》しい季語《きご》も数多《かずおお》くつくり出《だ》されました。

歳時記《さいじき》は、それらの季語《きご》を季節《きせつ》ごとにまとめた本《ほん》で、俳句《はいく》をつくる人《ひと》の重要《じゅうよう》な参考書《さんこうしょ》となっています。ただし、季語《きご》は旧暦《きゅうれき》（昔《むかし》の暦《こよみ》）にもとづいているので、今《いま》の季節感《きせつかん》と一致《いっち》しないものもあります。

●**時代別《じだいべつ》にみる題《だい》・季題《きだい》・季語《きご》**

	和歌《わか》の時代《じだい》から	俳諧《はいかい》の時代《じだい》から	近代以降《きんだいいこう》
春《はる》	霞《かすみ》　うぐいす　花《はな》	風光《かぜひか》る　たんぽぽ	風船《ふうせん》　しゃぼん玉《だま》
夏《なつ》	ほととぎす　蛍《ほたる》　蓮《はす》	浴衣《ゆかた》　初鰹《はつがつお》　葉桜《はざくら》	ヨット　プール
秋《あき》	月《つき》　七夕《たなばた》　もみじ	いわし雲《ぐも》　渡《わた》り鳥《どり》	運動会《うんどうかい》　コスモス
冬《ふゆ》	霜《しも》　雪《ゆき》	河豚《ふぐ》　冬木立《ふゆこだち》	ラグビー　クリスマス

俳句《はいく》づくりのルールと技法《ぎほう》

俳句《はいく》は，五《ご》・七《しち》・五《ご》の十七音《じゅうしちおん》でつくる短《みじか》い詩《し》です。たったこれだけの音数《おんすう》で作者《さくしゃ》の思《おも》いを表現《ひょうげん》するので，俳句《はいく》にはいくつかの決《き》まりごとや技法《ぎほう》があります。

●季語《きご》

季節感《きせつかん》を表現《ひょうげん》するために、俳句《はいく》の中《なか》によみこむことばのことです。四季《しき》それぞれにたくさんの季語《きご》が決《き》められており、そこから選《えら》んで使《つか》います。

●切《き》れ字《じ》

表現《ひょうげん》の流《なが》れをいったん止《と》めることによって、イメージをきわ立《だ》たせたり、余韻《よいん》を持《も》たせたりするために使《つか》うものです。主《おも》なものに「や」「かな」「けり」などがあります。

（例《れい》）　赤蜻蛉《あかとんぼ》筑波《つくば》に雲《くも》もなかりけり（↓92ページ）

流《なが》れ行《ゆ》く大根《だいこん》の葉《は》の早《はや》さかな（↓94ページ）

●字余《じあま》り・字足《じた》らず

句《く》の文字数《もじすう》が、五《ご》・七《しち》・五《ご》にぴったりはまらず、十七音《じゅうしちおん》をこえている句《く》を「字余《じあま》り」といいます。決《き》まりごとからはずれることになりますが、句《く》の決《き》まった型《かた》をあえてくずすことで、リズムに変化《へんか》をつけたり、感情《かんじょう》を強《つよ》めたりする技法《ぎほう》の一《ひと》つです。

また、字余《じあま》りとは反対《はんたい》に、五《ご》・七《しち》・五《ご》に満《み》たず、十七音《じゅうしちおん》に足《た》りない句《く》を「字足《じた》らず」といいます。

（例《れい》）　6 菫《すみれ》ほどな 7 小《ちい》さき人《ひと》に 5 生《うま》れたし（↓93ページ）（字余《じあま》り）

近代《きんだい》・現代俳句《げんだいはいく》を楽《たの》しもう！

句会《くかい》を開《ひら》く

句会《くかい》とは、決《き》められたテーマ（お題《だい》）にそって、参加者《さんかしゃ》が自分《じぶん》の俳句《はいく》を発表《はっぴょう》し、おたがいに感想《かんそう》を言《い》い合《あ》ったり、投票《とうひょう》をして順位《じゅんい》を決《き》めたりする会《かい》のことです。俳句《はいく》づくりの力《ちから》をのばす方法《ほうほう》として有効《ゆうこう》です。クラスやグループで句会《くかい》を開《ひら》いて、俳句《はいく》を楽《たの》しみましょう。

使《つか》う季語《きご》は，この本《ほん》の季語一覧《きごいちらん》を参《さん》考《こう》にしてもいいよ。

だれの作品《さくひん》か，わからないようにするんだね。

やり方《かた》

①まず参加者《さんかしゃ》で話《はな》し合《あ》ってテーマ（お題《だい》）を決《き》めます。季節《きせつ》や行事《ぎょうじ》など、イメージを広《ひろ》げやすいテーマにするとよいでしょう。
②参加者全員《さんかしゃぜんいん》に、俳句《はいく》が一句《いっく》書《か》ける大《おお》きさの短冊《たんざく》を二枚《にまい》ずつ用意《ようい》します。短冊《たんざく》は、画用紙《がようし》などを細長《ほそなが》く切《き》ってつくるといいでしょう。
③一枚目《いちまいめ》の短冊《たんざく》に自分《じぶん》の句《く》を一句《いっく》書《か》きます。名前《なまえ》は書《か》きません。
④司会者《しかいしゃ》は書《か》き終《お》わった短冊《たんざく》を集《あつ》めてよくまぜ、改《あらた》めて全員《ぜんいん》に配《くば》り直《なお》します。
⑤配《くば》られた俳句《はいく》を二枚目《にまいめ》の短冊《たんざく》に清書《せいしょ》して、だれの句《く》かわからないようにします。
⑥清書《せいしょ》した短冊《たんざく》を黒板《こくばん》などに掲示《けいじ》します。
⑦参加者《さんかしゃ》は、自分以外《じぶんいがい》の句《く》から自分《じぶん》の好《す》きな句《く》を一句選《いっくえら》び、選《えら》んだ理由《りゆう》といっしょに発表《はっぴょう》します。
⑧最《もっと》も多《おお》くの人《ひと》に選《えら》ばれた句《く》が第一位《だいいちい》となります。順位《じゅんい》が決《き》まったら作者《さくしゃ》は自分《じぶん》で名乗《なの》ります。

主《おも》な歌人《かじん》の紹介《しょうかい》

『万葉集《まんようしゅう》』『古今和歌集《こきんわかしゅう》』『新古今和歌集《しんこきんわかしゅう》』『百人一首《ひゃくにんいっしゅ》』

●**天智天皇《てんじてんのう》**（六二六年《ねん》～六七一年《ねん》）
即位前《そくいまえ》の名《な》は中大兄皇子《なかのおおえのおうじ》。大化改新《たいかのかいしん》とよばれる政治改革《せいじかいかく》を行《おこな》った。

●**天武天皇《てんむてんのう》**（？～六八六年《ねん》）
壬申《じんしん》の乱《らん》で、兄《あに》である天智天皇《てんじてんのう》のむすことの争《あらそ》いに勝利《しょうり》して即位《そくい》。

●**額田王《ぬかたのおおきみ》**（六〇〇年代後半《ねんだいこうはん》）
万葉初期《まんようしょき》の女流歌人《じょりゅうかじん》で、天智天皇《てんじてんのう》のきさきとなり、その後《ご》、天武天皇《てんむてんのう》にも仕《つか》えた。

●**持統天皇《じとうてんのう》**（六四五年《ねん》～七〇二年《ねん》）
天武天皇《てんむてんのう》の皇后《こうごう》。宮廷《きゅうてい》の儀礼《ぎれい》を整《ととの》え、宮廷《きゅうてい》歌人《かじん》がかつやくする土台《どだい》を作《つく》った。

●**柿本人麻呂《かきのもとのひとまろ》**（七〇〇年前後《ねんぜんご》）
三十六歌仙《さんじゅうろっかせん》（藤原公任《ふじわらのきんとう》という歌人《かじん》が選《えら》んだ、三十六人《さんじゅうろくにん》の歌人《かじん》）の一人《ひとり》。『万葉集《まんようしゅう》』を代表《だいひょう》する宮廷歌人《きゅうていかじん》で、持統《じとう》・文武両天皇《もんむりょうてんのう》に仕《つか》えた。

●**志貴皇子《しきのみこ》**（？～七一六年《ねん》）
大化改新《たいかのかいしん》とよばれる政治改革《せいじかいかく》でかつやくした天智天皇《てんじてんのう》の皇子《おうじ》。作品数《さくひんすう》は少《すく》ないが、すぐれた作品《さくひん》が多《おお》い。

●**山上憶良《やまのうえのおくら》**（六六〇年《ねん》～七三三年《ねん》？）
中国《ちゅうごく》の詩文《しぶん》や仏教《ぶっきょう》に影響《えいきょう》を受《う》けた歌人《かじん》。

●**大伴旅人《おおとものたびと》**（六六五年《ねん》～七三一年《ねん》）
役人《やくにん》としてもかつやく。中国《ちゅうごく》の詩文《しぶん》に通《つう》じていた。

●**山部赤人《やまべのあかひと》**（生没年未詳《せいぼつねんみしょう》）
三十六歌仙《さんじゅうろっかせん》の一人《ひとり》。宮廷歌人《きゅうていかじん》としてかつやく。自然《しぜん》の美《うつく》しさをよんだ歌《うた》が特徴《とくちょう》。

●**大伴家持《おおとものやかもち》**（七一八年《ねん》？～七八五年《ねん》）
三十六歌仙《さんじゅうろっかせん》の一人《ひとり》。大伴旅人《おおとものたびと》の長男《ちょうなん》。『万《まん》葉集《ようしゅう》』の撰者《せんじゃ》とされる。

●**喜撰法師《きせんほうし》**（生没年未詳《せいぼつねんみしょう》）
六歌仙《ろっかせん》（『新古今和歌集《しんこきんわかしゅう》』の「仮名序《かなじょ》」で紹介《しょうかい》された、六人《ろくにん》の歌人《かじん》）の一人《ひとり》。世《よ》の中《なか》を離《はな》れ、宇治山《うじやま》に暮《く》らした僧《そう》。

●**僧正遍昭《そうじょうへんじょう》**（八一六年《ねん》～八九〇年《ねん》）
六歌仙《ろっかせん》の一人《ひとり》。僧正《そうじょう》（朝廷《ちょうてい》に仕《つか》える僧《そう》の最《さい》高位《こうい》）としてかつやくした。

●**在原業平《ありわらのなりひら》**（八二五年《ねん》～八八〇年《ねん》）
六歌仙《ろっかせん》、三十六歌仙《さんじゅうろっかせん》の一人《ひとり》。業平《なりひら》の歌《うた》をもとにしたといわれる作品《さくひん》に『伊勢物語《いせものがたり》』がある。

●**大友黒主《おおとものくろぬし》**（生没年未詳《せいぼつねんみしょう》）
六歌仙《ろっかせん》の一人《ひとり》。滋賀黒主《しがのくろぬし》ともいい、近江《おうみ》（現在《げんざい》の滋賀県《しがけん》）のいわゆる地方歌人《ちほうかじん》。

●**小野小町《おののこまち》**（生没年未詳《せいぼつねんみしょう》）
六歌仙《ろっかせん》、三十六歌仙《さんじゅうろっかせん》の一人《ひとり》。後宮《こうきゅう》（天皇《てんのう》の妻《つま》たちが住《す》む宮殿《きゅうでん》）に仕《つか》えた女流歌人《じょりゅうかじん》。

●**菅原道真《すがわらのみちざね》**（八四五年《ねん》～九〇三年《ねん》）
当時《とうじ》の代表的《だいひょうてき》な漢学者《かんがくしゃ》。死後《しご》は学問《がくもん》の神様《かみさま》として信仰《しんこう》を集《あつ》める。

●**文屋康秀《ふんやのやすひで》**（生没年未詳《せいぼつねんみしょう》）
六歌仙《ろっかせん》、三十六歌仙《さんじゅうろっかせん》の一人《ひとり》。小野小町《おののこまち》との贈答歌《ぞうとうか》（主《おも》に男女《だんじょ》の間《あいだ》でやりとりする歌《うた》）が

古典文学史《こてんぶんがくし》

時代《じだい》	西暦《せいれき》	種類《しゅるい》	作品《さくひん》（作者《さくしゃ》・撰者《せんじゃ》・編者《へんじゃ》）
奈良時代《ならじだい》	未詳《みしょう》	歌集《かしゅう》	万葉集《まんようしゅう》
平安時代《へいあんじだい》	九〇五	歌集《かしゅう》	古今和歌集《こきんわかしゅう》（紀貫之《きのつらゆき》ら撰《せん》）
	未詳《みしょう》	物語《ものがたり》	伊勢物語《いせものがたり》
	※九三五	日記《にっき》	土佐日記《とさにっき》（紀貫之《きのつらゆき》）
	※九七四	日記《にっき》	蜻蛉日記《かげろうにっき》（藤原道綱母《ふじわらのみちつなのはは》）
	※一〇〇一	随筆《ずいひつ》	枕草子《まくらのそうし》（清少納言《せいしょうなごん》）
	※一〇〇七	日記《にっき》	和泉式部日記《いずみしきぶにっき》（和泉式部《いずみしきぶ》）
	※一〇〇八	物語《ものがたり》	源氏物語《げんじものがたり》（紫式部《むらさきしきぶ》）
	※一〇一〇	日記《にっき》	紫式部日記《むらさきしきぶにっき》（紫式部《むらさきしきぶ》）
	未詳《みしょう》	歌集《かしゅう》	山家集《さんかしゅう》（西行法師《さいぎょうほうし》）
鎌倉時代《かまくらじだい》	一二〇五	歌集《かしゅう》	新古今和歌集《しんこきんわかしゅう》（藤原定家《ふじわらのさだいえ》ら撰《せん》）
	一二一三	歌集《かしゅう》	金槐和歌集《きんかいわかしゅう》（源実朝《みなもとのさねとも》）
	※一二三五	歌集《かしゅう》	小倉百人一首《おぐらひゃくにんいっしゅ》（藤原定家《ふじわらのさだいえ》撰《せん》）
室町時代《むろまちじだい》	一三五七	連歌《れんが》	菟玖波集《つくばしゅう》（二条良基《にじょうよしもと》・救済《ぐさい》撰《せん》）
	一四九五	連歌《れんが》	新撰菟玖波集《しんせんつくばしゅう》（一条冬良《いちじょうふゆよし》・飯尾宗祇《いいおそうぎ》撰《せん》）
	※一五三九	俳諧《はいかい》	新撰犬筑波集《しんせんいぬつくばしゅう》（山崎宗鑑《やまざきそうかん》撰《せん》）
江戸時代《えどじだい》	※一六八七	俳諧紀行《はいかいきこう》	野《の》ざらし紀行《きこう》（松尾芭蕉《まつおばしょう》）
	一六九四	俳諧紀行《はいかいきこう》	おくのほそ道《みち》（松尾芭蕉《まつおばしょう》）
	一七六五	川柳《せんりゅう》	誹風柳多留《はいふうやなぎだる》（柄井川柳《からいせんりゅう》撰《せん》）

※は推定《すいてい》の成立年《せいりつねん》／雑誌《ざっし》は創刊《そうかん》の年《とし》

ある。

●**凡河内《おおしこうちの》　躬恒《みつね》**（**生没年未詳《せいぼつねんみしょう》**）
三十六歌仙《さんじゅうろっかせん》の一人《ひとり》。『古今和歌集《こきんわかしゅう》』の撰者《せんじゃ》の一人《ひとり》。

●**壬生《みぶの》　忠岑《ただみね》**（**生没年未詳《せいぼつねんみしょう》**）
三十六歌仙《さんじゅうろっかせん》の一人《ひとり》。『古今和歌集《こきんわかしゅう》』の撰者《せんじゃ》の一人《ひとり》。温和《おんわ》な歌風《かふう》が特徴《とくちょう》。

●**藤原《ふじわらの》　敏行《としゆき》**（**?～九〇一年《ねん》**）
三十六歌仙《さんじゅうろっかせん》の一人《ひとり》。書家《しょか》としても知《し》られる。

●**伊勢《いせ》**（**生没年未詳《せいぼつねんみしょう》**）
三十六歌仙《さんじゅうろっかせん》の一人《ひとり》。小野《おのの》　小町《こまち》と並《なら》び、『古《こ》今和歌集《きんわかしゅう》』の時代《じだい》を代表《だいひょう》する女流歌人《じょりゅうかじん》。

●**紀《きの》　貫之《つらゆき》**（**?～九四五年《ねん》?**）
三十六歌仙《さんじゅうろっかせん》の一人《ひとり》。『古今和歌集《こきんわかしゅう》』の撰者《せんじゃ》の一人《ひとり》。仮名文字《かなもじ》で『土佐日記《とさにっき》』を記《しる》した。

●**紀《きの》　友則《とものり》**（**生没年未詳《せいぼつねんみしょう》**）
三十六歌仙《さんじゅうろっかせん》の一人《ひとり》。『古今和歌集《こきんわかしゅう》』の撰者《せんじゃ》の一人《ひとり》。紀《きの》　貫之《つらゆき》の従兄《いとこ》。

●**右大将道綱《うだいしょうみちつなの》　母《はは》**（**九三七年《ねん》～九九五年《ねん》**）
女流歌人《じょりゅうかじん》で、『蜻蛉日記《かげろうにっき》』の作者《さくしゃ》、藤原《ふじわらの》道綱《みちつな》　母《のはは》は同一人物《どういつじんぶつ》。

●**清少納言《せいしょうなごん》**（**生没年未詳《せいぼつねんみしょう》**）
中宮《ちゅうぐう》（天皇《てんのう》のきさき）定子《ていし》に仕《つか》えた女房《にょうぼう》（宮廷《きゅうてい》などで主人《しゅじん》の身《み》のまわりの世話《せわ》をする女官《にょかん》）。『枕　草子《まくらのそうし》』の作者《さくしゃ》。

●**紫　式部《むらさきしきぶ》**（**九七〇年《ねん》?～一〇一六年《ねん》?**）
藤原《ふじわらの》　道長《みちなが》のむすめである中宮彰子《ちゅうぐうしょうし》に仕《つか》えた女房《にょうぼう》。『源氏物語《げんじものがたり》』や『紫式部日記《むらさきしきぶにっき》』の作者《さくしゃ》。

●**和泉式部《いずみしきぶ》**（**生没年未詳《せいぼつねんみしょう》**）
自身《じしん》の恋愛関係《れんあいかんけい》を記《しる》した『和泉式部日記《いずみしきぶにっき》』でも知《し》られる女流歌人《じょりゅうかじん》。

●**式子内親王《しょくしないしんのう》**（**?～一二〇一年《ねん》**）
後白河天皇《ごしらかわてんのう》の皇女《こうじょ》。『新古今和歌集《しんこきんわかしゅう》』を代《だい》表《ひょう》する女流歌人《じょりゅうかじん》。

●**藤原《ふじわらの》　俊成《としなり》**（**一一一四年《ねん》～一二〇四年《ねん》**）
当時《とうじ》の和歌《わか》の世界《せかい》で、指導的《しどうてき》な役割《やくわり》を果《は》たした歌人《かじん》。

●**西行法師《さいぎょうほうし》**（**一一一八年《ねん》～一一九〇年《ねん》**）
二十三歳《にじゅうさんさい》で出家《しゅっけ》（仏門《ぶつもん》に入《はい》ること）した歌人《かじん》。歌集《かしゅう》に『山家集《さんかしゅう》』などがある。

●**藤原《ふじわらの》　家隆《いえたか》**（**一一五八年《ねん》～一二三七年《ねん》**）
『新古今和歌集《しんこきんわかしゅう》』の撰者《せんじゃ》の一人《ひとり》。藤原《ふじわらの》　定《さだ》家《いえ》と並《なら》ぶ代表的《だいひょうてき》な歌人《かじん》。

●**藤原《ふじわらの》　定家《さだいえ》**（**一一六二年《ねん》～一二四一年《ねん》**）
『新古今和歌集《しんこきんわかしゅう》』の撰者《せんじゃ》の一人《ひとり》。父《ちち》の俊《とし》成《なり》とともに当時《とうじ》の和歌《わか》の世界《せかい》の中心人物《ちゅうしんじんぶつ》。『百人一首《ひゃくにんいっしゅ》』の撰者《せんじゃ》としても有名《ゆうめい》。

●**後鳥羽院《ごとばいん》**（**一一八〇年《ねん》～一二三九年《ねん》**）
『新古今和歌集《しんこきんわかしゅう》』の撰集《せんしゅう》を命令《めいれい》。承久《じょうきゅう》の乱《らん》では、鎌倉幕府《かまくらばくふ》をたおそうとして失敗《しっぱい》し、隠岐《おき》に流《なが》された。

●**源《みなもとの》　実朝《さねとも》**（**一一九二年《ねん》～一二一九年《ねん》**）
鎌倉幕府《かまくらばくふ》を開《ひら》いた源《みなもとの》　頼朝《よりとも》の次男《じなん》で、鎌倉《かまくら》幕府三代将軍《ばくふさんだいしょうぐん》。『金槐和歌集《きんかいわかしゅう》』の作者《さくしゃ》。

●**順徳院《じゅんとくいん》**（**一一九七年《ねん》～一二四二年《ねん》**）
後鳥羽院《ごとばいん》の皇子《おうじ》。承久《じょうきゅう》の乱《らん》に敗《やぶ》れ、佐渡《さど》に流《なが》される。

江戸時代《えどじだい》	一七八二	狂歌《きょうか》	万載狂歌集《まんざいきょうかしゅう》（四方《よもの》　赤良《あから》ら編《へん》）
	一七八四	俳諧《はいかい》	蕪村句集《ぶそんくしゅう》（与謝蕪村《よさぶそん》）
	一七九七	俳諧《はいかい》	新花摘《しんはなつみ》（与謝蕪村《よさぶそん》）
	一八〇一	日記《にっき》	父《ちち》の終焉日記《しゅうえんにっき》（小林一茶《こばやしいっさ》）
	一八一九	俳諧《はいかい》	おらが春《はる》（小林一茶《こばやしいっさ》）
	一八三五	歌集《かしゅう》	蓮《はちす》の露《つゆ》（良寛《りょうかん》）
明治時代以降《めいじじだいいこう》	一八九七	雑誌《ざっし》	ホトトギス（正岡子規《まさおかしき》ら）
	一八九八	歌論《かろん》	歌《うた》よみに与《あた》ふる書《しょ》（正岡子規《まさおかしき》）
	一九〇〇	雑誌《ざっし》	明星《みょうじょう》（与謝野鉄幹《よさのてっかん》ら）
	一九〇一	短歌《たんか》	みだれ髪《がみ》（与謝野晶子《よさのあきこ》）
	一九〇八	雑誌《ざっし》	アララギ（伊藤左千夫《いとうさちお》ら）
	一九一〇	短歌《たんか》	一握《いちあく》の砂《すな》（石川啄木《いしかわたくぼく》）
	一九一二	短歌《たんか》	悲《かな》しき玩具《がんぐ》（石川啄木《いしかわたくぼく》）
	一九一三	短歌《たんか》	桐《きり》の花《はな》（北原白秋《きたはらはくしゅう》）
	一九一三	短歌《たんか》	赤光《しゃっこう》（斎藤茂吉《さいとうもきち》）
	一九二六	俳句《はいく》	大空《たいくう》（尾崎放哉《おざきほうさい》）
	一九二八	雑誌《ざっし》	馬酔木《あしび》（水原秋櫻子《みずはらしゅうおうし》ら）
	一九三五	俳句《はいく》	黄旗《こうき》（山口誓子《やまぐちせいし》）
	一九三七	俳句《はいく》	五百句《ごひゃっく》（高浜虚子《たかはまきょし》）
	一九四〇	俳句《はいく》	草木塔《そうもくとう》（種田山頭火《たねださんとうか》）
	一九八七	短歌《たんか》	サラダ記念日《きねんび》（俵万智《たわらまち》）

さくいん

この本《ほん》に出《で》てきたことばを五十音順《ごじゅうおんじゅん》にならべています。

歌《うた》がるた …… 51
歌枕《うたまくら》 …… 2,26
江戸《えど》俳句《はいく》 …… 55,59,68,71
江戸《えど》和歌《わか》 …… 55,65,68,71
『おくのほそ道《みち》』 …… 56,69,106
『小倉百人一首《おぐらひゃくにんいっしゅ》』 …… 50,106
掛詞《かけことば》 …… 26
「仮名序《かなじょ》」 …… 25
季語《きご》(季題《きだい》) …… 3,69,72,102,103,104
決《き》まり字《じ》 …… 54
狂歌《きょうか》 …… 67,68
切《き》れ字《じ》 …… 69,104
近代《きんだい》・現代短歌《げんだいたんか》 …… 73,86,89
近代《きんだい》・現代俳句《げんだいはいく》 …… 91,102,105
『古今和歌集《こきんわかしゅう》』 …… 17,18,24,27,103,106
五七調《ごしちちょう》 …… 13
歳時記《さいじき》 …… 103
三夕《さんせき》の歌《うた》 …… 23,28
字余《じあま》り・字足《じた》らず …… 104
私撰和歌集《しせんわかしゅう》 …… 50,90
序詞《じょことば》 …… 26
『新古今和歌集《しんこきんわかしゅう》』 …… 17,21,24,27,50,106
撰者《せんじゃ》 …… 14,24
川柳《せんりゅう》 …… 66,68,70
雑歌《ぞうか》 …… 14
相聞歌《そうもんか》 …… 14
短歌革新運動《たんかかくしんうんどう》 …… 86
勅撰和歌集《ちょくせんわかしゅう》 …… 24,50
倒置法《とうちほう》 …… 88
俳諧《はいかい》(の連歌《れんが》) …… 68,102
破調《はちょう》 …… 88
挽歌《ばんか》 …… 14
『百人一首《ひゃくにんいっしゅ》』 …… 29,50,53,90
比喩《ひゆ》(たとえ) …… 88
本歌取《ほんかど》り …… 24,27
枕詞《まくらことば》 …… 26
万葉仮名《まんようがな》 …… 15
『万葉集《まんようしゅう》』 …… 7,13,15,16,24,50,106
連歌《れんが》 …… 51,68

出典

『土屋文明全歌集』(石川書房)
『近藤芳美集　第二巻』(岩波書店)
『新訂　一茶俳句集』岩波文庫(岩波書店)
『漱石文学作品集16　漱石俳句集』(岩波書店)
『川柳集成　誹風柳多留(一)』岩波文庫(岩波書店)
『星野立子全集　第一巻・俳句Ⅰ』(梅里書房)
『飯田龍太全集　第一巻　俳句Ⅰ』(角川学芸出版)
『飯田龍太全集　第二巻　俳句Ⅱ』(角川学芸出版)
『新版百人一首』角川ソフィア文庫(角川学芸出版)
『秋元不死男全句集』(角川書店)
『石田波郷全集　第一巻　俳句Ⅰ』(角川書店)
『現代俳句大系　第五巻』(角川書店)
『B面の夏』(角川書店)
『現代俳句集成　第五巻　昭和1』(河出書房新社)
『現代俳句集成　第七巻　昭和3』(河出書房新社)
『サラダ記念日　俵万智歌集』(河出書房新社)
『ナグネタリョン　李正子歌集』(河出書房新社)
『金色の獅子　佐佐木幸綱歌集』(雁書館)
『森澄雄句集』芸林21世紀文庫(芸林書房)
『佐藤佐太郎全歌集』(講談社)
『子規全集　第二巻　俳句二』(講談社)
『蕪村全集　第一巻　発句』(講談社)
『海門』(交蘭社)
『中城ふみ子歌集』(国文社)
『馬場あき子全集第二巻　歌集二』(三一書房)
『誹風　柳多留全集　四』(三省堂)
『花影』(三有社)
『古典俳文学大系　15　一茶集』(集英社)
『校注　良寛全歌集』(春秋社)
『山頭火全句集』(春陽堂書店)
『新編日本古典文学全集　6～9　萬葉集1～4』(小学館)
『新編日本古典文学全集　11　古今和歌集』(小学館)
『新編日本古典文学全集　43　新古今和歌集』(小学館)
『新編日本古典文学全集　70　松尾芭蕉集1』(小学館)
『新編日本古典文学全集　71　松尾芭蕉集2』(小学館)
『新編日本古典文学全集　72　近世俳句俳文集』(小学館)
『新編日本古典文学全集　79　黄表紙・川柳・狂歌』(小学館)
『新潮日本古典集成　誹風柳多留』(新潮社)
『日本詩人全集2　正岡子規・高浜虚子』(新潮社)
『日本詩人全集30　河東碧梧桐　他』(新潮社)
『日本詩人全集31　水原秋桜子　他』(新潮社)
『齋藤史全歌集』(大和書房)
『定本五島美代子全歌集』(短歌新聞社)
『金子兜太集　第一巻』(筑摩書房)
『現代短歌全集　第一巻　明治四十二年以前　増補版』(筑摩書房)
『現代短歌全集　第二巻　明治四十三年～大正二年　増補版』(筑摩書房)
『現代短歌全集　第三巻　大正三年～六年　増補版』(筑摩書房)
『現代短歌全集　第四巻　大正七年～十年　増補版』(筑摩書房)
『現代短歌全集　第五巻　大正十一年～十五年　増補版』(筑摩書房)
『現代短歌全集　第十三巻　昭和三十一年～三十三年　増補版』(筑摩書房)
『現代短歌全集　第十六巻　昭和四十六年～五十四年』(筑摩書房)
『現代短歌全集　第十七巻　昭和五十五年～六十三年』(筑摩書房)
『現代日本文学全集　76　釈迢空』(筑摩書房)
『現代日本文学大系　10　正岡子規・伊藤左千夫・長塚節集』(筑摩書房)
『現代日本文学大系　25　与謝野寛集　他』(筑摩書房)
『現代日本文学大系　38　斎藤茂吉集』(筑摩書房)
『現代日本文学大系　39　島木赤彦集　他』(筑摩書房)
『現代日本文学大系　95　現代句集』(筑摩書房)
『高屋窓秋俳句集成』(沖積舎)
『句集　走れば春』(東京四季出版)
『芥川龍之介句集　我鬼全句』(永田書房)
『たかし全集　第一巻』(笛発行所)
『坪内稔典句集』(ふらんす堂)
『生まれたらそこがふるさと』(平凡社)
『定本　高濱虚子全集』(毎日新聞社)
『中村草田男全集1』(みすず書房)
『中村草田男全集2』(みすず書房)
『完本橘曙覧歌集評釈』(明治書院)
『山口誓子全集　第一巻～第三巻』(明治書院)
『塚本邦雄全集　第一巻　短歌Ⅰ』(ゆまに書房)
『完本宮柊二全歌集』(立風書房)
『橋本多佳子全句集』(立風書房)

参考文献

『古典を読む　万葉集』(岩波書店)
『新日本古典文学大系　1～4　萬葉集』(岩波書店)
『新日本古典文学大系　5　古今和歌集』(岩波書店)
『新日本古典文学大系　6　後撰和歌集』(岩波書店)
『新日本古典文学大系　8　後拾遺和歌集』(岩波書店)
『新日本古典文学大系　9　金葉和歌集　詞花和歌集』(岩波書店)
『新日本古典文学大系　10　千載和歌集』(岩波書店)
『新日本古典文学大系　11　新古今和歌集』(岩波書店)
『和歌とは何か』岩波新書(岩波書店)
『小倉百人一首』(桜楓社)
『俳句シリーズ　人と作品　14　文人の俳句』(桜楓社)
『和歌文学講座　第11巻　秀歌鑑賞2』(桜楓社)
『旺文社古語辞典[第十版]』(旺文社)
『歌枕歌ことば辞典　増訂版』(笠間書院)
『新編俳句の解釈と鑑賞事典』(笠間書院)
『新編和歌と解釈の鑑賞事典』(笠間書院)
『斎藤茂吉秀歌評釈』(風間書房)
『歌ことば歌枕大辞典』(角川書店)
『鑑賞日本古典文学　第7巻　古今和歌集・後撰和歌集・拾遺和歌集』(角川書店)
『鑑賞日本古典文学　第17巻　新古今和歌集・山家集・金槐和歌集』(角川書店)
『狂歌鑑賞辞典』(角川書店)
『秋櫻子一句』(角川書店)
『日本近代文学大系　16　正岡子規集』(角川書店)
『日本近代文学大系　17　与謝野晶子・若山牧水・窪田空穂集』(角川書店)
『日本近代文学大系　23　石川啄木集』(角川書店)
『日本近代文学大系　28　北原白秋集』(角川書店)
『日本近代文学大系　44　伊藤左千夫・長塚節・島木赤彦集』(角川書店)
『日本近代文学大系　46　折口信夫集』(角川書店)
『日本近代文学大系　56　近代俳句集』(角川書店)
『名句鑑賞辞典』(角川書店)
『名句鑑賞読本』(角川書店)
『古今和歌集全評釈　上・中・下』(講談社)
『万葉集(一)～(四)』講談社文庫(講談社)
『連歌とは何か』講談社選書メチエ(講談社)
『新しい短歌鑑賞　第2巻　正岡子規　斉藤茂吉』(晃洋書房)
『三省堂名歌名句辞典』(三省堂)
『新歳時記　増訂版』(三省堂)
『新潮日本古典集成　古今和歌集』(新潮社)
『新潮日本古典集成　新古今和歌集　上・下』(新潮社)
『新潮日本古典集成　芭蕉句集』(新潮社)
『新潮日本古典集成　芭蕉文集』(新潮社)
『新潮日本古典集成　萬葉集一～五』(新潮社)
『百人一首の文化史』(すずさわ書店)
『窪田空穂の短歌』(短歌新聞社)
『現代日本文学大系　12　土井晩翠集　他』(筑摩書房)
『現代日本文学大系　28　若山牧水集　他』(筑摩書房)
『百人一首への招待』ちくま新書(筑摩書房)
『古川柳名句選』ちくま文庫(筑摩書房)
『文人たちの句境』中公新書(中央公論社)
『會津八一鹿鳴集評釈』(東京堂出版)
『万葉集を知る事典』(東京堂出版)
『和歌・俳諧史人名事典』(日外アソシエーツ)
『飯田蛇笏秀句鑑賞』(富士見書房)
『虚子百句』(富士見書房)
『日本文学の読み方』(放送大学教育振興会)
『鑑賞現代俳句』(本阿弥書店)
『季題別　山口誓子全句集』(本阿弥書店)
『近代短歌の鑑賞と批評』(明治書院)
『研究資料現代日本文学　第5巻　短歌』(明治書院)
『子規秀句考』(明治書院)
『川柳入門事典』(葉文館出版)
『連歌の世界』(吉川弘文館)

噴水《ふんすい》の…… 100
鳳仙花《ほうせんか》…… 75
星《ほし》のゐ《い》る…… 78
牡丹花《ぼたんか》は…… 82
牡丹《ぼたん》散《ち》りて…… 62
郭公《ほととぎす》
なきつるかたを…… 46
鳴《な》くや五月《さつき》の…… 20
ほのぼのと…… 21
本《ほん》ぶりに…… 66

ま行《ぎょう》

真砂《まさご》ナス…… 74
まだ夢《ゆめ》は…… 101
街《まち》をゆき…… 82
松島《まつしま》や…… 58
マッチ擦《す》る…… 84
まは《わ》されて…… 84
みかきもり…… 39
みかのはら…… 35
水枕《みずまくら》…… 96
見《み》せばやな…… 47
陸奥《みちのく》の
しのぶもぢ《じ》ずり……
(『古今和歌集《こきんわかしゅう》』)…… 21
しのぶもぢ《じ》ずり……
(『百人一首《ひゃくにんいっしゅ》』)…… 32
みちのくの
母《はは》のいのちを…… 77
道《みち》のべに…… 22
みづ《ず》からに…… 83
み吉野《よしの》の
高嶺《たかね》の桜《さくら》…… 22
みよしのの
山《やま》の秋風《あきかぜ》…… 48
見《み》わたせば
花《はな》も紅葉《もみじ》も…… 23
山《やま》もとかすむ…… 22
見渡《みわた》せば
柳桜《やなぎさくら》を…… 19
武蔵坊《むさしぼう》…… 66
むざんやな…… 58
虫《むし》の音《ね》も…… 65
む《う》まさ《そ》うな…… 63
紫草《むらさき》の…… 9
村雨《むらさめ》の…… 47
名月《めいげつ》や…… 59
名月《めいげつ》を…… 63
めぐり逢《あ》ひ《い》て…… 41
目出度《めでた》さも…… 64
眼《め》にあてて…… 99
目《め》には青葉《あおば》…… 59
最上川《もがみがわ》…… 78
百敷《ももしき》や…… 49
百伝《ももづた》ふ《う》…… 10
諸共《もろとも》に…… 43

や行《ぎょう》

やすらは《わ》で…… 41
痩蛙《やせがえる》…… 64
やは《わ》肌《はだ》の…… 76
やは《わ》らかに…… 81
やへ《え》葎《むぐら》…… 39
山川《やまがわ》に…… 36
山里《やまざと》は
秋《あき》こそことに…… 20
冬《ふゆ》ぞさびしさ…… 35
山路《やまじ》来《き》て…… 59
大和《やまと》には…… 8
山深《やまふか》み…… 22
やれ打《う》つな…… 65
夕《ゆう》されば…… 44
雪国《ゆきぐに》や…… 100
雪《ゆき》とけし…… 82
雪《ゆき》とけて…… 64
ゆく秋《あき》の…… 75
行《ゆ》く春《はる》や…… 56
由良《ゆら》のとを…… 39
世《よ》の中《なか》に…… 18
世《よ》の中《なか》は
つねにもがもな…… 48
空《むな》しきものと…… 11
世《よ》の中《なか》よ…… 46
よもすがら…… 46
よをこめて…… 42

ら行《ぎょう》

隣室《りんしつ》に…… 75
六月《ろくがつ》を…… 92

わ行《ぎょう》

我《わ》が庵《いお》は…… 31
我《わ》が袖《そで》は…… 48
我《わ》がやどの…… 12
分《わ》け入《い》つ《っ》て《て》も…… 94
忘《わす》らるる…… 37
わすれじの…… 40
和田《わた》の原《はら》
こぎ出《い》でてみれば…… 45
わたのはら
八十嶋《やそしま》かけて…… 32
わびぬれば…… 33
我《われ》と来《き》て…… 64
を《お》ぐら山《やま》…… 35
を《お》ととひ《い》の…… 92
を《お》りとりて…… 95

こんなよい…… 95

さ行《ぎょう》

さびしさに…… 43
寂《さび》しさは…… 23
五月雨《さみだれ》の…… 57
さみだれや…… 62
さみだれを…… 57
「寒《さむ》いね」と…… 85
さよならを…… 101
三月《さんがつ》の…… 101
四五人《しごにん》に…… 62
死後《しご》のわれは…… 84
閑《しず》かさや…… 57
信濃道《しなぬじ》は…… 12
死《し》に近《ちか》き…… 78
しのぶれど…… 37
白露《しらつゆ》に…… 37
白鳥《しらとり》は…… 79
銀《しろかね》も…… 10
白《しろ》き虚空《こくう》…… 83
雀《すずめ》の子《こ》…… 64
砂原《すなはら》と…… 74
ずぶ濡《ぬ》れの…… 83
墨染《すみぞ》めの…… 21
住《すみ》の江《え》の…… 33
菫《すみれ》ほどな…… 93
咳《せき》の子《こ》の…… 97
咳《せき》をしても…… 95
せつせつと…… 101
瀬《せ》をはやみ…… 45
卒業《そつぎょう》の…… 98
袖《そで》ひぢて…… 18
その子《こ》二十《はたち》…… 76

た行《ぎょう》

高砂《たかさご》の…… 44
滝《たき》落《お》ちて…… 96
滝《たき》の糸《いと》は…… 40
田子《たご》の浦《うら》に…… 30
田子《たご》の浦《うら》ゆ…… 11
立《た》ち別《わか》れ…… 33
たとへ《え》ば君《きみ》…… 85
たのしみは…… 65
たは《わ》むれに…… 80
旅《たび》に病《や》んで…… 60
玉《たま》の緒《お》よ……(『古今和歌集《こきんわかしゅう》』) 23
玉《たま》のを《お》よ……(『百人一首《ひゃくにんいっしゅ》』) 47
垂乳根《たらちね》の…… 77
誰《たれ》をかも…… 36
痰一斗《たんいっと》…… 93
たんぽぽたんぽぽ…… 94
契《ちぎ》りきな…… 38
契《ちぎ》りを《お》きし…… 44
父母《ちちはは》が…… 12
ちはやぶる…… 33
ちるさくら…… 99
月一輪《つきいちりん》…… 96
月落葉《つきおちば》…… 99
つきぬけて…… 98
月見《つきみ》れば……(『古今和歌集《こきんわかしゅう》』) 20
月《つき》みれば……(『百人一首《ひゃくにんいっしゅ》』) 34
つくばねの…… 32
露《つゆ》の玉《たま》…… 96
東海《とうかい》の…… 80
外《と》にも出《で》よ…… 97
どの子《こ》にも…… 100
鳥羽殿《とばどの》へ…… 62
鳥《とり》わたる…… 97

な行《ぎょう》

長《なが》からむ《ん》…… 45
ながらへ《え》ば…… 46
流《なが》れ行《ゆ》く…… 94
嘆《なげ》きつつ…… 40
嘆《なげ》けとて…… 47
夏河《なつかわ》を…… 61
夏草《なつくさ》や…… 56
夏《なつ》のかぜ…… 77
夏《なつ》の夜《よ》は…… 37
名《な》にしおは《わ》ば…… 34
なにとなく…… 76
難波江《なにわえ》の…… 47
難波《なにわ》がた…… 33
菜《な》の花《はな》や…… 62
何《なん》となく、…… 81
熟田津《にきたつ》に…… 8
にげしなに…… 67
虹仰《にじあお》ぐ…… 101
寝《ね》て居《い》ても…… 66
眠《ねむ》られぬ…… 84
野《の》ざらしを…… 59
のど赤《あか》き…… 78
のぼり坂《さか》…… 84
蚤虱《のみしらみ》…… 57
野《の》をよこに…… 56

は行《ぎょう》

はたらけど…… 80
初《はつ》しぐれ…… 60
花《はな》さそふ《う》
あらしの庭《にわ》の…… 49
比良《ひら》の山風《やまかぜ》…… 22
花《はな》の色《いろ》は……(『古今和歌集《こきんわかしゅう》』) 19
花《はな》のいろは……(『百人一首《ひゃくにんいっしゅ》』) 31
はへ《え》ば立《た》て…… 67
蛤《はまぐり》の…… 58
春霞《はるがすみ》…… 18
春風《はるかぜ》や…… 94
春過《はるす》ぎて……(『万葉集《まんようしゅう》』) 9
春《はる》すぎて……(『百人一首《ひゃくにんいっしゅ》』) 30
春《はる》の海《うみ》…… 61
春《はる》の苑《その》…… 12
春《はる》の鳥《とり》…… 79
春《はる》のよの…… 43
万緑《ばんりょく》の…… 97
久方《ひさかた》の
アメリカ人《じん》の…… 74
光《ひかり》のどけき……
(『古今和歌集《こきんわかしゅう》』) 19
久堅《ひさかた》の
光《ひかり》のどけき……(『百人一首《ひゃくにんいっしゅ》』) 36
ひつぱれる《ひっぱれる》…… 96
人《ひと》はいさ……(『古今和歌集《こきんわかしゅう》』) 18
人《ひと》はいさ……(『百人一首《ひゃくにんいっしゅ》』) 36
人《ひと》もを《お》し…… 49
向日葵《ひまわり》は…… 78
東《ひむかし》の…… 9
吹《ふ》くからに…… 34
葡萄《ぶどう》食《く》ふ《う》…… 97
冬蜂《ふゆばち》の…… 93
古池《ふるいけ》や…… 59
ふるさとの
訛《なまり》なつかし…… 81
山《やま》に向《む》ひ《い》て…… 81

初句《しょく》さくいん

この本《ほん》に出《で》てきた歌《うた》や句《く》を五十音順《ごじゅうおんじゅん》にならべています。

あ行《ぎょう》

青蛙《あおがえる》…… 95
赤《あか》い椿《つばき》…… 93
赤蜻蛉《あかとんぼ》…… 92
秋風《あきかぜ》に…… 45
秋《あき》来《き》ぬと…… 19
秋《あき》の田《た》の…… 30
秋深《あきふか》き…… 60
あけて待《ま》つ…… 82
明《あ》けぬれば…… 40
朝顔《あさがお》に…… 61
浅茅生《あさじう》の…… 37
朝朗《あさぼらけ》
　有明《ありあけ》の月《つき》と…… 36
朝《あさ》ぼらけ
　宇治《うじ》のかは《わ》ぎり…… 42
足引《あしびき》の…… 30
明日香河《あすかがわ》…… 21
あひ《い》見《み》ての…… 38
逢《あ》ふ《う》事《こと》の…… 38
あまつ風《かぜ》…… 32
天《あま》の原《はら》……(『古今和歌集《こきんわかしゅう》』)…… 20
天《あま》の原《はら》……(『百人一首《ひゃくにんいっしゅ》』)…… 31
あめつち　に…… 77
天地《あめつち》の…… 11
荒海《あらうみ》や…… 58
あらざらむ《ん》…… 41
あらし吹《ふ》く…… 43
あらた《と》うと…… 56
有明《ありあけ》の…… 35
ありま山《やま》…… 41
歩《ある》きつづける…… 94
淡路嶋《あわじしま》…… 45
哀《あわ》れとも…… 38
あを《お》によし…… 11
家《いえ》にあれば…… 8
いくたびも…… 92
幾山河《いくやまかわ》…… 79
石崖《いしがけ》に…… 79
いちはつの…… 75
一刻《いっこく》を…… 67
一点《いってん》の…… 98
いにしへ《え》の…… 42
今《いま》こむ《ん》と…… 34
今《いま》はただ…… 42
石走《いわばし》る…… 9
うかりける…… 44
牛飼《うしかい》が…… 74
薄紙《うすがみ》の…… 83
歌《うた》よみは…… 67
うつそみの…… 10
卯《う》 花《のはな》に…… 58
く生《う》まれたら…… 85
海恋《うみこい》し…… 76
海《うみ》に出《で》て…… 98
梅一輪《うめいちりん》…… 61
梅《うめ》が香《か》の…… 63
うららに…… 12
恨《うら》みわび…… 42
瓜《うり》食《は》めば…… 10
応々《おうおう》と…… 60
近江《おうみ》の海《うみ》…… 9
大江山《おおえやま》…… 41
おくやまに…… 30
憶良《おくら》らは…… 10
音《おと》にきく…… 44
音羽山《おとわやま》…… 19
おほ《お》けなく…… 48
おもしろうて…… 60
思《おも》ひ《い》つつ…… 21
思《おも》ひ《い》わび…… 46

か行《ぎょう》

かがやける…… 83
柿《かき》くへ《え》ば…… 92
かくとだに…… 40
かささぎの…… 31
霞立《かすみた》つ…… 65
風《かぜ》そよぐ…… 49
風吹《かぜふ》けば…… 20
風《かぜ》をいたみ…… 39
鐘《かね》ひとつ…… 61
かみなりを…… 66
瓶《かめ》にさす…… 75
寒雷《かんかい》や…… 99
観覧車《かんらんしゃ》…… 85
象潟《きさがた》や…… 57
啄木鳥《きつつき》や…… 95
君《きみ》がため
　おしからざりし…… 39
　春《はる》の野《の》にいでて……
　(『古今和歌集《こきんわかしゅう》』)…… 18
　春《はる》の野《の》に出《い》でて……
　(『百人一首《ひゃくにんいっしゅ》』)…… 32
君《きみ》待《ま》つと…… 8
清水《きよみず》へ…… 76
きりぎりす…… 48
霧《きり》に白鳥《しらとり》…… 100
桐一葉《きりひとは》…… 93
公達《きんだち》に…… 63
草《くさ》の戸《と》も…… 56
草《くさ》わかば…… 79
葛《くず》の花《はな》…… 82
くれなゐ《い》の…… 74
黒猫《くろねこ》の…… 100
恋《こい》すてふ《ちょう》…… 38
孝々《こうこう》の…… 67
心《こころ》あてに…… 35
心《こころ》なき…… 23
心《こころ》にも…… 43
不来方《こずかた》の…… 80
小鳥来《ことりき》て…… 98
こぬ人《ひと》を…… 49
「この味《あじ》が…… 85
子《こ》の髪《かみ》の…… 99
この里《さと》に…… 65
此《こ》のたびは…… 34
駒《こま》とめて…… 23
是《これ》がまあ…… 63
是小判《これこばん》…… 66
これやこの…… 31
金色《こんじき》の…… 77

【監修】

河添房江（かわぞえふさえ）
東京学芸大学名誉教授。専門は，日本古典文学。源氏物語を中心とする平安文学を主に研究。著書に『紫式部と王朝文化のモノを読み解く』（角川ソフィア文庫），『唐物の文化史』（岩波新書），『アクティブ・ラーニング時代の古典教育』（編著　東京学芸大学出版会）などがある。

髙木まさき（たかぎまさき）
横浜国立大学名誉教授。専門は国語教育学。著書に『「他者」を発見する国語の授業』（大修館書店），『情報リテラシー　言葉に立ち止まる国語の授業』（編著　明治図書出版），『国語科における言語活動の授業づくり入門』（教育開発研究所）などがある。

【編集】

青山由紀（あおやまゆき）
筑波大学附属小学校教諭。著書に『青山由紀の授業　「くちばし」「じどう車くらべ」「どうぶつの赤ちゃん」全時間・全板書』『「かかわり言葉」でつなぐ学級づくり』（ともに東洋館出版社），『こくごの図鑑』（小学館），『古典が好きになる—まんがで見る青山由紀の授業アイデア10』（光村図書出版）などがある。

甲斐利恵子（かいりえこ）
軽井沢風越学園教諭。著書に『子どもの情景』（対談集　光村教育図書），『国語授業づくりの基礎・基本』『聞き手話し手を育てる』『読書生活者を育てる』（以上，共著　東洋館出版社），『中学教師もつらいよ』（共著　大月書店）などがある。

邑上裕子（むらかみゆうこ）
元明星大学教育学部客員教授。日本国語教育学会常任理事。元東京都新宿区立落合第四小学校校長。過去に東京都小学校国語教育研究会会長，東京都教育庁指導部指導主事などを務める。著書に『未来に生きる話し手・聞き手を育てる「話し言葉」の学習』（共著　光村図書出版）などがある。

●写真提供
跡見学園女子大学図書館　アフロ　アマナイメージズ　（財）石川啄木記念館　一茶記念館　糸魚川市歴史民俗資料館　大倉集古館　大友秀人　(有)菊屋　京都国立博物館　（財）虚子記念文学館　窪田剛　神戸大学山口誓子学術振興基金実行委員会　国立国会図書館　（財）五島美術館　（財）齋藤茂吉記念館　佐藤嘉宏　島本町　浄土真宗本願寺派（西本願寺）　仙覚万葉の会　高岡市立博物館　中尊寺　滴翠美術館　天理大学附属天理図書館　東北大学附属図書館　（財）徳川黎明会　（財）日本近代文学館　PANA通信社　フェリス女学院大学附属図書館　水垣久　宮城県観光課　悠工房　（財）良寛記念館

●執筆協力
坂倉貴子　三浦百合子
●校閲協力
本橋裕美
●装丁・デザイン
大谷孝久（CAVACH）
●DTP
ニシ工芸株式会社　レミントン社
●本文イラスト
坂川知秋（AD・CHIAKI）　永田勝也
すみもとななみ（SPICE）　ツダタバサ　中野智美
●編集協力
株式会社　童夢

光村の国語　はじめて出会う古典作品集❷

万葉集・古今和歌集・新古今和歌集・百人一首・短歌・俳句

2010年2月24日　第1刷発行
2025年1月30日　第4刷発行
監　修　河添房江　髙木まさき
編　集　青山由紀　甲斐利恵子　邑上裕子
発行者　湯地修治
発行所　光村教育図書株式会社
　〒141-0031　東京都品川区西五反田2-27-4
　TEL 03-3779-0581（代表）
　FAX 03-3779-0266
　www.mitsumura-kyouiku.co.jp
印　刷　株式会社　亨有堂印刷所
製　本　株式会社　ブックアート

ISBN978-4-89572-757-0　C8081　NDC918
112p　27×22cm

Published by Mitsumura Educational Co.,Ltd.Tokyo,Japan
本書の無断複写（コピー）は，著作権法上での例外を除き禁止されています。
落丁本・乱丁本は，お手数ながら小社製作部宛へお送りください。送料は小社負担にてお取替えいたします。